JANE AUSTEN

LA ABADÍA DE NORTHANGER

PRÓLOGO Y EDICIÓN A CARGO DE
ROSA GÓMEZ AQUINO

HISTORIAS Y ROMANCES

LA ABADÍA DE NORTHANGER
es editado por
EDICIONES LEA S.A.
Av. Dorrego 330 C1414CJQ
Ciudad de Buenos Aires, Argentina.
E–mail: info@edicioneslea.com
Web: www.edicioneslea.com

ISBN 978-987-718-746-5

Esta edición se termino de imprimir
en Julio de 2022 en Talleres Gráficcos Elias Porter.

Austen, Jane
    La abadía de Northanger / Jane Austen. - 1a ed. - Ciudad
Autónoma de Buenos Aires : Ediciones Lea, 2022.
    256 p. ; 23 x 15 cm.

    Traducción de: Rosa Gómez Aquino.
    ISBN 978-987-718-746-5

    1. Narrativa Inglesa. 2. Novelas Románticas. 3. Literatura
Clásica. I. Gómez Aquino, Rosa, trad. II. Título.
    CDD 823

Prólogo

Hija del pastor anglicano George Austen y de Cassandra Leigh, Jane Austen nació en Steventon, condado de Hampshire, al sur de Inglaterra, el 16 de diciembre de 1775.

De manera análoga a muchos otros escritores, la nutrida biblioteca de su hogar de origen –en este caso, una modesta casa parroquial–, a través de la cual podía acceder tanto a la literatura del momento como a los clásicos, fue el primer paso fundamental y casi definitorio en el surgimiento de la pasión y la génesis del gusto literario de la autora que nos ocupa. A ello, se le sumó el hecho de que la familia Austen (el matrimonio y sus ocho hijos, dos de ellas mujeres) llevaba una activa vida social que le posibilitó a Jane mantener una red de visitas locales con personas de notables apetencias culturales, en cuya conversación seguramente eran moneda corriente tanto los temas literarios como las noticias que hacían al día a día de aquel entonces. Además, por algunos períodos, fue internada en diversos colegios británicos. Con todo ese nutrido y variado bagaje, durante su adolescencia comienza a escribir sus primeras piezas, las cuales estaban destinadas a entretener y divertir a su familia. Después, en un fructífero camino de logros literarios no exento de inconvenientes, vendrían sus obras consagratorias.

A lo largo de su corta existencia (apenas logró atravesar la cuarta década de vida) el amor le fue esquivo de maneras diversas. En su juventud, tuvo un noviazgo que no pudo concluir en boda debido a que la cuestión del dinero (insuficiente, por supuesto) se interpuso entre ambos, luego su familia realizó esfuerzos para casarla y se encontró con la empecinada negativa de Jane y, cercana a los treinta años, dio el sí a una propuesta matrimonial, pero el caballero que la efectuó tuvo la poca dignidad de retirarla.

Con varias historias de amor malogradas y sin haber contraído matrimonio ni tenido hijos, Jane Austen murió el 18 de julio de 1817 en Winchester. No hay certeza ni unanimidad acerca de la causa del deceso y las dos hipótesis más aceptadas son tuberculosis bovina, consecuencia de haber bebido leche sin pasteurizar, o la enfermedad de Addison, un desorden de las glándulas suprarrenales que va minando poco a poco el organismo y sus funciones vitales.

Sus restos descansan en la catedral de Winchester.

Retrato de una época

Más allá de algunos trabajos que se consideran de menor relevancia, el gran legado literario de Jane Austen está constituido por seis grandes novelas, dos de las cuales fueron de publicación póstuma. Ellas son: *Sensatez y sentimientos* (1811), *Orgullo y prejuicio* (publicada en 1813, pero de escritura anterior a su predecesora), *Mansfield Park* (1814), *Emma* (1815), *La abadía de Northanger* (1818, póstuma) y *Persuasión* (1818, póstuma). Todas ellas constituyen verdaderos clásicos, son –aún hoy en día– muy leídas, y han sido transpuestas al cine y a miniseries televisivas con notable éxito.

En conjunto, conforman un mosaico que retrata con lujo de detalles una época, la Georgiana, que abarcó casi todo el siglo XVIII y principios del XIX, y que debe su denominación a la sucesión de distintos reyes de nombre Jorge. Dentro de esa etapa, su narrativa se focaliza en la vida cotidiana del nivel más bajo de la nobleza de la Inglaterra rural, los *gentry*, clase social a la cual la misma Austen pertenecía. Se trató de casi una centuria y media de notables cambios políticos y sociales, entre los que figuraron la Revolución Francesa y la Revolución Industrial, entre otros. Específicamente en Inglaterra, fue un período muy potente desde el punto de vista estilístico, que dejó su impronta en los rituales sociales, la vestimenta, la moda en un sentido amplio, la política, la literatura, y muchos otros aspectos de la sociedad y la cultura británicas de aquel entonces que se vieron teñidos de maneras y modos particulares. Y todo ello se encuentra retratado de forma magistral en la obra de Austen, pues en el proceso de describir personajes y narrar las peripecias por las que atraviesan, se produce como efecto global una insustituible visión de época. Costumbres tales como las protocolares visitas entre familias de una misma clase social o las estrictas reglas del cortejo amoroso son, entre otros, motivos temáticos recurrentes en las creaciones de esta autora. En ellas, también pueden apreciarse la fuerza de las jerarquías sociales, la importancia de cuidar las apariencias, la condición del clero, los pasatiempos a los que recurrían las familias pudientes en pos de llenar el abundante tiempo ocioso y, por supuesto, los roles de género, diferenciados de forma nítida y tajante entre aquello que era considerado masculino y caballeroso, y lo que resultaba propio y adecuado a las damas. En relación a esto último, en sus páginas también suelen hacerse presentes las dificultades que deben afrontar las mujeres para llegar a ser independientes desde el punto vista financiero, y el matrimonio como resguardo social y económico para el sexo femenino.

La abadía de Northanger

Jane Austen escribió el primer borrador de *Northanger Abbey* en 1798-99 y, de hecho, fue la primera novela que intentó publicar. Sin embargo, por diversos motivos, recién vio la luz de forma póstuma en 1818.

El argumento gira en torno a Catherine Morland, una joven franca, ingenua, sencilla e imaginativa, de diecisiete años, que vive con su familia en un pequeño pueblo y que es invitada, primero por sus vecinos, el matrimonio Allen, a visitar Bath con ellos y luego por una familia con la que toma contacto en el balneario, los Tilney, a pasar una temporada en la abadía que da título a la obra. Todo ello le permitirá a la muchacha incursionar en sociedad, conocer ambientes más sofisticados que el de su hogar, abrirse al mundo, hacer amigas y conocer el amor.

Ese cambio de escenario funciona también como una suerte de estructura narrativa ya que, más allá de que la obra que nos ocupa esté dividida en treinta y un capítulos, tiene dos partes bien diferenciadas. La primera de ellas transcurre en la ciudad balnearia de Bath, reducto de esparcimiento de las clases acomodadas de ese momento para mostrarse y ser vistas, mientras que la segunda parte tiene lugar en la abadía de Northanger, propiedad de la familia Tilney.

Una de las principales características de la protagonista es su afición a las novelas góticas, género literario que se originó hacia finales del siglo XVIII, en el que abundan los castillos con sombríos sótanos, criptas y pasadizos secretos, los paisajes tenebrosos (cementerios, páramos) y las eventuales presencias sobrenaturales, tales como fantasmas y vampiros, todo lo cual produce una atmósfera de misterio y suspenso que suele generar emociones desbocadas en los personajes. Tal afición, sumada al conocimiento que Catherine tiene de ese género, convierte a este en una suerte de filtro o lente que la hace ver en su entorno elementos o situaciones de una novela gótica, al punto tal de percibirse ella misma como una heroína de ese tipo de ficciones. De alguna forma, la joven está intoxicada de novelas góticas como, en su momento, lo estuvo el Quijote con las de caballería, que también modificaban su percepción de la realidad circundante.

Más allá del devenir de la historia en sí y de las peripecias que relata *La abadía de Northanger*, hay otros niveles textuales a descubrir que resultan por demás interesantes y que se abren como puertas, justamente, a partir de esa afición de la protagonista a ese género literario. Por un lado, por ejemplo, se mencionan múltiples textos que no son ni más ni menos que novelas góticas. De esa manera, desfilan *El castillo de Wolfenbach*,

Clermont, *La advertencia misteriosa*, *El nigromante o El cuento de la Selva Negra*, *La campana de medianoche*, *El huérfano del Rin*, *Misterios horribles* y, de forma recurrente, *Los misterios de Udolfo*, cuya lectura apasiona a la muchacha. Por otro, se hace presente en algunos momentos, la figura de un narrador (¿la misma Austen?, ¿una narradora ficticia construida al interior del relato?) que cuenta y/o comenta los acontecimientos desde una perspectiva distinta, generalmente refiriéndose a Catherine en términos de "mi heroína", como en el capítulo XI que finaliza con un "Y ahora puedo despedir por breve tiempo a mi heroína enviándola al lecho del insomnio donde, como le corresponde, apoyará la cabeza sobre una almohada erizada de espinas y empapada de lágrimas." o cuando ya cerca del final escribe: "Traigo de vuelta a mi heroína a su hogar en soledad y desgracia." Y también hay un alegato a favor de la novela y de los novelistas que aparece en el capítulo V, cuando esa figura de narradora declara con una vehemencia que traspasa las páginas: "No adoptaré esa costumbre poco generosa y descortés tan común entre los novelistas de censurar un hecho al que ellos mismos contribuyen con sus obras, uniéndose a sus enemigos para vapulear ese género literario, cubriendo de escarnio a las heroínas que su propia imaginación ha fabricado y calificando de sosas e insípidas las páginas que sus protagonistas hojean, según ellos, con desdén. ¡Pobre de mí! Si las heroínas no se respetan la una a la otra, ¿de quién pueden esperar protección y estima? De ninguna manera puedo aprobar eso. Dejemos a los críticos hacer tal cosa y mantengámonos unidos los novelistas para defender lo mejor que podamos nuestros intereses."

Por todo ello, *La abadía de Northanger* es un texto evidentemente literario pero que, en otro nivel menos obvio y más lateral, habla y comenta la literatura de su época. Y es una novela que defiende a las novelas. Y, por supuesto, también a sus heroínas.

Rosa Gómez Aquino

Capítulo I

Nadie que hubiera visto a Catherine Morland en su infancia habría imaginado que su destino era ser una heroína. Ni su posición social ni el carácter de sus padres ni la personalidad de la pequeña favorecían semejante suposición. Su padre era un hombre de vida ordenada, clérigo y poseedor de una pequeña fortuna que, unida a los dos excelentes beneficios que usufructuaba debido a su profesión, le permitía vivir con holgura. De nombre Richard, nunca pudo jactarse de ser bien parecido y en toda su vida no se mostró partidario de tener sujetas a sus hijas. Su madre era una mujer con sentido común, de carácter afable y una salud a prueba de todo. Fruto del matrimonio nacieron, en primer lugar, tres varones; después, Catherine y, lejos de fallecer la madre al advenimiento de esta dejándola huérfana, como sería de esperar tratándose de la protagonista de una novela, la señora Morland siguió disfrutando de una excelente salud, lo que le permitió a su debido tiempo dar a luz otros seis hijos y verlos crecer a su alrededor. Una familia con diez niños siempre será considerada admirable, pero los Morland no eran muy merecedores de ese adjetivo, pues todos carecían del don de la belleza y durante los primeros años de su vida, Catherine, además de ser por demás delgada, tuvo tez pálida, cabello lacio y oscuro, y rasgos fuertes. Su mente tampoco parecía inclinarse hacia el heroísmo. Le gustaban más los juegos de niño que los de niña y prefería el cricket no solo a las muñecas, sino a otras diversiones propias de la infancia, como cuidar un lirón, alimentar un canario o regar un rosal. De hecho, no le gustaba el jardín y, si alguna vez se entretenía recogiendo flores, lo hacía por satisfacer su gusto por las travesuras, ya que solía tomar justamente aquellas que le estaba prohibido tocar. Esto en cuanto a las tendencias de Catherine; de sus habilidades solo puede decirse que jamás aprendió o entendió nada que no se le enseñara previamente, y veces ni siquiera después, porque se distraía a menudo y en ocasiones resultaba estúpida. A su madre le llevó tres meses de esfuerzo continuado enseñarle a recitar la *Petición de un mendigo* e incluso su hermana Sally lo aprendió antes que ella. Y no es que fuera corta de entendimiento —la fábula de *La liebre y sus amigos* la aprendió tan rápido como cualquier niña inglesa— pero, en lo que se refería a los estudios, se movía de acuerdo a sus caprichos. Desde muy pequeña mostró afición a jugar con las teclas de un viejo piano espineta y la señora Morland, creyendo ver en ello una prueba de inclinación musical, le puso un profesor. Catherine estudió el instrumento durante un año pero, como en ese tiempo no logró más que despertar en ella una profunda aversión por la música, su madre, deseosa siempre de evitar contrariedades a su hija, decidió despedir al profesor. Sus dotes para el dibujo tampoco resultaban destacables, lo cual era extraño, ya que siempre que hallaba un trozo de papel se entretenía en reproducir, a su modo, casas, árboles, gallinas y pollos, todos muy parecidos entre sí. Su padre le enseñó escritura y aritmética; su madre, algunas nociones de francés. En dichos conocimientos, Catherine demostró la misma falta de interés que en todos los demás y eludía las lecciones de ambos siempre que podía. Sin embargo, y a pesar de esos síntomas de libertinaje, la niña no tenía mal corazón ni mal genio y tampoco era terca ni amiga de reñir con sus hermanos, mostrándose muy rara vez tiránica con los más pequeños. Por lo demás, hay que reconocer que era ruidosa y hasta, si cabe, un tanto salvaje; odiaba el confinamiento y el aseo, y que se ejerciese sobre ella cualquier tipo de control, y nada amaba tanto en el mundo como rodar por la pendiente suave y cubierta de musgo que había detrás de la casa.

Así era Catherine Morland a los diez años de edad. Al llegar a los quince, su aspecto empezó a mejorar: se rizaba el pelo y suspiraba anhelando el día en que se le permitiera asistir a los bailes. Se le embelleció el cutis, sus facciones se hicieron más llenas y suaves, la expresión de sus ojos se tornó más animada y su figura adquirió mayor prestancia. Poco a poco, su inclinación al desaseo dio paso a su amor por las mejores galas y se fue volviendo más limpia a medida que crecía su inteligencia. Hasta tal punto se hizo evidente la transformación que tenía lugar en ella, que en más de una ocasión sus padres se permitieron hacer observaciones sobre lo notable que resultaba la mejoría en el porte y el aspecto exterior de su hija. "Catherine se está convirtiendo en una chica muy guapa, casi bonita", decían de cuando en cuando, y estas palabras colmaban de alegría a la muchacha, pues para una joven que hasta los quince años ha pasado por fea, el ser casi bonita es un premio inentendible para cualquier belleza de cuna.

La señora Morland era una muy buena mujer y, como tal, deseaba que sus hijos fueran lo que debieran ser, pero estaba tan ocupada acostando, cuidando y enseñando a los más pequeños, que sus hijas mayores debieron cambiar por sí mismas. Ello explica el que Catherine prefiriese a los catorce años jugar al cricket, baseball y montar a caballo antes que leer libros instructivos. En cambio, siempre tenía a mano aquellos que trataban tan solo de asuntos ligeros y servían de mero pasatiempo. Felizmente, desde los quince a los diecisiete años comenzó a entrenarse como heroína y se aficionó a lecturas serias, que, al tiempo que ilustraban su inteligencia, le procuraban citas literarias tan oportunas como útiles para alguien que, como ella, estaba destinada a una vida colmada de vicisitudes y peripecias.

De las obras de Pope aprendió a censurar a los que
soportan la burla de la aflicción.
De las de Gray, que

Muchas flores nacen para ruborizarse sin ser vistas
y desperdiciar su fragancia en el aire del desierto.
De las de Thompson, que
Es una tarea deliciosa
la de enseñarle a una idea cómo surgir.
De las de Shakespeare obtuvo gran cantidad información, entre la que se destacaba:
Bagatelas ligeras como el aire
son para los celosos una fuerte confirmación,
como salida de las Sagradas Escrituras.
Y que
El pobre escarabajo que pisamos
siente al morir un dolor tan intenso
como el que experimenta un gigante.
Y que una joven enamorada siempre luce
como un monumento a la paciencia
que le sonríe al dolor.

Tal como puede apreciarse, la educación de Catherine se había perfeccionado de modo notable. Y, si bien nunca llegó a escribir un soneto, sí se propuso leerlos; y aunque parecía no haber posibilidades de que ella se destacara en una fiesta ejecutando un preludio de su autoría, lo cierto era que casi no se cansaba de escuchar composiciones musicales ajenas. En lo que menos logró destacarse Catherine fue en el dibujo; ni siquiera consiguió aprender a manejar el lápiz, aunque más no fuera para plasmar en el papel el perfil de su amado de modo tal que pudiera ser reconocido en el diseño. Allí se quedó miserablemente por debajo de lo que su heroico destino le exigía. Claro que, no teniendo amado a quien retratar, no se percataba de que carecía de esa habilidad. Porque Catherine había cumplido diecisiete años sin que ningún joven despertara su sensibilidad, sin haber inspirado una pasión real y concreta, y sin haber suscitado ninguna admiración, todo lo cual resultaba muy extraño. Pero las cosas extrañas siempre tienen explicación si se indagan las causas que las originan. En la comarca no vivía aristócrata alguno, ni siquiera un *baronet*, ninguna de las familias que conocía había criado y mantenido a un niño encontrado accidentalmente en su puerta y cuyo origen era desconocido ni el mayor hacendado de los alrededores tenía hijos varones.

Sin embargo, cuando una joven nace para ser heroína, la perversidad de las cuarenta familias circundantes no puede impedirlo. Algo debe suceder, y sucede, que la arroja hacia su destino de gloria.

El señor Allen, dueño de la propiedad más importante de Fullerton, el pueblo de Wiltshire al que pertenecía la familia Morland, fue el instrumento elegido para tan alto fin. A dicho caballero le habían recomendado las aguas de Bath para aliviar su gota, y su esposa, una mujer de buen humor que comprendió que cuando una señorita de pueblo no tropieza allí con aventuras debe salir a buscarlas en otro sitio, invitó a Catherine a que los acompañase. El señor y la señora Morland fueron por completo obedientes y Catherine, por completo feliz.

Capítulo II

Además de lo que ya se ha dicho sobre las dotes personales y mentales de Catherine al momento de lanzarse a todos los peligros que supone una estadía de seis semanas en Bath, debe añadirse que la muchacha era alegre y abierta, que carecía de presunción y afectación, que sus modales eran sencillos, agradable su persona, bonita cuando se arreglaba y que su mente era tan ignorante y desinformada como suele ser la mente femenina a los diecisiete años.

A medida que se acercaba el momento de la partida, la ansiedad de la señora Morland debería haberse vuelto más severa, presentir mil incidentes calamitosos y, con lágrimas en los ojos, haber pronunciado palabras de amonestación y consejo; tendría que haber experimentado visiones de nobles cuyo único objetivo de vida fuera embaucar doncellas inocentes y huir con ellas a una granja remota. ¿Quién no lo pensaría? Pero la señora Morland sabía tan poco de lores y barones, era tan sencilla, que no tenía idea de la picardía de los nobles y no sospechaba peligros para su hija, con lo que sus advertencias se limitaron a rogarle que se abrigase bien la garganta por las noches y a que apuntara los gastos del viaje en un cuadernito que ella misma iba a proporcionarle.

Al llegar tales momentos, correspondía a Sally, o Sarah —¿qué señorita que se respete llega a los dieciséis años sin cambiar su nombre de pila?—, el puesto de confidente íntima de su hermana. Sin embargo, tampoco ella se mostró a la altura de las circunstancias, exigiendo a Catherine que le prometiese escribirle a menudo contando sobre el carácter de quienes iba conociendo en Bath o acerca de los detalles de las conversaciones interesantes que se producían. La familia Morland mostró, en lo relativo a tan importante viaje, una moderación y compostura más en consonancia con una cotidianeidad monótona y sentimientos plebeyos, que con las tiernas emociones que la primera separación de una heroína del seno del hogar suelen y deben inspirar. Su padre, en vez de entregarle un billete de cien libras, advirtiéndole que contaba desde ese momento con un crédito ilimitado abierto a su nombre, le dio solo diez guineas y le prometió más cuando ella lo quisiera.

Bajo estos auspicios nada prometedores, tuvo lugar la despedida y comenzó el viaje. Este se desarrolló sin incidente alguno, los viajeros no se vieron sorprendidos por ladrones ni tempestades, y ni siquiera consiguieron dar un vuelco afortunado para introducir al héroe. Lo único que por unos breves momentos logró interrumpir la tranquilidad fue la suposición de que la señora Allen había olvidado sus zuecos en una posada, pero afortunadamente tal temor resultó ser infundado.

Finalmente llegaron a Bath. Catherine no cabía en sí de gozo; miraba hacia todos lados, deseosa de disfrutar de las bellezas que hallaban a su paso por los alrededores de la población, y por las calles amplias y simétricas. Había ido a Bath para ser feliz y ya lo era.

Pronto se instalaron en cómodos alojamientos de Pulteney Street.

Ahora es conveniente hacer alguna descripción de la señora Allen, para que el lector pueda ser capaz de juzgar hasta qué punto influyó en el devenir de esta historia y si el carácter de dicha señora era poseedor de la capacidad para labrar la desgracia de Catherine; en una palabra: si será capaz de interpretar el papel de villana de la novela, que es el que le correspondería, ya sea por imprudencia, vulgaridad o celos, ya sea por interceptar sus cartas, arruinar su carácter o echarla de su casa. La señora Allen pertenecía a esa clase de mujeres cuyo trato nos obliga a preguntarnos cómo se las arreglaron para hallar a la persona dispuesta a casarse con ellas. Para comenzar, diremos que carecía tanto de belleza como de ingenio, logros y modales. El señor Allen no tuvo otra base en que fundar su elección que la que pudiera ofrecerle cierto aire de dama, mucha tranquilidad y un buen temperamento inactivo. Nadie, en cambio, más indicado que su esposa para presentar a una joven en sociedad, ya que la buena señora gustaba tanto de salir y divertirse como cualquier señorita. Sentía pasión por la ropa. Vestir bien era uno de los mayores placeres de la señora Allen, y lo era en grado tal que en aquella ocasión hubieron de emplearse tres o cuatro días en aprender qué era lo que se usaba y su acompañante fue provista de un vestido de ultimísima moda.

Catherine también hizo algunas compras ella misma y, una vez que todo estuvo arreglado, esperó con ansiedad la noche de su presentación en los Salones Superiores. Le cortaron el pelo y, una vez vestida por la mejor de las manos, tanto la señora Allen como su doncella reconocieron que Catherine estaba en verdad atractiva. Animada por tan autorizadas opiniones, la muchacha esperaba, al menos, atravesar la multitud sin resultar censurada. En cuanto a la admiración, iba a ser muy bienvenida en caso de que llegara, pero no dependía de ella.

La señora Allen invirtió tanto tiempo en vestirse que, cuando al fin llegaron al baile, los salones ya estaban abarrotados. Ni bien pusieron pie en el edificio, el señor Allen se perdió en la sala de juegos, dejando que las damas se las arreglasen por sí solas para hallar asiento. Cuidando más de la seguridad de su nuevo vestido que de su protegida, la señora Allen se abrió paso entre la multitud de hombres junto a la puerta y Catherine, temiendo quedar rezagada, pasó su brazo por el de su acompañante, asiéndola con una fuerza tal que el flujo y reflujo de las personas que pasaban a su lado no lograba separarlas. Sin embargo, una vez en el interior del salón, se encontraron con que, lejos de resultarles más fácil avanzar, aumentaban la multitud y el apretujamiento. Aun así, a fuerza de empujones y con incansable diligencia, llegaron a la parte superior de la estancia. Allí no solo no hallaron dónde sentarse, sino que ni siquiera les era posible ver a las parejas que, con gran dificultad, bailaban en el centro. Al fin, y tras poner a prueba todo su ingenio, lograron colocarse en una especie de pasillo, detrás de los bancos más altos, donde había menos aglomeración de gente. Desde esa posición, la señorita Morland pudo tener una visión completa del salón y comprender cuán graves habían sido los peligros que habían corrido para llegar hasta allí. Era un baile en verdad magnífico y, por primera vez aquella noche, Catherine tuvo la impresión de hallarse en una fiesta. Le habría gustado bailar, pero no contaba con ningún conocido para hacerlo. La señora Allen intentó hacer todo lo que estaba a su alcance, lo que consistía en decir en tono muy plácido y de vez en cuando: "¡Ojalá pudieras bailar, querida! Me gustaría que pudieras encontrar una pareja." Catherine agradeció los buenos deseos de su amiga dos y hasta tres veces pero, finalmente, se cansó de la repetición de frases tan ineficaces y dejó que la señora Allen hablase sin molestarse en responder.

Sin embargo, ninguna de las pudo disfrutar por mucho tiempo del puesto que con tanto trabajo habían conquistado. Al cabo de unos minutos parecieron sentir simultáneamente el deseo de beber un té, y la señora Allen y su protegida se vieron obligadas a seguir el movimiento iniciado en dirección al comedor. Catherine empezaba a sentir cierta decepción; le resultaba muy molesto el verse empujada y aprisionada por personas desconocidas, y ni siquiera le era posible aliviar el tedio cambiando con sus compañeros de cautiverio la más insignificante sílaba. Y, cuando finalmente llegaron al comedor, descubrieron contrariadas que no solo no podían formar parte de grupo alguno sino que tampoco había ningún conocido al que reclamarle ni caballero alguno para ayudarlas. El señor Allen no había vuelto a aparecer y, cansadas al fin de esperar y de buscar en vano un sitio más apropiado, se vieron obligadas a sentarse en el extremo de una gran mesa, en torno a la cual charlaban animadamente varias personas. Como ni la señora Allen ni Catherine las conocían, tuvieron que contentarse con hablar entre ellas.

La señora Allen, ni bien se hubieron acomodado, se felicitó a sí misma por haber preservado a su vestido de salir herido de su paso por la multitud.

—Habría sido una verdadera lástima que se me hubieran rasgado el vestido, ¿no te parece? Es de una muselina muy delicada y te aseguro que no he visto en el salón ninguno más bonito que este.

—¡Qué incómodo resulta —susurró Catherine— no tener aquí ningún conocido!

—Sí, querida, tienes razón. Es realmente muy incómodo —murmuró, con la serenidad de costumbre, la señora Allen.

—¿Qué podríamos hacer? Los caballeros y las damas de esta mesa nos miran como si les molestara nuestra presencia en ella. ¿Nos considerarán intrusas o algo así?

—Tienes razón, es muy desagradable. Me gustaría encontrarme entre gente conocida.

—A mí me bastaría con uno. Por lo menos, tendríamos alguien con quien hablar.

—Muy cierto, querida. Si conociéramos a alguien, nos uniríamos directamente. Los Skinner vinieron aquí el año pasado. Ojalá se les hubiese ocurrido hacerlo también esta temporada.

—¿No sería mejor que nos marchásemos así como estamos? Parece que aquí no hay té para nosotras.

—No lo hay, es verdad. ¡Qué cosa tan desagradable! Sin embargo, creo que lo mejor es quedarnos donde estamos, así no volvemos a luchar con la multitud. ¿Cómo está mi cabeza, querida? Antes me dieron tal empujón que no me extrañaría que se me hubiera arruinado el peinado.

—No, de hecho, se ve muy bien. Pero, querida señora Allen, ¿está usted segura de que no conoce a nadie aquí? Entre tanta gente habrá alguien que no le resulte por completo extraño.

—Te doy mi palabra de que no. ¡Ojalá tuviese aquí algún conocido y pudiese procurarte una pareja de baile! Mira qué mujer tan extraña va por allí y qué traje lleva. ¡Qué anticuado! ¡Fíjate la parte de atrás!

Al cabo de un largo rato, uno de los vecinos de mesa les ofreció una taza de té. Ambas le agradecieron la atención y eso les proporcionó la ocasión de cambiar algunas palabras con él. Fue la única vez que hablaron con alguien durante la noche hasta el momento en que el señor Allen se presentó a buscarlas.

—Bueno, señorita Morland —dijo este—. Espero que el baile le haya resultado agradable.

—Muy agradable, en verdad —contestó Catherine, disimulando un bostezo.

—Es una lástima que no haya podido bailar —dijo la señora Allen—. Me hubiera gustado encontrarle pareja. Justamente acabo de decirle que si los Skinner hubiesen estado aquí este año en vez del pasado o si hubieran venido los Parry, como pensaban hacer, habría podido bailar con George Parry. Pero no ha sido posible y lo lamento.

—Otra noche tal vez consigamos que lo pase mejor —dijo con tono consolador el señor Allen.

Ni bien finalizó el baile empezó a marcharse la concurrencia, lo que permitió que se hiciera lugar para que quienes quedaban pudieran moverse con mayor comodidad y para que nuestra heroína, que no había jugado un papel destacado durante la noche, consiguiera ser notada y admirada. Cada cinco minutos, y a medida que menguaba el número de asistentes, Catherine encontraba nuevas ocasiones de exponer sus encantos. Finalmente, pudieron verla muchos jóvenes, para quienes antes su presencia había pasado inadvertida. A pesar de ello, ninguno entró en éxtasis al contemplarla ni se apresuró a preguntar sobre su procedencia a persona alguna ni la consideró una divinidad, y eso que Catherine tenía bastante buena apariencia, al punto de que si alguno de los presentes la hubiese conocido tres años antes, ahora la habría considerado extremadamente hermosa.

Sin embargo, la miraron y hasta con cierta admiración, y cuando Catherine oyó decir a dos caballeros que la encontraban bonita, aquellas palabras produjeron tal efecto en su ánimo que la hicieron cambiar de opinión sobre lo placentero de aquella velada. Satisfecha con ellas su humilde vanidad, sintió por sus admiradores una gratitud más intensa que la que en heroínas de verdadera calidad habrían provocado quince sonetos que celebraran sus encantos. Y la muchacha, contenta de sí misma y del mundo en general, de la admiración y de las atenciones con que era obsequiada en los últimos tiempos, se mostró con todos perfectamente satisfecha de los halagos recibidos.

Capítulo III

A partir de allí, cada día trajo consigo nuevas ocupaciones y deberes: visitas a las tiendas, paseos por nuevas partes de la ciudad para ser observadas y excursiones a la sala de máquinas del balneario, donde las dos amigas pasaban el rato mirando a todo el mundo, pero sin hablar con nadie. La señora Allen insistía en la conveniencia de formar un círculo de amistades y hacía alusión a ello cada vez que se percataba de cuán grandes eran las desventajas de no contar con un solo conocido o amigo entre tanta gente.

Cuando hicieron su aparición en los Salones Inferiores, la fortuna se puso del lado de nuestra heroína, presentándole, a través del maestro de ceremonias, a un apuesto joven llamado Tilney. Parecía tener unos veinticuatro o veinticinco años, era de estatura elevada, agradable semblante, mirada inteligente y, en conjunto, no era guapo, pero se acercaba a ello. Sus modales eran los de un perfecto caballero y Catherine no pudo menos que felicitarse de que la suerte le hubiera deparado tan grata pareja. Cierto que mientras bailaban apenas les fue posible conversar pero, cuando se sentaron a tomar el té, tuvo ocasión de convencerse de que aquel joven era tan encantador como su apariencia la había inducido a suponer. Hablaba con tal fluidez y entusiasmo de los asuntos que se le antojó tratar que Catherine sintió un interés que no pudo disimular, y eso que muchas veces no llegaba a comprender ni una palabra de lo que decía. Luego de charlar un rato sobre el ambiente que los rodeaba, Tilney dijo súbitamente:

—Le ruego que me perdone mi negligencia de no haberle preguntado cuánto tiempo lleva usted en Bath, si ha estado aquí con anterioridad, y si ha visitado los Salones Superiores, el teatro y el concierto. He sido muy negligente y le suplico que me ayude a reparar mi falta satisfaciendo mi curiosidad al respecto. Si le parece, la ayudaré formulando las preguntas por orden correlativo.

—No necesita tomarse esa molestia, señor.

—No es molestia, señora —dijo él, y adoptando una expresión de exagerada seriedad y bajando la voz de modo afectado, preguntó—: ¿Cuánto tiempo lleva usted en Bath?

—Aproximadamente, una semana —respondió Catherine, tratando de hablar con la debida gravedad.

—¿De verdad? —dijo él con un tono que afectaba sorpresa.

—¿Por qué se sorprende, señor?

—Es lógico que me lo pregunte. Es que debo mostrar alguna emoción a su respuesta y la sorpresa se asume más fácilmente y de manera no menos razonable que el resto. Ahora sigamos, ¿nunca estuvo usted aquí antes?

—Nunca, señor.

—¿De veras? ¿Ya ha honrado con su presencia a los Salones Superiores, donde se realizan los bailes?

—Sí, señor. El lunes pasado.

—Y en el teatro, ¿ha estado usted?

—Sí, señor. Estuve en la obra del martes

—¿Al concierto?

—Sí, señor, el miércoles.

—¿Le gusta Bath?

—Sí, me gusta mucho.

—Ahora, corresponde que ofrezca una sonrisa afectada y después podemos seguir hablando como seres racionales.

Catherine ladeó la cabeza, sin saber si echarse a reír o no.

—Ya veo la opinión que le merezco —le dijo con seriedad el joven—. No seré más que una pobre figura en su diario de mañana.

—¿Mi diario?

—Sí. Me figuro que escribirá usted lo siguiente: "El viernes fui a los Salones Inferiores, vistiendo mi bata de muselina azul y calzada con zapatos negros, pero me vi extrañamente acosada por un hombre extraño, medio ingenioso, que insistió en bailar conmigo y en molestarme con sus disparates."

—De hecho, no diré tal cosa.

—¿Me permite que le diga qué debería escribir?

—Si lo desea...

—"Bailé con un joven muy agradable, que me fue presentado por el señor King; sostuve con él una larga conversación, parece un genio de lo más extraordinario. Me encantaría conocerlo más a fondo." Eso, señora, es lo que quisiera que usted escribiera.

—Pero tal vez no llevo un diario.

—Quizás usted no está sentada en esta habitación y yo no estoy sentado a su lado son puntos en los que la duda resulta igualmente posible. ¿Cómo, si no escribiese un diario, iban sus primas ausentes a conocer sus impresiones durante su estadía en Bath? ¿Cómo, sin el recurso de un diario, iba usted a llevar debida cuenta de las atenciones y los cumplidos recibidos o a recordar el color de sus trajes, y el estado de su tez y su pelo en cada ocasión? No, mi querida señora, no soy tan ignorante ni desconozco las costumbres de las señoritas de la sociedad tanto como usted, por lo visto, supone. Es el delicioso hábito de llevar un diario el que contribuye en gran medida a moldear el estilo de escritura fácil por el que las mujeres son generalmente tan celebradas. Todo el mundo reconoce que el talento para escribir cartas agradables es, en esencia, algo femenino. Quizá dicha facultad sea un don de la naturaleza, pero opino que la práctica de llevar un diario ayuda a desarrollar ese don instintivo.

—Muchas veces he dudado —dijo Catherine con aire pensativo— de que la mujer sea capaz escribir mejores cartas que el hombre. Creo que no debería pensarse que la superioridad en ese terreno siempre estuvo de nuestro lado.

—Por lo que he tenido oportunidad de juzgar el estilo epistolar de la mujer es impecable, excepto por tres detalles.

—¿Cuáles?

—Una deficiencia general del tema, una total desatención a las pausas y una frecuente ignorancia de la gramática.

—De haberlo sabido, no me hubiera apresurado a renunciar al cumplido. Veo que no le merecemos una buena opinión al respecto.

—Usted no me entiende. Lo que niego es que pueda establecerse como regla general que las mujeres escriben mejores cartas que los hombres, que los hombres cantan mejores dúos o dibujan mejores paisajes. En todo ámbito en el cual el buen gusto es la base, la excelencia está bastante dividida.

Al llegar a ese punto, fueron interrumpidos por la señora Allen.

—Mi querida Catherine —dijo—, toma este alfiler de mi manga. Temo que se haya hecho un agujero y lo lamentaré, porque es uno de mis vestidos predilectos, a pesar de que la tela no me ha costado más que nueve chelines la vara.

—Justamente en eso estimaba yo su coste —intervino el señor Tilney.

—¿Entiende usted de muselinas, señor?

—Entiendo particularmente bien. Siempre me encargo de comprar mis propias corbatas y hasta tal punto ha sido elogiado mi gusto, que en más de una ocasión mi hermana me ha confiado la elección de un vestido. Hace unos días le compré uno y varias señoras que lo han visto declararon que el precio no podía ser más conveniente. Pagué la tela a cinco chelines la vara y se trataba nada menos que de verdadera muselina de la India.

La señora Allen estaba bastante impresionada por su talento.

—¡Qué pocos hombres hay —dijo— que entiendan de estas cosas! Mi marido no sabe distinguir un género de otro. Debe de ser usted de gran ayuda para su hermana, señor.

—Así lo espero, señora.

—Y, ¿qué piensa del vestido de la señorita Morland?

—Es muy bonito, señora, pero no creo que quede bien una vez lavado. Estas telas se deshilachan con facilidad.

—¡Cómo puedes! —exclamó Catherine entre risas—. ¿Cómo puede usted ser tan... iba a decir "extraño"?

—Soy de la misma opinión, señor —dijo la señora Allen—, y así se lo hice saber a la señorita Morland cuando se decidió a comprarlo.

—Como usted bien sabrá, señora, las muselinas tienen mil usos. Seguramente, la señorita Morland, llegado el momento, aprovechará su traje haciéndose con él un pañuelo, una gorra o una capa. La muselina no tiene desperdicio; así se lo he escuchado decir muchas veces a mi hermana cuando ha comprado alguna prenda muy costosa o ha echado a perder algún trozo al cortarlo.

—Bath es un lugar encantador, señor. Y hay tantas buenas tiendas aquí. En el campo carecemos de ellas, y eso que en Salisbury las hay excelentes, pero, ¡está tan lejos de nuestro pueblo! Ocho millas constituyen un largo camino. El señor Allen asegura que son nueve, pero yo estoy segura de que son ocho y eso ya es bastante. Siempre que voy a dicha ciudad vuelvo a casa muerta de cansancio. Aquí, en cambio, uno sale a la puerta y en cinco minutos consigue lo que sea.

El señor Tilney fue lo suficientemente educado como para fingir interés en lo que le decía la señora Allen, y esta, animada por su atención, lo entretuvo hablando de muselinas hasta que se reanudó el baile. Catherine comenzó a creer, al oírlos, que al joven caballero le complacían demasiado las debilidades ajenas.

—¿En qué piensa usted con tanta seriedad? —le preguntó Tilney mientras se dirigía con ella hacia el salón de baile—. Espero que no sea en su pareja, pues a juzgar por sus movimientos de cabeza, meditar en ello no le resultó placentero.

Catherine se ruborizó y contestó con ingenuidad:

—No estaba pensando en nada.

—Sus palabras reflejan ingenio y profundidad, pero yo preferiría que me dijera con franqueza que prefiere no decirme en qué estaba pensando.

—Está bien, no quiero decirlo.

—Se lo agradezco. Ahora estoy seguro de que llegaremos a conocernos, pues su respuesta me autoriza a bromear con usted sobre este punto siempre que nos veamos y nada en el mundo incrementa tanto la intimidad como la risa compartida.

Bailaron de nuevo y, al acabar la fiesta, se separaron con vivos deseos, al menos de parte de la dama, de seguir conociéndose. Si, mientras sorbía en la cama su acostumbrada taza de vino caliente con especias, Catherine pensaba en su pareja lo bastante como para soñar con él, es algo que no puede ser comprobado. Pero, de ser así, es de esperar que el sueño fuera de corta duración o, a lo sumo, un leve dormitar. Porque si es cierto, y así lo asegura un gran escritor, que ninguna joven debe enamorarse de un caballero sin que este antes le haya declarado su amor, también debe resultar impropio que una joven sueñe con un caballero antes de que este haya soñado con ella. Por lo demás, hemos de añadir que el señor Allen, quizá sin tomar en cuenta las cualidades que como soñador o enamorado pudieran adornar al señor Tilney, hizo aquella misma noche indagaciones al respecto del nuevo amigo de su joven protegida, y le aseguraron que el señor Tilney era clérigo de la Iglesia anglicana y miembro de una muy respetable familia de Gloucestershire.

Capítulo IV

Al día siguiente, Catherine acudió a la sala de bombas del balneario con más entusiasmo que de costumbre. Estaba segura de que en el curso de la mañana vería al señor Tilney y se encontraba lista para recibirlo con la mejor de sus sonrisas, pero no tuvo ocasión de exhibirla, pues el señor Tilney no se hizo presente. Seguramente, todos los visitantes de Bath, menos él, iban a ser vistos en algún momento. La gente salía y entraba sin cesar, hombres y mujeres por los que nadie sentía el menor interés subían y bajaban cientos de veces por la escalera, y tan solo el señor Tilney brillaba por su ausencia.

—¡Qué lugar tan delicioso es Bath! —exclamó la señora Allen cuando, luego de pasear por los salones hasta quedar exhaustas, decidieron sentarse junto al gran reloj—. ¡Y qué agradable sería si tuviésemos aquí algún conocido!

La señora Allen había expresado en vano ese mismo deseo tantas veces, que nada hacía suponer que las cosas hubieran cambiado. Sin embargo, todos sabemos, porque así se nos ha dicho, que "no hay que desesperar por lograr aquello que deseamos, pues el esmero, si es además perseverante, consigue finalmente lo que se propone", y la asiduidad constante con que la señora Allen había deseado día tras día encontrarse con algún conocido se vio al fin recompensada, como era justo que ocurriese. Apenas llevaban ella y Catherine sentadas diez minutos, cuando una dama que se hallaba allí cerca, después de mirarla con atención, le dirigió las siguientes palabras:

—Creo, señora... No sé si me equivoco; hace tanto tiempo que no tengo el gusto de verla, pero, ¿no es usted, acaso, la señora Allen?

Tras recibir una respuesta afirmativa, la desconocida se presentó como la señora Thorpe y, al cabo de unos instantes, logró la señora Allen reconocer en ella a una examiga y compañera de escuela, a quien solo había visto en una ocasión desde sus respectivos matrimonios y de eso hacía ya muchos años. El encuentro produjo en ellas una enorme alegría, como era de esperarse, dado que hacía quince años que ninguna sabía nada de la otra. Se dirigieron mutuos cumplidos sobre la apariencia personal de cada una y, luego de admirarse de lo rápido que había transcurrido el tiempo desde su último encuentro, de lo inesperado de su encuentro en Bath y de lo grato que resultaba reanudar su antigua amistad, procedieron a interrogarse la una a la otra sobre sus respectivas familias, hermanas y primos, hablando ambas al mismo tiempo y demostrando mayor interés en dar información que en recibirla. La señora Thorpe llevaba sobre la señora Allen la enorme ventaja de ser madre de familia numerosa, lo cual le posibilitaba hacer una extensa disertación sobre el talento de sus hijos y la belleza de sus hijas, dar cuenta detallada de la estadía de John en la Universidad de Oxford, del porvenir que esperaba a Edward en Merchant Taylor's y de los peligros a que se hallaba expuesto William, que era marino, y congratularse de que nunca hubiesen existido jóvenes más apreciados y queridos por sus respectivos jefes que aquellos tres hijos suyos. La señora no tenía información similar para ofrecer y le era imposible despertar la envidia de su interlocutora refiriendo triunfos similares a los que tanto enorgullecían a esta, pero encontró consuelo a ello al observar con ojo agudo que el encaje que adornaba la pelliza de su amiga era de calidad muy inferior a la de la suya.

—Aquí vienen mis queridas niñas —dijo de pronto la señora Thorpe, señalando a tres guapas muchachas que se acercaban al grupo tomadas del brazo—. Tengo verdaderos deseos de presentárselas y ellas tendrán también gran placer en conocerla. La más alta es Isabella, mi hija mayor. ¿Verdad que es bella? Las otras no son feas, pero creo que Isabella es la más hermosa.

Una vez presentadas las señoritas Thorpe, la señorita Morland, cuya presencia había pasado inadvertida hasta el momento, fue a su vez presentada como es debido. El nombre de la muchacha les sonó muy familiar a todas y, luego del intercambio de cortesías propio en estos casos, Isabella declaró que Catherine y su hermano se parecían mucho.

—¡Es verdad! El vivo retrato —exclamó la señora Thorpe, conviniendo acto seguido que la habrían tomado por hermana del señor Morland donde quiera que la hubieran visto.

Catherine se mostró sorprendida pero, en cuanto las señoritas Thorpe comenzaron a referir la historia de la amistad que las unía con su hermano, recordó que James, primogénito de la familia Morland, había trabado amistad poco tiempo antes con un compañero de colegio cuyo apellido era Thorpe, y que había pasado la última semana de sus vacaciones de Navidad con su familia, cerca de Londres.

Una vez que todo quedó aclarado como corresponde, las señoritas Thorpe manifestaron vivos deseos de entablar amistad con la hermana de aquel amigo suyo, etcétera, etcétera. Catherine escuchó con placer las frases amables de sus nuevas conocidas, correspondiendo a ellas como pudo y, a modo de prueba de amistad, Isabella la tomó del brazo y la invitó a dar una vuelta por el salón. Catherine estaba tan encantada de ver cómo aumentaba el número de sus amistades en Bath que casi se olvidó del señor Tilney mientras hablaba con la señorita Thorpe. La amistad es el mejor bálsamo para los dolores de un amor no correspondido.

La conversación giró en torno a los temas habituales que posibilitan que las jóvenes intimen, como la ropa, los bailes, los coqueteos y los juegos de concursos. Claro que la señorita Thorpe, que era cuatro años mayor que la señorita Morland y disponía, por lo tanto, de otros tantos de experiencia, aventajaba a su amiga en la discusión de dichos asuntos. Podía, por ejemplo, comparar los bailes de Bath con los de Tunbridge, sus modas con las de Londres, y hasta rectificar el gusto de su nueva amiga en lo que a indumentaria se refería, además de saber descubrir un coqueteo entre personas que, en apariencia, no hacían más que intercambiar leves sonrisas. Tales dotes recibieron la debida admiración de Catherine, que no tenía antes noticia de ellas, y el respeto que naturalmente le inspiraron habría resultado excesivo si la llaneza de trato de Isabella y el placer que aquella amistad le inspiraban no hubieran hecho desaparecer del ánimo de la muchacha el vago temor que siempre provocaba en ella lo desconocido, inculcándole en su lugar un tierno afecto. El creciente apego que ambas experimentaban no podía, por supuesto, quedar satisfecho con media docena de vueltas por los salones, y exigió, llegado el momento de separarse, que la señorita Thorpe acompañase a la señorita Morland hasta la puerta misma de su casa, donde se despidieron con un cariñoso apretón de manos, no sin antes prometerse que se verían aquella noche en el teatro y que asistirían juntas a la capilla a la mañana siguiente. Después de eso, Catherine subió de prisa las escaleras y se dirigió hacia la ventana para contemplar el paso de la señorita Thorpe por la acera de enfrente, admirar el gracioso espíritu de su andar, el aire de moda de su figura y alegrarse de que el destino le hubiese dado ocasión de trabar tan interesante amistad.

La señora Thorpe era viuda, no muy rica, solía estar de buen humor, tenía buenas intenciones y era una madre indulgente. La mayor de sus hijas poseía una belleza indiscutible y las más pequeñas, imitando el estilo de vestir de su hermana, también se veían muy bien. Sirva esta breve descripción a modo de reemplazo para evitar el prolijo relato que de sus aventuras y sufrimientos hiciera la señora Thorpe a la señora Allen ya que, expuesto con detalles, llegaría a ocupar los tres o cuatro capítulos siguientes, dedicados, en su mayor parte, a considerar la maldad e ineficacia de los señores en general y de los abogados en particular, y a una repetición de conversaciones celebradas más de veinte años antes de la fecha en que tiene lugar nuestra historia.

Capítulo V

Aquella noche, a pesar de hallarse muy ocupada correspondiendo como se debe los saludos y sonrisas de la señora Thorpe, Catherine no se olvidó de recorrer con la vista una y otra vez la sala, en espera de descubrir al señor Tilney. Pero fue en vano. Al parecer, el señor Tilney tenía tan poca afición al teatro como al cuarto de bombas del balneario. Al día siguiente, se supuso más afortunada cuando comprobó que era una mañana espléndida pues, cuando el clima era bueno en un domingo, los hogares quedaban vacíos y todo el mundo se lanzaba a la calle para comentar con sus conocidos lo excelente del clima.

Tan pronto como hubieron finalizado los oficios eclesiásticos, los Thorpe y los Allen se reunieron entusiasmados y, luego de permanecer en la sala de bombas del balneario el tiempo suficiente como para darse cuenta de que tanta aglomeración de gente les resultaba insoportable y de que no había en ella una sola persona distinguida —detalle que, según todos observaron, se repetía cada domingo—, se marcharon al Crescent, donde el ambiente era más refinado. Allí, Catherine e Isabella, tomadas del brazo, disfrutaron otra vez de las delicias de la amistad, en una conversación sin reservas; sin embargo, Catherine vio una vez más frustradas sus esperanzas de encontrarse con su pareja. No lo divisaba por ningún lado y cada búsqueda que hizo de él fue igualmente infructuosa. No estaba en las tertulias matutinas ni en las vespertinas, ni en los Salones Superiores ni en los Inferiores, ni en los bailes de etiqueta ni en los informales, ni entre la gente que iba andando, ya sea a caballo o en coche. Su nombre ni siquiera aparecía registrado en los libros de visitantes a la sala de bombas del balneario y la muchacha no podía más de la curiosidad. Debía haberse marchado. Sin embargo, nunca había mencionado que su estadía sería tan corta. Todo ello hizo que aumentara la impresión de misterio tan necesaria en la vida de los héroes, lo que provocaba en la muchacha nuevas ansias de verlo. Por medio de los Thorpe no pudo averiguar nada, pues solo llevaba dos días en Bath cuando ocurrió el encuentro con la señora Allen. Catherine, sin embargo, habló del tema en más de una ocasión con su nueva amiga, de quien recibió todos los ánimos posibles para seguir pensando en él, por lo que la impresión que en el ánimo de la muchacha había producido este no se debilitó ni por un instante. Por supuesto, Isabella se mostró segura de que Tilney debía ser un hombre encantador, así como de que su querida Catherine habría provocado en él tal admiración que no tardaría en regresar. La señora Thorpe, por su parte, encontraba muy oportuno que Tilney fuera clérigo, pues siempre había sido partidaria de tal profesión y, al decirlo, dejó escapar algo así como un suspiro. Tal vez, Catherine hizo mal en no averiguar la causa de la emoción que expresaba, pero no estaba lo bastante experimentada en lides de amor ni en los deberes que requiere una firme amistad como para conocer la manera de forzar la ansiada confidencia.

La señora Allen, entre tanto, estaba bastante feliz y satisfecha con Bath. Al fin había hallado una conocida, a eso se le agregaba la suerte de que esta había venido con su familia y, como corolario de tanta fortuna, se había percatado de que esas amistades ni remotamente vestían tan bien como ella. Ya no se pasaba el día exclamando: "¡Ojalá tuviéramos algún conocido en Bath!", sino "¡Cuán feliz estoy de habernos encontrado con la señora Thorpe!", demostrando tanto o mayor afán por fomentar la amistad entre ambas familias que el que sentían Catherine e Isabella, hasta el punto de no quedar nunca contenta cuando algún motivo le impedía pasar la mayor parte del día junto a la señora Thorpe, ocupada en lo que ella llamaba "conversación", pero en la que nunca hubo cambio alguno de opinión, sino que se limitaba al usual relato de los méritos de sus hijos por parte de la señora Thorpe y a la descripción de sus trajes, por parte de la señora Allen.

El progreso de la amistad de Isabella y Catherine fue tan rápido como cálidos habían sido sus comienzos, pasando ambas jóvenes por las diferentes y necesarias gradaciones de ternura con prisa tal que, al poco tiempo, no les quedaba prueba alguna de amistad mutua que ofrecerse. Se llamaban una a la otra por su nombre de pila, siempre estaban tomadas del brazo cuando paseaban, se cuidaban las colas de los vestidos en los bailes y, si una mañana lluviosa las privaba de otros placeres, todavía estaban gustosamente dispuestas a encerrarse para leer juntas alguna novela. Sí: novela. ¿Por qué no decirlo? No adoptaré esa costumbre poco generosa y descortés tan común entre los novelistas de censurar un hecho al que ellos mismos contribuyen con sus obras, uniéndose a sus enemigos para vapulear ese género literario, cubriendo de escarnio a las heroínas que su propia imaginación ha fabricado y calificando de sosas e insípidas las páginas que sus protagonistas hojean, según ellos, con desdén. ¡Pobre de mí! Si las heroínas no se respetan la una a la otra, ¿de quién pueden esperar protección y estima? De ninguna manera puedo aprobar eso. Dejemos a los críticos hacer tal cosa y mantengámonos unidos los novelistas para defender lo mejor que podamos nuestros intereses. No nos abandonemos los unos a los otros; somos un cuerpo herido. Aunque nuestras producciones son las que mayores goces han procurado a la humanidad, más que las de ninguna otra corporación literaria del mundo, ningún otro tipo de composición ha sido tan criticado. Por orgullo, ignorancia o moda, el número de nuestros enemigos es casi igual al de nuestros lectores y, mientras mil plumas se dedican a alabar la nonagésima abreviación de la historia de Inglaterra o al autor que recopila y publica en un tomo algunas líneas de Milton, Pope y Prior, junto con un artículo del *Spectator* y un capítulo de Sterne, parece un deseo casi generalizado desacreditar la labor del novelista y menospreciar las representaciones que no solo poseen gracia, sino también ingenio y buen gusto. "No soy lector de novelas", "Rara vez hojeo novelas", "No me imagines aficionado a las novelas" y #Esta obra, para tratarse de una novela, no está del todo mal", son frases que oímos a menudo. Si preguntamos a una señorita "¿Qué está usted leyendo?", seguramente nos dirá sonrojándose: "Nada, una novela", "Es solo *Cecilia* o *Camilla* o *Belinda*", en definitiva: solo alguna de las obras en la que nos son dados a conocer los retratos más completos de la naturaleza humana, condimentados con ingenio y humor a través de un refinado lenguaje. Si, en cambio, esa misma jovencita estuviese en el momento de la pregunta, ocupada con un volumen del *Spectator*, respondería con orgullo y se jactaría de estar leyendo una obra repleta de hechos inverosímiles y de tópicos de escaso o nulo interés, concebidos, por añadidura, en un lenguaje tan tosco que resultaría sorprendente que pudiera tolerarlo.

Capítulo VI

La siguiente conversación, que tuvo lugar una mañana en la sala de bombas del balneario ocho o nueve días después de que las amigas se conocieron, bastará para dar una idea de la ternura de los sentimientos que unían a Isabella y a Catherine, y de la delicadeza, la discreción, la originalidad de pensamiento y el gusto literario que explicaban un apego tan profundo. El encuentro había sido acordado de antemano y, como Isabella llegó al menos cinco minutos antes que su amiga, su primera reacción al ver a esta fue:

—¡Mi queridísima criatura! ¿Cómo llegas tan tarde? Llevo un siglo esperándote.

—¿De veras? Lo siento mucho, pero creí que llegaba a tiempo. Confío en que no hayas tenido que esperar demasiado.

—Pues debo de llevar aquí media hora. Da igual. Ahora vayamos a sentarnos al otro extremo y disfrutemos, que tengo mil cosas para contarte. Cuando me estaba preparando para salir, por un momento temí que lloviese y motivos no me faltaban, ya que estaba muy nublado. ¡Hubiera sido terrible! ¿Sabes? He visto un sombrero precioso en un escaparate de Milsom Street. Es muy parecido al tuyo, solo que con cintas en rojo amapola en lugar de verde. Tuve que contenerme para no comprarlo. ¿Tú qué has hecho esta mañana, querida? ¿Sigues leyendo *Udolfo*?

—Sí, lo he estado leyendo desde que desperté y llegué al episodio del velo negro.

—¿De veras? ¡Qué delicia! Por nada del mundo te diría lo que se oculta detrás de ese velo. ¿No te mueres por saberlo?

—¿Acaso lo dudas? Pero no, no me lo digas; no quisiera saberlo por nada del mundo. Sé que debe ser un esqueleto, estoy segura de que es el de Laurentina. Me encanta ese libro. Me pasaría la vida leyéndolo y, si no hubiera sido porque estabas esperándome, por nada del mundo habría salido de casa esta mañana.

—¡Querida mía! ¡Cuánto te lo agradezco! He pensado que cuando concluyas el *Udolfo* podríamos leer juntas *El italiano* y, para cuando acabemos con ese, tengo preparada una lista de diez o doce títulos más.

—¿De verdad? ¡Qué alegría! ¿Cuáles son?

—Te lo diré ahora mismo, pues tengo los títulos escritos en mi libreta: *El castillo de Wolfenbach, Clermont, La advertencia misteriosa, El nigromante o El cuento de la Selva Negra, La campana de medianoche, El huérfano del Rin* y *Misterios horribles.* Creo que con esos tenemos para un tiempo.

—Sí, sí, ya lo creo. Pero, ¿estás segura de que todos ellos son de horror?

—Segurísima. Lo sé por una amiga mía, la señorita Andrews, la criatura más dulce del mundo. Ella los ha leído todos. Me gustaría que la conocieras. La encontrarías adorable. Se está haciendo una capa tejida que es una preciosidad. Yo la encuentro hermosa como un ángel y no entiendo cómo los hombres no sienten admiración por ella. Yo se lo he dicho a muchos y hasta he regañado a más de uno a causa de ello.

—¿Regaños? ¿Los has regañado por no admirarla?

—Por supuesto. No hay nada que no haría por mis amigos. Te aseguro que no soy de las que quieren a medias. Mis apegos siempre son profundos. El invierno pasado le dije al capitán Hunt, en el transcurso de un baile, que por mucho que hiciera no accedería a bailar con él si antes no reconocía que la señorita Andrews tenía la belleza de un ángel. Los hombres suponen que nosotras las mujeres somos incapaces de tener una verdadera amistad y me he propuesto demostrarles lo contrario. Si ahora, por ejemplo, oyese a alguien hablando de ti en términos poco halagüeños, saldría en tu defensa al instante; pero es poco probable que eso suceda, pues eres el tipo de chica que siempre gusta a los hombres.

—¡Oh, querida! —exclamó Catherine, ruborizada— ¿Cómo puedes decir eso?

—Te conozco muy bien. Tienes toda la vivacidad que a la señorita Andrews le falta, porque debo confesar que hay algo increíblemente insípido en ella. Vaya, se me olvidaba decirte que ayer, cuando terminábamos de separarnos, vi a un joven mirarte con tal insistencia que estoy segura de que está enamorado de ti.

Catherine se ruborizó otra vez y volvió a negarlo.

—Es cierto, te lo juro —dijo Isabella—. Pero ya veo cómo eres: indiferente a la admiración de todo el mundo salvo a la de un caballero que dejaré en el anonimato. No, si no te censuro por ello —añadió con tono más formal—. Además, comprendo tus sentimientos. Cuando el corazón se ha apegado a alguien, todo lo que no esté relacionado con el ser amado carece de interés, de modo que ya ves que puedo comprenderte perfectamente.

—Pero no deberías hablarme de esa manera del señor Tilney. Es probable que no vuelva a verlo jamás.

—¡No volveré a verlo! Mi querida criatura, no hables de ese modo. Si lo creyeses así, serías muy desdichada.

—No. Y, de hecho, no debería. No pretendo negar que estaba muy a gusto con él, pero mientras esté en condiciones de leer el *Udolfo*, te aseguro que no hay nada en el mundo capaz de hacerme desdichada. Ese velo terrible... Mi querida Isabella, estoy convencida de que el esqueleto de Laurentina se oculta detrás de él.

—Me extraña que no lo hubieras leído antes. ¿Acaso la señora Morland se opone a que leas novelas?

—De ninguna manera. Justamente, con frecuencia ella misma lee *Sir Charles Grandison*. Pero en casa no tenemos muchas ocasiones de conocer nuevos libros.

—¿*Sir Charles Grandison*? Pero ¡si es una obra odiosa! Ahora recuerdo que la señorita Andrews no pudo acabar el primer tomo.

—Es cierto que no se parece en nada al *Udolfo* pero, aún así, yo lo encontré muy entretenido.

—¿De veras? Me sorprende. Yo creía que era aburrido. Pero, mi querida Catherine: ¿has pensado qué adorno te pondrás en la cabeza esta noche? Yo estoy decidida a ir vestida como tú a todos los eventos. Los hombres a veces se dan cuenta de que… bueno, ya sabes.

—¿Y qué puede importarnos? —preguntó con ingenuidad Catherine.

—¿Importarnos? Nada, desde luego. Tengo por regla no hacer caso de lo que puedan decir. Estoy convencida de que a los hombres se les debe hablar con desdén y descaro, pues si no los obligamos a guardar la debida distancia se vuelven muy impertinentes.

—¿Sí? Nunca observé eso. Conmigo se portan muy bien.

—¡Por Dios! ¡Se dan unos aires! Son los seres más engreídos del mundo. Por cierto, hay algo que he pensado cientos de veces y siempre me olvido de preguntarte: ¿te gustan más los rubio o los morenos?

—Nunca pensé mucho en eso, pero ahora que me lo preguntas, te diré que prefiero a los que no son ni muy rubios ni muy morenos.

—Muy bien, Catherine. Ese es exactamente él. No he olvidado la descripción que hiciste del señor Tilney: tez morena, ojos oscuros y cabello castaño. Mi gusto es diferente al tuyo: prefiero los ojos claros y el cutis muy oscuro. Pero te ruego que no traiciones esta confianza si algún día ves que alguno responde a tal descripción.

—¿Traicionarte? ¿Qué quieres decir?

—Nada, nada, no me preguntes más, me parece que ya he hablado demasiado. Cambiemos de tema.

Catherine, algo asombrada, obedeció y, después de permanecer unos minutos en silencio, se dispuso a volver sobre lo que más le interesaba en el mundo en ese momento, el esqueleto de Laurentina, cuando, de pronto, su amiga la interrumpió diciendo:

—¡Por el amor de Dios, vayámonos de aquí! Hay dos jóvenes insolentes que no dejan de mirarme desde hace media hora. Veamos si en el registro aparece el nombre de algún recién llegado, pues no creo que se atrevan a seguirnos.

Por lo tanto, se marcharon a examinar el libro y, mientras Isabella lo leía con detenimiento, Catherine se encargaba de la delicada tarea de vigilar a la pareja de peligrosos admiradores.

—No se dirigen hacia aquí, ¿verdad? Espero que no sean tan impertinentes como para seguirnos. Avísame si ves que vienen; yo no pienso levantar la cabeza de este libro.

Al cabo de unos instantes, Catherine pudo, con mucha satisfacción, asegurarle a su amiga que podía estar tranquila, pues los jóvenes en cuestión habían desaparecido.

—¿Hacia dónde han ido? —preguntó Isabella, volviendo la cabeza con rapidez—. Uno de ellos era muy apuesto.

—Hacia el patio de la iglesia.

—Al fin se han decidido a dejarnos en paz. ¿Tienes ganas de ir a Edgars Buildings a ver el sombrero que quiero comprarme? Me habías dicho que te gustaría verlo.

Catherine accedió de buena gana, pero no pudo menos que expresar su temor de que volvieran a encontrarse con los dos jóvenes.

—No te preocupes por eso. Si nos apuramos podremos alcanzarlos y pasar de largo. Me muero de ganas de enseñarte ese sombrero.

—Pero si los esperamos un par de minutos, no corremos riesgo de cruzarnos con ellos.

—No les haré ese favor, te lo aseguro. Ya te he dicho que no me gusta halagar tanto a los hombres. Eso los echa a perder.

Catherine no halló razón alguna que oponerse a semejantes argumentos y, para que la señorita Thorpe pudiera hacer alarde de su independencia y su afán de humillar al sexo fuerte, partieron inmediatamente y tan rápido como pudieron, en busca de los dos jóvenes.

Capítulo VII

Medio minuto después, las dos amigas llegaban al arco que hay enfrente del Union Passage, donde de pronto se detuvieron. Quienes estén familiarizados con Bath quizá recuerden que el cruce de Cheap Street es muy dificultoso debido a que se encuentra allí la principal posada de la población, además de desembocar las carreteras de Londres y de Oxford, por lo que es extraño el día en que las damas que lo atraviesan en busca de pastelerías, sombrererías o, incluso, hombres jóvenes (como en el presente caso) no quedan largo rato detenidas en las aceras debido al constante tránsito de coches, carros o jinetes. Isabella había experimentado al menos tres veces al día los inconvenientes derivados de esta circunstancia y, en muchas oportunidades, también se había lamentado de ello. La presente ocasión le proporcionó otra oportunidad de manifestar su desagrado, pues en el momento en que tenía a la vista a los dos admiradores, que avanzaban entre la multitud sorteando el lodo de las alcantarillas, se vio detenida por un carruaje que un cochero, por demás osado, lanzaba contra un mal pavimento, con evidente peligro para sí, para el caballo y para los ocupantes del vehículo.

—¡Odio esos carruajes! —exclamó—. ¡Cómo los detesto!

Pero aquel odio tan justificado duró poco ya que, al mirar de nuevo, volvió a exclamar, esta vez llena de gozo:

—¡Cielos! ¡El señor Morland y mi hermano!

—¡Dios mío! Es James... —dijo casi al mismo tiempo Catherine.

Al ser observadas por los dos jóvenes hombres, estos refrenaron la marcha de los caballos con una vehemencia tal que por poco lo tiran hacia atrás, saltando acto seguido del carruaje, mientras el criado, que había bajado del pescante, se encargaba del vehículo.

Catherine, para quien aquel encuentro fue totalmente inesperado, recibió a su hermano con grandes muestras de cariño, correspondiéndola él de idéntica forma, pues eran muy apegado el uno al otro. Pero las ardientes miradas que la señorita Thorpe le dirigía al joven pronto distrajeron la atención de este de sus deberes fraternales, obligándolo a ponerla en la bella joven con una turbación tal que, si Catherine hubiera sido tan experta en conocer los sentimientos ajenos como lo era en apreciar los suyos, habría advertido que su hermano hallaba a Isabella tan bonita o más de lo que ella misma pensaba.

John Thorpe, que mientras tanto había estado ocupado dando órdenes sobre los caballos, pronto se unió a ellos y entonces Catherine fue objeto de los correspondientes elogios, mientras que Isabella hubo de contentarse con un somero saludo. Era un joven corpulento, de mediana estatura, rostro sobrio y figura poco agraciada, a lo que añadía que parecía temer el resultar demasiado apuesto si no se vestía como un lacayo y demasiado fino si trataba a la gente con la debida cortesía. De pronto, sacó el reloj y exclamó:

—¿Cuánto tiempo cree, que hemos tardado en llegar desde Tetbury, señorita Morland?

—Desconozco la distancia —se excusó Catherine.

Su hermano le dijo que eran veintitrés millas.

—¿Veintitrés millas? —dijo Thorpe—. Como mínimo, veinticinco.

Morland pretendió que rectificase, basándose para ello en la autoridad de libros de ruta, dueños de posadas e hitos del camino, pero su amigo los ignoró a todos, asegurando que él tenía pruebas todavía más irrefutables.

—Yo sé que son veinticinco —afirmó— por el tiempo que hemos tardado en recorrerlas. Ahora es la una y media; salimos del patio de la posada de Tetbury a las once en punto, y desafío a cualquier hombre en Inglaterra a que consiga refrenar mi caballo de manera que marche a menos de diez millas por hora. Eso hace que sean exactamente veinticinco.

—Habrás perdido una hora —replicó Morland—. Eran las diez cuando salimos de Tetbury.

—¿Las diez? ¡Por Dios, eran las once! Conté cada una de las campanadas del reloj. Su hermano, señorita, querrá convencerme de lo contrario, pero no tienen ustedes más que fijarse en el caballo. ¿Ha visto alguna vez en su vida un animal tan hecho para la velocidad como este?

El criado acababa de subir al carruaje y había salido a toda velocidad.

—¿Tres horas y media para recorrer veintitrés millas? Miren ustedes a ese animal y díganme si lo creen posible...

—Pues la verdad es que se lo ve bastante acalorado.

—¿Acalorado? No se le había movido un pelo cuando llegamos a la iglesia de Walcot. Lo que digo es que se fijen ustedes en las patas delanteras, en el lomo, en la forma que tiene de moverse. Es un caballo que no puede andar menos de diez millas por hora. Átenle las patas y, aun así, correría. ¿Qué le parece a usted el carruaje, señorita Morland? ¿Verdad que es admirable? Lo tengo hace menos de un mes. Fue fabricado para un hombre de Christchurch, un amigo mío, muy buen compañero. Lo disfrutó un par de semanas y no tuvo más remedio que deshacerse de él. Dio la casualidad que por entonces yo andaba buscando un coche ligero, hasta le había echado el ojo a un cabriolé, pero, cuando cruzaba el puente de Magdalena camino a Oxford me encontré con mi amigo, quien me dijo: "Oye, Thorpe ¿tú no querrías comprar un coche como este? Es inmejorable, pero estoy harto de él y quiero venderlo." "¡Maldición!:, dije, "¿cuánto quieres?" ¿Y cuánto le parece a usted que me pidió, señorita Morland?

—La verdad, no sabría decirlo...

—Como habrá usted visto, la suspensión es excelente, por no hablar del cajón, los guardabarros, los faros, y las molduras, que son de plata. Pues me pidió cincuenta guineas; cerré el trato, le entregué el dinero y el carruaje era mío.

—La verdad —dijo Catherine— que entiendo tan poco de estas cosas que no puedo decir si es caro o barato.

—Ni lo uno ni lo otro. Tal vez hubiera podido conseguirlo por menos, pero no me gusta regatear, y el pobre Freeman quería efectivo.

—Pues fue muy amable de su parte —dijo Catherine complacida.

—¿Qué otra cosa puede hacerse? Siempre hay que ayudar a un amigo cuando se tienen los medios para hacerlo.

A continuación tuvo lugar una pequeña investigación acerca de los futuros movimientos de las muchachas y, al enterarse de que estas se dirigían a Edgar›s Buildings, resolvieron acompañarlas y, de paso, ofrecer sus respetos a la señora Thorpe. James e Isabella se adelantaron y, tan satisfecha se hallaba ella, tanto empeño ponía en resultarle agradable a aquel hombre, a cuyos méritos añadía el ser amigo de su hermano y hermano de su amiga; tan puros y libres de toda coquetería eran sus sentimientos que, cuando al llegar a Milsom Street vio de nuevo a los dos jóvenes infractores, evitó atraer su atención y solo volvió la cabeza hacia ellos tres veces.

John Thorpe seguía a su hermana, escoltando al mismo tiempo a Catherine, y, tras unos minutos de silencio, renovó su conversación sobre el asunto del carruaje.

—Mucha gente, señorita Morland, —dijo— calificaría la compra de negocio admirable y, en efecto, de haberlo vendido al día siguiente habría obtenido diez guineas de ganancia. Jackson, de Oriel, me ofreció sesenta por él. Morland estaba conmigo en ese momento.

—Sí —dijo Morland, que lo había escuchado—. Pero olvidas que tu caballo estaba incluido en el precio.

—¿El caballo? No vendería mi caballo ni por cien. ¿A usted le agrada pasear a coche descubierto, señorita?

—Sí, mucho, aunque casi no tengo oportunidad de hacerlo. Pero es algo a lo que soy particularmente aficionada.

—Me alegro. La sacaré en el mío todos los días.

—Gracias —dijo Catherine algo confusa, pues no sabía si era conveniente aceptar la propuesta.

—Mañana mismo la llevaré a Lansdown Hill.

—Gracias, pero... ¿no querrá descansar su caballo?

—¿Descansar? Pero, ¡si hoy solo ha hecho veintitrés millas! Nada echa tanto a perder a un caballo como el descanso, nada los arruina más pronto. Durante mi estancia en Bath pienso hacer trabajar al mío al menos cuatro horas diarias.

—¿De veras? —dijo Catherine muy seriamente—. En ese caso correrá cuarenta millas por día.

—Cuarenta o cincuenta. ¿Qué más da? Y para comenzar, a partir de ahora me comprometo a llevarla a usted a Lansdown mañana.

—¡Qué propuesta deliciosa! —exclamó Isabella, dándose vuelta—. Te envidio, querida Catherine, porque, supongo, hermano, que no tendrás lugar para una tercera persona.

—Desde luego. Además, no he venido a Bath con el objeto de pasear a mis hermanas. ¡Pues sí que iba a resultarme divertido! En cambio, Morland podrá cuidar de ti.

Tales palabras provocaron un diálogo de cortesía entre los otros dos, del que la joven no logró oír ni los detalles ni el final. La conversación de su acompañante, por otra parte, se transformó en comentarios breves y terminantes sobre el rostro y la figura de cuantas mujeres se cruzaban en su camino. Catherine, después de escuchar y estar de acuerdo tanto como pudo, con toda la cortesía y deferencia de una mente femenina juvenil temerosa de aventurar una opinión propia en oposición a la de un hombre tan seguro de sí mismo, especialmente en lo relativo a belleza femenina, intentó hacer girar la conversación hacia otros derroteros, formulando una pregunta relacionada con aquello que ocupaba por completo sus pensamientos.

—¿Ha leído usted *Udolfo*, señor Thorpe?

—¿*Udolfo*? ¡Por Dios, qué disparate! Nunca leo novelas. Tengo cosas más importantes que hacer.

Catherine, humillada y avergonzada, iba a disculparse por su pregunta, cuando él la interrumpió diciendo:

—Las novelas no son más que una sarta de tonterías. Desde la aparición de *Tom Jones* no he vuelto a encontrar nada tolerablemente decente. Solo *El monje*, lo leí el otro día. Lo demás me resultan completas necedades.

—Pues yo creo que si leyera usted *Udolfo* lo hallaría muy interesante.

—Estimo que no. De leer algo, sería alguna obra de la señora Radcliffe. Sus novelas son bastante divertidas y tienen un toque natural.

—*Udolfo* fue escrito por la señora Radcliffe —exclamó Catherine un tanto vacilante por temor a ofender con sus palabras al joven.

—¡Tiene razón! Sí, ahora lo recuerdo; está en lo cierto, me había confundido con otro estúpido libro escrito por esa mujer por la que hacen tanto alboroto, la misma que se casó después con un inmigrante francés.

—Supongo que se referirá a *Camilla*.

—Sí, ese es el libro. ¡Cosas tan antinaturales! ¡Un viejo jugando al subibaja! Yo empecé el primer tomo, pero pronto comprendí que se trataba de una tontería absoluta y lo abandoné. Desde luego, no esperaba otra cosa. A partir del instante en que supe que la autora se había casado con un inmigrante, comprendí que jamás podría llegar al final de su obra.

—Todavía no lo he leído.

—Pues no se ha perdido nada. Le aseguro que es la tontería más horrible que se pueda imaginar. Con decirle que no hay en él más que un viejo que juega al subibaja y aprende latín. Le juro que eso es todo.

Esa crítica, cuya exactitud Catherine no podía juzgar, los condujo hasta la puerta del alojamiento de la señorita Thorpe, y los sentimientos del lector perspicaz y sin prejuicios de *Camilla* se transformaron en los de un hijo cariñoso y respetuoso ante la señora Thorpe, quien bajó a recibirlos en cuanto los vio llegar.

—Hola, madre, ¿cómo estás? —dijo él, dándole un cordial apretón de manos—. ¿Dónde has comprado ese sombrero? Pareces una vieja una bruja. Pero, a otra cosa: Morland y yo hemos venido a pasar unos días contigo, así que ya puedes comenzar a buscarnos dos buenas camas en algún lugar cercano.

A juzgar por la alegría que reflejaba el rostro de la señora Thorpe, tales palabras debieron satisfacer los deseos más entrañables de su corazón de madre. A continuación, el señor Thorpe pasó a cumplimentar a sus dos hermanas más pequeñas, demostrándoles el mismo afecto, preguntándoles cómo estaban y agregando que las encontraba por demás feas.

Semejantes modales no agradaron a Catherine, pero se trataba de un amigo de James y hermano de Isabella, y sus recelos quedaron después más apaciguados ante el comentario de esta, quien, al encaminarse ambas a la sombrerería, le aseguró que John pensaba que ella era la chica más encantadora del mundo. Dicha afirmación fue corroborada por la actitud del propio John, quien le pidió que aceptase ir a un baile con él aquella misma noche. Si hubiese sido mayor o más vanidosa, este hecho no habría tenido un gran efecto pero, donde la timidez y la juventud se unen, se requiere de una inusual firmeza de la razón para resistir el halago de oírse llamar "la chica más encantadora del mundo" y al verse solicitada para un baile muchas horas antes de celebrarse este. Consecuencia de ello fue que, al verse solos los hermanos Morland, cuando, luego de haber acompañado un buen rato a la familia Thorpe, se marcharon a casa de la señora Allen, James preguntó:

—Bueno, Catherine, ¿qué te parece mi amigo Thorpe?

Catherine, en vez de contestar "No me gusta para nada", como habría hecho de no mediar una relación de amistad y cierto estado de fascinación, respondió directamente:

—Me agrada mucho, me parece muy agradable.

—Es el hombre más bondadoso que jamás haya existido —apuntó James—; tal vez hable demasiado, pero eso les agrada a las mujeres. Y el resto de la familia, ¿te ha gustado?

—Muchísimo, en particular Isabella.

—Me alegra mucho oírte decir eso, porque es justamente la clase de mujer cuya compañía me complace que frecuentes. Tiene sentido común, y es apacible y amable. Siempre quise que la conocieras y ella al parecer te tiene mucho cariño. Me ha hablado de ti en términos muy elogiosos y eso, viniendo de una mujer como ella, debería ser para ti motivo de orgullo, Catherine —dijo James, apretando con afecto la mano de su hermana.

—De hecho, lo es —contestó Catherine—. Aprecio mucho a Isabella y me alegro de que a ti también te agrade. Casi no mencionaste nada de ella cuando me escribiste después de visitarlos.

—Porque pensé que pronto te vería. Confío en que se vean a menudo mientras estén en Bath. Ella es una chica muy amable y de una gran inteligencia. Su familia la quiere muchísimo. Evidentemente, en general es la favorita. ¡Cuánto debe ser admirada en un sitio como este! ¿No?

—Sí, me imagino que mucho. El señor Allen dice que es la chica más bonita que hay en Bath esta temporada.

—Me atrevo a decir que sí y no conozco ningún hombre que sea mejor juez de belleza femenina que el señor Allen. Por lo demás, mi querida Catherine, no necesito preguntarte si estás contenta en Bath, ya que teniendo por amiga y compañera a una chica como Isabella Thorpe no existe otra posibilidad, aparte de que los Allen seguramente se muestran muy amables contigo.

—Sí, son muy cariñosos y puedo asegurarte que jamás he estado tan contenta como ahora. Además, te agradezco muchísimo que hayas venido desde tan lejos solo por verme.

James aceptó estas palabras de gratitud, no sin disculparse ante su conciencia, y dijo con tono afectuoso:

—En verdad, te quiero mucho, hermanita.

Después siguieron las lógicas preguntas y comunicaciones acerca de hermanos y hermanas, la situación de algunos, el crecimiento del resto y otros asuntos familiares, y así, hablando sin más que una breve digresión por parte de James para alabar la belleza de la señorita Thorpe, llegaron a Pulteney Street, donde el joven fue recibido con gran cariño por el señor y la señora Allen. Acto seguido aquel lo invitó formalmente a cenar, y la señora le pidió que adivinase el precio y apreciase la calidad de su nueva capita corta y del correspondiente manguito que llevaba puesto. Un compromiso previo en Edgar›s Buildings le impidió a James aceptar lo primero y lo obligó a marcharse cumpliendo apenas con lo segundo y, tras especificarse de forma clara y concreta la hora en que debían reunirse ambas familias en el Salón Octogonal aquella noche, Catherine pudo dedicarse a seguir con ansiedad siempre creciente las heroicas peripecias de *Udolfo*, interesándose de tal forma en su lectura que no lograban distraer su atención preocupaciones tan mundanas como el vestirse para comer y asistir al baile después, ni la preocupación de la señora Allen, agobiada por el temor de una demora de la modista. De los sesenta minutos que componen una hora, Catherine no pudo dedicar más que uno al recuerdo de la felicidad que suponía el hecho de ya tener comprometida la velada.

Capítulo VIII

Pese al *Udolfo* y a la modista, el grupo de Pulteney Street llegó a los Salones Superiores en muy buen tiempo. Los Thorpe y James Morland habían arribado solo unos minutos antes e Isabella, luego de saludar a su amiga con su acostumbrada amabilidad, y de admirar de inmediato el conjunto del vestido y los rizos de Catherine, tomó a esta del brazo y entró con ella en el salón de baile, bromeando y compensando con un apretón de manos o una sonrisa cariñosa la falta de ideas que caracterizaba su conversación.

El baile dio comienzo poco después de que se sentaran y James, que mucho antes de que Catherine se comprometiera con John había solicitado a Isabella el honor de la primera pieza, rogó a la muchacha que le hiciera el favor de cumplir con lo prometido. Pero, al comprobar la señorita Thorpe que John acababa de marcharse a la sala de juego a buscar a un amigo, decidió esperar a que volviera su hermano y sacase a bailar a su querida amiga.

—Le aseguro —le dijo a James— que no me pondría de pie por nada del mundo sin su querida hermana, porque si lo hiciera, temo que permanezcamos separadas el resto de la noche.

Catherine aceptó muy agradecida la propuesta de su amiga y continuaron durante unos tres minutos tal como estaban, hasta que Isabella, tras cuchichear un momento con James, se dio vuelta hacia su hermana y, mientras se levantaba de su asiento, le dijo:

—Querida, tu hermano está tan asombrosamente impaciente por bailar que me veo obligada a abandonarte. No hay forma de convencerlo de que esperemos. Supongo que no te molestará que te deje, ¿verdad? Además, estoy segura de que John no tardará en venir a buscarte.

Aunque a Catherine la idea de esperar no le gustaba del todo, tenía demasiado buen carácter como para oponerse a los deseos de su amiga y, en vista de que el baile daba comienzo, Isabella le apretó el brazo con cariño y con un afectuoso "Adiós, querida", se fue a bailar. Como las otras señoritas Thorpe también tenían pareja, Catherine quedó con la única compañía de las señoras Thorpe y Allen. No podía menos que estar molesta de que el señor Thorpe no se hubiese presentado a reclamar un baile solicitado con tanta anticipación, y, además, le fastidiaba el verse privada de bailar y, como consecuencia de ello, representar el mismo papel que otras jóvenes que todavía no habían encontrado quien se dignara a acercarse a ellas. Pero es destino de toda heroína el verse en ocasiones deshonrada ante los ojos del mundo para portar la apariencia de la infamia mientras su corazón es todo pureza, sus acciones toda inocencia y la mala conducta ajena la verdadera fuente de toda degradación. La fortaleza que revela en esas circunstancias es lo que dignifica particularmente al personaje. Catherine también tenía entereza y sufrió sin que de sus labios surgiese la más leve queja.

De tal estado de humillación vino a rescatarla diez minutos después la visión no del señor Thorpe, sino del señor Tilney, quien pasó muy cerca de ella, pero iba tan ocupado charlando con una joven elegante y de aspecto agradable que se apoyaba en su brazo, que no reparó en Catherine ni pudo apreciar, por lo tanto, la sonrisa y el rubor que en el rostro de ella había provocado su inesperada presencia. Se veía tan guapo y animado como siempre, y Catherine supuso que aquella joven sería su hermana, con lo que desaprovechó una nueva ocasión de mostrarse digna del papel de heroína, transformando su sentimiento por el señor Tilney en un amor imposible al suponerlo casado. Dejándose guiar por su sencilla imaginación, dio por sentado que no debía de estarlo, ya que se había dirigido a ella de forma tan diferente de como solían hacerlo otros hombres casados que ella conocía. De estarlo, habría mencionado alguna vez a su esposa, tal como había hecho respecto a su hermana. Tal convencimiento, por supuesto, la indujo a suponer que aquella dama no era otra que la señorita Tilney, evitándose con ello que, presa de gran agitación y desempeñando de modo correctamente fiel su papel, se desvaneciera sobre el pecho de la señora Allen, en vez de permanecer, como lo hizo, sentada erguida, en perfecto uso de sus facultades y solo con las mejillas un poco más rojas que lo habitual.

El señor Tilney y su pareja se aproximaron sin prisa, precedidos por una dama que resultó ser conocida de la señora Thorpe y, tras detenerse aquella a saludar a esta, la pareja hizo otro tanto, momento en que el señor Tilney saludó a Catherine con una amable sonrisa. La muchacha correspondió el gesto con infinito placer y entonces él, avanzando todavía más, habló con ella y con la señora Allen, quien le contestó con suma cortesía.

—Estoy muy feliz de volver verlo, señor. De hecho, temía que hubiera abandonado Bath.

Él agradeció el cumplido y le informó de que se había "visto obligado" a ausentarse durante una semana después de haber tenido el placer de verlas.

—Estoy segura de que no lamentará el haber regresado, pues no hay mejor sitio que este y no solo para los jóvenes, sino para todo el mundo. Cuando el señor Allen se queja porque prolongamos demasiado nuestra estadía aquí, le digo que hace mal en lamentarse, pues en esta aburrida época del año es mejor estar aquí que en nuestra casa. Y le remarco que tiene mucha suerte de que lo envíen a un lugar como este para recobrar su salud.

—Espero, señora, que el señor Allen se aficione al lugar al encontrarlo útil.

—Muchas gracias, señor; no tengo duda de que así será. El invierno pasado un vecino nuestro, el doctor Skinner, estuvo aquí por padecer problemas de salud y regresó hasta con unos kilos de más.

—Supongo que eso debe servirle de aliciente.

—Sí, señor. Y el doctor Skinner y su familia permanecieron aquí tres meses, por lo que le digo a mi marido que no debemos tener prisa por escaparnos.

En ese punto fueron interrumpidos por la señora Thorpe, quien les solicitó que dejasen lugar para que se sentasen la señora Hughes y la señorita Tilney, que habían manifestado deseos de incorporarse al grupo. Así lo hicieron, con la consecuencia de que el señor Tilney continuó parado frente a ellos, por lo que, al cabo de unos momentos de silencio, propuso a Catherine que bailaran. La muchacha se sintió muy mortificada de no poder aceptar tan grata invitación y, de haber reparado en el señor Thorpe, que en aquel preciso momento se acercaba a reclamar su baile, le habría parecido exagerado y mortificante el que su pareja se mostrase pesarosa de estar comprometida. La liviandad con que el señor Thorpe disculpó su ausencia y su retraso incrementaron a un punto tal el malhumor de Catherine, que ni siquiera se molestó en fingir que prestaba atención a lo que aquel le contaba, y que estaba relacionado, sobre todo, con los caballos y perros del amigo a quien acababa de dejar y con un proyectado intercambio de cachorros, todo lo cual interesó tan poco a Catherine que no podía evitar mirar a menudo hacia la parte del salón donde había dejado al señor Tilney. Con respecto a su querida Isabella, con quien tanto deseaba hablar del caballero, no podía llegar a verla, pues estaban en compartimentos diferentes. Ella estaba separada del grupo y lejos de todo conocido. Una mortificación sucedió a otra, deduciendo la muchacha de tanta contrariedad que el tener un baile comprometido de antemano no siempre aumenta necesariamente la dignidad ni el placer. De tan moralizantes reflexiones vino a sacarla la señora Hughes, que, tocándola en el hombro y seguida muy de cerca por la señorita Tilney y un caballero, le dijo:

—Perdone usted, señorita Morland, que me tome esta libertad, pero no conseguimos hallar a la señorita Thorpe, y su madre me ha dicho que usted no tendría objeción en permitir que esta señorita bailase en el mismo cuadro que ustedes.

La señora Hughes no podría haber encontrado a persona alguna más dispuesta a complacerla. Ambas muchachas fueron presentadas y, en tanto la señorita Tilney expresaba su agradecimiento a la señorita Morland, esta, con la delicadeza propia de todo corazón generoso, procuraba restar importancia a su acción. La señora Hughes, satisfecha de la manera en que había resuelto la obligación de ocuparse de su joven acompañante, regresó a su fiesta.

La señorita Tilney tenía una buena figura, una cara bonita y un semblante muy agradable y, si bien carecía de la arrogante belleza de la señorita Thorpe poseía, en cambio, una elegancia más genuina. Sus modales eran refinados y daban cuenta de una buena crianza, y su comportamiento, ni muy tímido ni afectadamente fresco, resultaba alegre; era bonita y atractiva como para llamar la atención de cuantos hombres la miraran, sin necesidad de demostraciones vehementes de contrariedad o de placer cada vez que se presentaba la ocasión de manifestar cualquiera de estos sentimientos. Catherine, interesada en la joven tanto por su parecido con el señor Tilney como por el parentesco que la unía a este, trató de fomentar aquel conocimiento hablando con animación ni bien encontraba algo que decir, y el coraje y el tiempo para decirlo. Pero, como esos requisitos no se cumplían, tuvieron que contentarse con una conversación banal, limitada a mutuas preguntas sobre su estadía en Bath, lo mucho que admiraban sus edificios y la belleza circundante, y a indagar si la otra dibujaba, tocaba algún instrumento musical, cantaba o gustaba de montar a caballo.

Ni bien hubieron finalizado los bailes, Catherine encontró su brazo tomado por la fiel Isabella, quien con gran regocijo exclamó:

—¡Por fin te encuentro, mi querida amiga! Hace una hora que te estoy buscando. ¿Qué te hizo permanecer en este sector sabiendo que yo estaba en el otro? No sabes cuánto deseaba encontrarme cerca de ti.

—Mi querida Isabella —repuso Catherine—, ¿cómo iba a reunirme contigo si ni siquiera sabía dónde estabas?

—Eso le decía todo el tiempo a tu hermano, pero no quiso hacerme caso. "Vaya usted a buscarla, señor Morland", le pedí, pero fue en vano. ¿No es verdad, señor Morland? ¡Ustedes son tan inmoderadamente holgazanes! Y te garantizo, mi querida Catherine, que lo estuve regañando de una manera que te sorprendería. Ya sabes que con alguna gente suelo prescindir de toda etiqueta.

—Observa a esa señorita con la tiara de cuentas blancas —musitó Catherine separando a su amiga de James—. Es la hermana del señor Tilney.

—¡Oh, cielos! ¿Es posible? Déjame mirarla un momento. ¡Qué niña tan encantadora! Nunca antes he visto una mujer ni la mitad de bonita. ¿Y dónde está su hermano, el conquistador? ¿Está aquí? Enséñamelo; me muero por conocerlo. Señor Morland, le prohíbo que escuche lo que hablamos; no es usted nuestro tema de conversación.

—Pero, ¿a qué viene tanto secreto? ¿Qué está sucediendo?

—Ya está. ¿Cómo era posible que no pretendiera usted enterarse? ¡Qué curiosidad tan viva tienen los hombres! ¡Y después tildan de curiosas a las mujeres! No es nada. Ya le he dicho que lo que hablamos con mi amiga no es asunto de su incumbencia.

—¿Y cree acaso que semejante argumento puede satisfacerme?

—Es el colmo. Nunca he visto algo igual. ¿Qué importancia puede tener para usted la conversación que estamos teniendo? Además, como podría suceder que mencionáramos su nombre, es preferible que no escuche, no sea cosa que oiga algo que no le agrade.

Aquella charla insustancial duró tanto tiempo que el asunto que la provocó quedó relegado al olvido y, aunque Catherine se alegró de ello, no pudo menos que asombrarse ante la falta de interés que por el señor Tilney mostró de repente Isabella. Cuando sonaron las primeras notas de un nuevo baile, James intentó sacar a danzar otra vez pareja, pero esta, resistiéndose, exclamó:

—De ningún modo, señor Morland. ¿Cómo se le ocurre? ¿Querrás creer, querida Catherine, que tu hermano se empeña en bailar conmigo otra vez? Y eso a pesar de haberle dicho que su deseo es contrario a lo que marcan las reglas. Si ambos no eligiéramos a otra pareja, nos convertiríamos en la comidilla del lugar.

—Por mi honor —insistió James— que en esta clase de bailes y en salones públicos se hace a menudo.

—¡Tonterías! ¿Cómo puede decir eso? Cuando ustedes los hombres se empeñan en una cosa no hay quien los convenza de lo contrario. Mi dulce Catherine, ayúdame a persuadir a tu hermano, te lo ruego. Haz el favor de decirle, incluso a ti te sorprendería verme haciendo tal cosa. ¿No es así?

—La verdad es que no; pero si para ti es un problema, puedes cambiar de pareja.

—Ya ha oído a su hermana —dijo Isabella dirigiéndose a James—. Supongo que eso bastará para convencerlo. ¿Qué no? Bueno, pero medite acerca de ello y piense que no será culpa mía si todas las ancianas de Bath nos censuran. Ven Catherine, por el amor de Dios, no me abandones.

Y se fueron para recuperar su antiguo lugar. Como poco antes John Thorpe había hecho lo propio, Catherine, deseosa de ofrecer al señor Tilney ocasión de repetir la agradable petición que le había hecho poco antes, se dirigió hacia donde se encontraban la señora Allen y la señora Thorpe, con la esperanza de hallar allí a su amigo, pero se llevó una desilusión.

—Hola, mi querida —le dijo la señora Thorpe, impaciente por elogiar a su hijo—. Espero que hayas tenido un compañero agradable.

—Mucho, sí, señora.

—Me alegro. Es un muchacho encantador, ¿no te parece?

—¿Has visto al señor Tilney, mi querida? —intervino la señora Allen.

—No. ¿Dónde está?

—Hasta recién estaba aquí, pero dijo que estaba cansado de holgazanear y que iba a bailar. Supuse que había ido a buscarte.

—¿Dónde puede estar? —se preguntó en voz alta Catherine buscando por todas partes, hasta que al fin lo vio acompañado de una bella muchacha.

—¡Ay!, ya tiene pareja —exclamó la señora Allen—. ¡Me hubiera gustado que te invitara a ti! —hizo una pausa y añadió—. Es un joven muy agradable, ¿verdad?

—Sí que lo es, señora Allen —comentó la señora Thorpe—. No lo digo porque sea su madre, pero no hay en el mundo muchacho más agradable.

Una afirmación como esa habría dejado confusas a otras personas, pero no desconcertó a la señora Allen, quien, tras titubear un instante, dijo luego en voz baja a Catherine:

—Parece que creyó que me estaba refiriendo a su hijo.

Catherine estaba decepcionada y molesta. Por retrasarse unos minutos había perdido la ocasión que esperaba desde hacía tanto tiempo. Su desengaño la impulsó a tratar con desdén a John Thorpe cuando este, acercándose poco después, le dijo:

—Bueno, señorita Morland, supongo que usted y yo debemos ponernos de pie, y volver a bailar juntos.

—No, muchas gracias —contestó ella de modo áspero—. Se lo agradezco mucho, pero estoy cansada y no tengo intención de bailar más.

—¿No lo hará? En ese caso, pasearemos y nos reiremos de los demás. Tómese de mi brazo y le indicaré las personas más bromistas que hay aquí esta noche. ¿Sabe cuáles son? Se lo diré. Son mis hermanas menores y sus parejas. Me he estado riendo de ellos durante la última media hora.

Catherine volvió a excusarse y, finalmente, consiguió que el señor Thorpe se marchara a bromear con sus hermanas. El resto de la velada fue para ella aburrida en extremo. A la hora del té, el señor Tilney tuvo que abandonar el grupo para acompañar a su pareja, la señorita Tilney no se separó de allí, pero no tuvo ocasión de cambiar con ella frase alguna y James e Isabella se veían tan concentrados en su conversación, que esta no pudo dedicar a su amiga más que una sonrisa, un apretón de mano y un "Querida Catherine".

Capítulo IX

El avance de la infelicidad de Catherine en aquella noche fue el siguiente: primero, insatisfacción generalizada con todos los que la rodeaban en el salón de baile; después, un considerable cansancio, y, finalmente, un imperioso deseo de marcharse a su casa. Al llegar a Pulteney Street sintió hambre y, saciada esta, el ferviente anhelo de acostarse. Esto último supuso el fin de su tristeza pues, una vez en la cama, logró dormirse, para despertar tras nueve horas de sueño por completo repuesta de cuerpo y de espíritu, animada, contenta, con nuevas esperanzas y planes renovados. Su primer impulso fue continuar su amistad con la señorita Tilney y, en pos de ello, decidió bajar aquella misma mañana a la sala de bombas del balneario, donde solían acudir todos los recién llegados. Como ese lugar era un sitio por demás propicio para entablar relaciones, pues invitaba a conversar y a pasar un rato agradable, así como a mantener charlas íntimas y animadas, supuso razonablemente que allí quizá lograse entablar una nueva e interesante amistad. Resuelto el plan de acción para aquella mañana, luego del desayuno se sentó tranquilamente a leer su libro, decidida a no interrumpir su lectura hasta después de la una, sin que las observaciones de la señora Allen consiguieran incomodarla ni distraerla en modo alguno. La incapacidad mental de aquella dama era tal que, no pudiendo sostener una conversación por mucho tiempo, satisfacía sus ansias de hablar haciendo en voz alta comentarios sobre cuanto ocurría en torno a ella. Si perdía una aguja o se rompía un hilo, si escuchaba un carruaje en la calle o veía una mancha en su vestido, todo ello debía informarlo sin preocuparse nunca de que la escuchasen ni, mucho menos, de que se molestaran en contestar. Al dar las doce y media, un ruido de coches que se detenían en la puerta de la casa atrajo la atención de la señora Allen, que se asomó a la ventana y, ni bien hubo informado a Catherine de que se habían detenido dos vehículos, ocupados, el primero, por un sirviente, y el segundo por el señor Thorpe y su hermana, dicho joven, luego de apearse con rapidez sorprendente y de subir de dos en dos las escaleras, se presentó en lugar diciendo:

—Bueno, señorita Morland: aquí estoy. ¿Hace mucho que espera? Nos ha sido imposible llegar antes, pues el demonio de cochero ha tardado una eternidad en buscar un vehículo decente y, el que finalmente ha hallado, lo es tan poco que no me extrañaría que al ocuparlo se rompiera en mil pedazos. ¿Cómo está usted, señora Allen? Buen baile el de anoche, ¿eh? Vamos, señorita Morland, no perdamos tiempo, que los otros están apurados por salir. Parece que quieren acabar con su vida y con el coche.

—¿Qué está diciendo? —preguntó Catherine—. ¿Adónde van todos ustedes?

—¿Cómo que adónde vamos? ¿Se ha olvidado usted de nuestro compromiso? ¿No decidimos que hoy por la mañana saldríamos en coche? ¡Qué cabeza la suya! Vamos a Claverton Down.

—Sí. Algo dijimos al respecto, ahora lo recuerdo —convino Catherine mirando a la señora Allen como para pedirle opinión—. Pero la verdad es que yo no los esperaba.

—¿Que no nos esperaba? Pues, ¿qué habría hecho si no hubiéramos venido?

Las súplicas silenciosas que Catherine dirigía a su amiga con la mirada pasaban desapercibidas para esta. Dado que a la señora Allen nunca le había transmitido una impresión por medio de una mirada, le resultaba imposible comprender que otras personas usaran sus ojos al servicio de tales objetivos, por lo que Catherine, pensando que el placer de dar un paseo en coche compensaba la necesidad de demorar su encuentro con la señorita Tilney y persuadida de que no podía estar mal visto el que ella paseaese a solas con John Thorpe, ya que en las mismas circunstancias lo hacían James e Isabella, se decidió a hablar claro y solicitarle consejo a la señora Allen.

—Bueno, señora, ¿qué me dice? ¿Puede prescindir de mí por una o dos horas? ¿Debo ir?

—Haz lo que quieras, querida —contestó la señora Allen con plácida indiferencia.

Y Catherine, siguiendo sus consejos, salió corriendo del cuarto para prepararse. Unos minutos después, y mientras las dos personas que quedaban en la estancia se entretenían en elogiarla, la joven reapareció y el señor Thorpe, luego de haber oído de labios de la señora Allen grandes elogios al carruaje y fervientes deseos de un feliz regreso, condujo a la joven a la puerta de la calle.

—Queridísima mía —dijo Isabella, a quien Catherine se apresuró a saludar antes de subir al coche—. Has estado al menos tres horas preparándote. Temí que te hubieras enfermado. ¡Qué delicioso baile el de anoche! Tengo mil cosas que contarte, pero no nos entretengamos más, sube al coche, porque anhelo partir.

Catherine complació de inmediato a su amiga que, en ese mismo instante, le decía a su hermano James:

—¡Qué chica tan dulce! La adoro.

—No se asuste usted, señorita —le dijo el señor Thorpe al ayudarla a subir— si a mi caballo da unos saltos en el momento de partir. Tiene un espíritu muy vivaz, lo hace de puro juguetón y siempre consigo dominarlo.

Catherine no halló muy tranquilizador el retrato del animal, pero era demasiado joven como para admitir que estaba asustada, y abordó el carruaje sin pronunciar palabra, esperando que el caballo se dejara dominar por el señor Thorpe, quien, luego de comprobar que ella se encontraba perfectamente instalada, se sentó a su lado en el pescante. Una vez allí, ordenó al sirviente que sujetaba la brida del caballo, que lo soltara, y, con gran sorpresa por parte de Catherine, el animal echó a andar de la manera más silenciosa y mansa. Ni una coz, ni una cabriola, nada de cuanto se le había anunciado; hasta tal punto era dócil, que la muchacha se apresuró a festejar su placer por aquella conducta ejemplar. El señor Thorpe le explicó que ello obedecía, tan solo, a la manera peculiarmente juiciosa con que él lo guiaba y a la singular destreza con la que manejaba la fusta. Catherine no pudo menos que sorprenderse de que, estando tan seguro de sí mismo, le hubiera transmitido tan infundados motivos de alarma, pero ello no impidió el que se alegrara de encontrarse en manos de un cochero tan experto y, teniendo en cuenta que a partir de ese momento el caballo no alteró su conducta ni mostró (y esto, teniendo en cuenta que era capaz de recorrer diez millas en una hora, resultaba en verdad asombroso) impaciencia desmesurada por llegar a su destino, la muchacha decidió disfrutar tranquilamente y a sus anchas del tonificante aire que les regalaba aquella agradable y templada mañana de febrero.

El silencio que siguió al breve diálogo de los primeros momentos fue interrumpido por Thorpe, quien muy abruptamente inquirió.

—El viejo Allen es tan rico como un judío, ¿no es así?

Al principio Catherine no comprendió, por lo que Thorpe se apresuró a repetir la pregunta agregando una explicación.

—El viejo Allen, el hombre con el que está.

—¡Ah! ¿Se refiere usted al señor Allen? Sí, tengo entendido que es bastante acaudalado.

—¿Y no tiene hijos?

—No, ninguno.

—Buena cosa para los que aspiren a heredarle. Tengo entendido que es su padrino, ¿verdad?

—¿Mi padrino? No, señor.

—Bueno, pero usted siempre está mucho con ellos.

—Sí, eso sí.

—Pues eso es lo que yo quería decir. Parece un buen tipo, lo suficientemente viejo y que sin duda se ha dado buena vida. ¿Cómo no iba a padecer de gota? ¿Sigue bebiendo una botella de licor por día?

—¿Una botella? No. ¿Qué le hace pensar tal cosa? El señor Allen es un hombre en extremo frugal. ¿Usted cree que anoche él estaba bebido?

—¡Ay, que Dios me ayude! Ustedes las mujeres siempre suponen que los hombres están bebidos. ¿Se figura que una botella es suficiente para hacernos perder el equilibrio? Lo decía porque si cada hombre bebiese una botella por día, no habría ni la mitad de los trastornos que hay ahora en el mundo. Sería muy beneficioso para todos.

—No puedo creer lo que dice.

—Sería la salvación de miles. Como que no se consume ni la centésima parte del vino que se debería. Este clima de nieblas requiere ayuda.

—Sin embargo, yo he oído decir que se bebe mucho en Oxford.

—¿En Oxford? En Oxford ya no se bebe. Se lo aseguro. A duras penas se encuentran estudiantes que tomen más de cuatro pintas al día. Ahora, por ejemplo, en la última reunión que di en mis habitaciones se consideró como algo notable que mis invitados llegaran a beber un promedio de cinco pintas por cabeza. Eso fue considerado como algo fuera de lo común y eso que las bebidas que ofrezco son excelentes. Quizás esa moderación se deba a que no hay en toda la universidad vinos más fuertes ni mejores, pero lo digo para que tenga una noción de la tasa de consumo de alcohol allí.

—Lo que en verdad se demuestra —contestó Catherine indignada— es que todos ustedes beben más de lo conveniente. Sin embargo, estoy segura de que James no bebe tanto.

Esa declaración provocó una respuesta fuerte y abrumadora, acompañada de exclamaciones que se parecían más de lo conveniente a juramentos y que surtió más efecto que confirmar las sospechas de Catherine referidas a la conducta de los estudiantes, al tiempo que incrementó su fe en la relativa sobriedad del hermano.

Entonces, las ideas de Thorpe, que volvieron a encauzarse por los caminos habituales, obligaron a la muchacha a desechar semejantes preocupaciones y a responder a las frases de elogio que el señor Thorpe prodigaba al espíritu y la libertad con que manejaba a su caballo, a la suspensión del carruaje y a la prodigiosa marcha que llevaban. Ella hizo el mayor esfuerzo por mostrarse interesada en lo que decía su interlocutor, a quien no había forma de interrumpir. El conocimiento que tenía Thorpe acerca de esos temas, la velocidad con la que se expresaba y la natural timidez de la joven impedían a esta el decir lo que ya no hubiese dicho y repetido hasta la saciedad su compañero. De manera, pues, que se limitó a hacerse eco de cualquier cosa que él afirmara y a convenir con él en que no podía hallarse en toda Inglaterra coche más bonito, caballo más rápido ni mejor cochero que aquellos.

—¿Cree usted, señor Thorpe —se aventuró a preguntar Catherine una vez por completo dilucidada la cuestión y para cambiar un poco de tema—, que el carruaje en el que va mi hermano es seguro?

—¿Si es seguro? ¡Oh, Dios! Pero, ¿ha visto usted una cosita más pequeña en su vida? No tiene una sola pieza de hierro, hace dos años que deberían haberle cambiado las ruedas, y en cuanto a lo demás, creo que bastaría con un soplo para que se deshiciese en pedazos. Es el coche más endiablado y destartalado que jamás he visto. Gracias a Dios que no vamos nosotros en él. Yo no pondría mis huesos allí para recorrer dos millas aunque me pagaran cincuenta mil libras.

—¡Cielo santo! —exclamó Catherine, muy alarmada—. Es preciso regresar de inmediato. Si seguimos ocurrirá una desgracia. Le suplico, señor Thorpe, que volvamos cuanto antes para advertir a mi hermano lo inseguro que se encuentra en ese vehículo.

—¿Inseguro? ¿Quién dijo eso? Aunque que el coche se hiciera pedazos, no sufrirían más que un revolcón y con el barro que hay no se harían daño. ¡Maldita sea! Ese carruaje es lo suficientemente seguro si un hombre sabe cómo conducirlo. Aún desgastado, puede andar veinte años más. Yo sería capaz de hacer un viaje de ida y vuelta hasta York en él, y sin perder ni una uña.

Catherine no salía de su asombro al escucharlo y no sabía a cuál de las dos versiones atenerse. No había sido educada para mantener charlas tan vanas e insustanciales ni para comprender las ociosas aserciones e imprudentes falsedades que conlleva el exceso de vanidad. Su propia familia era gente sencilla y práctica que rara vez buscaba algún tipo de ingenio, salvo algún que otro juego de palabras por parte del padre y la repetición ocasional de un proverbio por parte de la madre, por lo que no tenía el hábito de mentir para exagerar su propia importancia ni contradecirse a cada momento. Reflexionó seriamente sobre el asunto y estuvo tentada de exigirle a Thorpe una explicación sobre el verdadero estado del carruaje, pero la detuvo la corazonada de que por tratarse de un hombre poco o nada acostumbrado a meditar sus palabras, no sabría exponer claramente lo que de manera tan ambigua había manifestado; eso, junto a la convicción de que seguramente no permitiría que su hermana y su amigo se expusieran a un peligro, la hizo suponer que el coche en cuestión en verdad no estaba en tan mal estado y que, en consecuencia, no había motivo para alarmarse. En cuanto a él, todo el asunto parecía enteramente olvidado, ya que de allí en adelante solo habló de sí mismo y de sus preocupaciones. Le habló de los caballos que había comprado a precio de ganga y que después había vendido por sumas increíbles, de las carreras en las que siempre había adivinado al vencedor y de las partidas de caza en las que había matado más pájaros (y eso sin tener un buen disparo) que todos sus compañeros juntos. Relató con lujo de detalles cómo ciertos días su experiencia y su intuición de cazador, así como su pericia a la hora de dirigir las jaurías, habían compensado los errores cometidos por hombres más expertos en la materia y cómo su incomparable destreza como jinete había hecho que terminaran con el cuello roto muchos de los que se habían empeñado en imitarlo.

Aun con la falta de costumbre de juzgar por sí misma de Catherine y con su desconocimiento de los hombres en general, tales demostraciones de vanidad y presunción hicieron nacer en ella sentimientos de antipatía hacia Thorpe. Le resultaba incómoda la idea de que le disgustara el hermano de su amiga Isabella, alguien que su propio hermano James había elogiado muchas veces, pero el aburrimiento que le producía su compañía, y que aumentó en el transcurso de la tarde y hasta el momento de hallarse de regreso en la casa de Pulteney Street, la indujo, en cierto grado, a resistir tan alta autoridad y a desconfiar de sus poderes de dar placer universal.

Cuando llegaron a la puerta de la señora Allen, el asombro de Isabella fue difícil de expresar, al descubrir que ya era demasiado tarde para acompañar a su amiga.

—¡Son más de las tres! —exclamó.

Al parecer, tal hecho se le antojaba inconcebible, increíble, imposible y no bastaron para convencerla de su veracidad ni su propio reloj ni el de su hermano ni las declaraciones de los sirvientes; nada, en fin, de cuanto se basaba en la realidad y la razón, hasta que Morland, sacando su reloj, confirmó la veracidad del hecho, retirando con ello todo manto de sospecha. Dudar de su palabra le habría parecido a Isabella tan inconcebible, increíble e imposible como antes la hora que los demás afirmaban que era. Una vez aclarado este punto, le restaba por aseverar que nunca antes dos horas y media habían transcurrido con la rapidez de aquellas, y le pidió a su amiga que así se lo confirmara. Catherine no hubiera mentido ni siquiera por contentar a su amiga. Por suerte, esta última la sacó del apuro comenzando a despedirse sin darle tiempo a responder. Antes de marcharse, Isabella declaró que sus pensamientos la habían mantenido abstraída del mundo y de cuanto en él sucedía, y expresó vehementemente el disgusto que le producía separarse de su adorada amiga sin pasar antes unos minutos con ella para contarle, como era su deseo, miles de cosas. Finalmente, con sonrisas de una exquisita tristeza y ojos risueños de abatimiento absoluto, se despidió y siguió camino hacia su casa. La señora Allen, que acababa de regresar de toda la ajetreada ociosidad de la mañana, recibió a Catherine con las siguientes palabras: "Hola, mi querida, aquí estás", declaración cuya veracidad la muchacha no se molestó en confirmar.

—¿Te has divertido? —preguntó a continuación la señora Allen—. Espero que te haya sentado bien tomar el aire.

—Sí, señora, muchas gracias. No podríamos haber tenido un día mejor.

—Eso decía la señora Thorpe, quien estaba enormemente complacida de que hayan salido todos juntos.

—¿Ha visto a la señora Thorpe, entonces?

—Sí. Ni bien te marchaste bajé a la sala de bombas del balneario, y allí di con ella y charlamos un buen rato. Me dijo que no había encontrado ternera en el mercado. Parece que hay una gran escasez.

—¿Vio usted a algún otro conocido?

—Sí. Al dar una vuelta por el Crescent, nos topamos con la señora Hughes, acompañada del señor y la señorita Tilney.

—¿De veras? ¿Y hablaron ustedes con ellos?

—Sí, caminamos juntos por el Crescent durante media hora. Parece gente muy agradable. La señorita Tilney vestía una muselina muy bonita y, a juzgar por lo que he oído, deduzco que suele vestir con gran elegancia. La señora Hughes me habló mucho de esa familia.

—¿Sí? ¿Y qué le dijo?

—¡Oh! Mucho en verdad, apenas hablaba de otra cosa.

—¿Le dijo de qué parte de Gloucester provienen?

—Sí, lo hizo, pero no puedo recordarlo ahora. Pero se trata de gente muy respetable y acaudalada. La señora Tilney era una Drummond y fue compañera de colegio de la señora Hughes. Según parece, Drummond le dio a su hija veinte mil libras de dote y quinientas para el ajuar. La señora Hughes vio las prendas luego de que volvieron del almacén.

—¿El señor y la señora Tilney están en Bath?

—Creo que sí, pero no podría asegurarlo; es decir, ahora que recuerdo, me parece que ambos han fallecido. Por lo menos, la madre sé que murió, porque la señora Hughes me dijo que un magnífico collar de perlas que el señor Drummond le regaló a su hija el día de su boda ahora está en poder de la señorita Tilney, que lo heredó de su madre.

—¿Y es el señor Tilney, mi pareja de baile, su único hijo?

—Creo que sí, que es el único hijo varón, pero no puedo asegurarlo. De todas maneras, se trata de un joven muy distinguido, y, según la señora Hughes, es probable que tenga un porvenir brillante.

Catherine cesó en su interrogatorio; había escuchado lo suficiente como para darse cuenta de que la señora Allen no iba contarle más detalles, y para lamentar que aquel infortunado paseo la hubiera privado del placer de hablar con la señorita Tilney y con su hermano. De haber previsto tan feliz coincidencia, no habría salido con los Morland; pero todo cuanto podía hacer ahora era quejarse de su mala suerte, reflexionar sobre el placer perdido y convencerse cada vez más a sí misma de que el paseo había sido un fracaso y de que el propio John Thorpe era bastante desagradable.

Capítulo X

Los Allen, los Thorpe y los Morland se encontraron aquella noche en el teatro. Como Isabella y Catherine se sentaron juntas, la primera halló, finalmente, ocasión de comunicar a su amiga los mil incidentes sucedidos en el inconmensurable período de tiempo en que no habían estado en contacto.

—Mi querida Catherine, por fin te encuentro —exclamó al entrar en el palco, sentándose acto seguido al lado de su amiga—. Señor Morland —dijo después al hermano de Catherine, que se había situado a su otro lado—, le advierto que no pienso dirigirle la palabra en toda la noche. Mi dulce Catherine, ¿qué ha sido de ti en este tiempo? No necesito preguntarte cómo te encuentras, porque estás encantadora. Te has peinado de una forma angelical. ¡Traviesa! Se nota que te has propuesto atraer todas las miradas, ¿verdad? Te aseguro que mi hermano ya está bastante enamorado de ti, y en cuanto al señor Tilney, eso es cosa decidida. Por modesta que seas, no podrás dudar de su apego; su regreso a Bath lo deja muy claro. Estoy loca de impaciencia por conocerlo. Dice mi madre que es el joven más encantador que jamás haya visto. ¿Sabes que se lo presentaron esta mañana? Por favor, ocúpate de que yo también lo conozca. ¿Está por aquí ahora? Por Dios, mira bien. Te aseguro que no veo la hora de que me lo presentes.

—No está aquí —dijo Catherine—. No lo veo por ningún lado.

—¡Qué fastidio! ¡Nunca lo voy a conocer! ¿Te gusta mi vestido? Creo que no se ve nada mal. Las mangas las he ideado yo. ¿Sabes que empiezo a hartarme de Bath? Esta misma mañana decíamos con tu hermano que, si bien resulta encantador pasar aquí unas semanas, no viviríamos aquí por nada del mundo.

Resulta que el señor Morland y yo tenemos ideas bastante parecidas sobre el tipo de vida que nos gusta hacer, y ambos preferimos, ante todo, el campo. Es en verdad asombroso cómo coincidimos en nuestros gustos. No hubo un punto en que no lo hiciéramos. Si nos hubieras oído hablar, ten por seguro que hubieras hecho algún comentario gracioso.

—De ningún modo.

—¡Oh, sí que lo harías! Te conozco mejor que tú misma. Habrías dicho que parecíamos nacidos el uno para otro o alguna tontería de ese tipo, y no solo habrías hecho que me ruborizara, sino que me sintiese preocupada.

—Me juzgas injustamente. Nunca hubiera hecho un comentario tan impropio. Ni siquiera lo habría pensado.

Isabella sonrió con expresión de incredulidad y habló el resto de la noche con James.

A la mañana siguiente, Catherine continuaba firmemente resuelta a ver a la señorita Tilney y estuvo intranquila hasta que llegó el momento de marchar a la sala de bombas, ya que temía que surgiera un imprevisto. Por fortuna, no fue así; ni siquiera se presentó una visita inesperada, y a la hora de costumbre se dirigió hacia allí con el señor y la señora Allen, donde todo se desarrolló como de costumbre. Una vez que el señor Allen terminó de tomar las aguas, no tardó en unirse a un grupo de caballeros aficionados a la charla política y al debate de las noticias publicadas en los diarios, mientras las damas se distraían paseando y tomando nota de las nuevas caras que iban apareciendo, y de los vestidos y sombreros que lucían las mujeres que pasaban por su lado. El elemento femenino de la familia Thorpe, acompañado del joven Morland, apareció en menos de un cuarto de hora y, acto seguido, Catherine pudo ocupar su lugar de costumbre al lado de su amiga. James, que ahora estaba en constante asistencia, se colocó al otro lado de la bella joven y, separándose los tres del grupo, empezaron a pasear. Catherine, sin embargo, comenzó a dudar de las ventajas de una situación que la confinaba a la compañía de su hermano y su amiga, que, por otra parte, no le prestan la menor atención. La joven pareja no dejaba de discutir acerca de cualquier tópico divertido o sentimental, pero lo hacía en voz muy baja y acompañando sus comentarios de estruendosas carcajadas, por lo que resultaba imposible seguir el hilo de la conversación, aunque solicitaron repetidas veces la opinión de la muchacha, quien, por ignorar de qué hablaban, no podía opinar nada al respecto. Finalmente, Catherine logró separarse de Isabella con la excusa de ir a saludar a la señorita Tilney que en aquel momento ingresaba al salón acompañada de la señora Hughes y, recordando la mala suerte del día anterior, se armó de coraje y se apuró a cambiar frases afectuosas con las recién llegadas. La señorita Tilney se mostró muy amable y cortés, y se dedicó a hablar con ella mientras las familias amigas permanecieron allí. En ese tiempo cruzaron entre ambas las mismas observaciones y expresiones que mil veces antes se habrían pronunciado bajo aquel mismo techo, en cada temporada en Bath, pero en esta ocasión, y por tratarse de ellas, con una sencillez y una verdad nada frecuentes.

—¡Qué bien baila su hermano! —exclamó Catherine hacia el final de su conversación, con una ingenuidad que sorprendió y divirtió a su nueva amiga.

—¿Henry? —contestó la señorita Tilney—. Sí, baila muy bien.

—La otra noche debió de parecerle algo extraño que yo le dijese que estaba comprometida, cuando en realidad estaba sentada. Pero le había prometido la primera pieza al señor Thorpe.

La señorita Tilney asintió con una sonrisa.

—No tiene usted idea —prosiguió Catherine, tras un breve silencio— de lo mucho que me sorprendió ver de nuevo a su hermano aquí. Yo creía que se había marchado de Bath.

—Cuando Henry tuvo el gusto de verla no tenía intención de permanecer aquí más que un par de días, el tiempo necesario para contratarnos alojamiento.

—No se me ocurrió que fuera así. Y, claro, al no verlo por ningún lado, pensé que debía haberse ido. La joven con quien bailó el lunes es la señorita Smith, ¿verdad?

—Sí, es una conocida de la señora Hughes.

—Me atrevería a decir que se alegró mucho de poder bailar. ¿La encuentra usted bonita?

—No mucho.

—Y su hermano, ¿nunca baja a tomar las aguas?

—Sí, a veces, pero hoy ha salido con mi padre.

La señora Hughes se unió a ellas y le preguntó a la señorita Tilney si estaba lista para marcharse.

—Espero tener el placer de volver a verla pronto —dijo Catherine—. ¿Piensa usted ir al baile de cotillón mañana?

—Sí, creo que sí...

—Me alegro, porque todos estaremos allí.

Tras despedirse, ambas se separaron, por parte de la señorita Tilney, con una impresión bastante acertada de los sentimientos que abrigaba Catherine, quien carecía de toda conciencia de haberlos revelado.

Se fue a casa muy feliz. Aquella mañana, sus deseos se habían cumplido y la noche siguiente, colmada de promesas, se le antojaba como algo ya recordable. Qué vestido y qué tocado debería llevar para la ocasión se convirtió en su principal preocupación. Esa actitud, por cierto, no merece ser justificada. La indumentaria es siempre una frívola distinción y muchas veces la excesiva solicitud que despierta destruye el fin que persigue. Catherine sabía muy bien eso y con ocasión de las Navidades su tía abuela la había leído un sermón al respecto. No obstante, el miércoles por la noche tardó diez minutos en dormirse debatiendo mentalmente entre el traje de muselina moteada o el bordado y, de no haber mediado tan escaso tiempo, es de suponer que hubiera decidido comprarse uno nuevo. Grave y común error del que, a falta de su tía abuela, la habría sacado alguna persona del sexo opuesto, por ejemplo, un hermano. Tan solo un hombre es capaz de comprender la indiferencia que sienten los hombres ante la forma en que se visten las mujeres. ¡Cuán mortificadas se sentirían muchas damas si de pronto se dieran cuenta de lo poco que supone la indumentaria femenina, por costosa que sea, para el corazón masculino, si se percataran de la ignorancia de este acerca de los diversos tejidos, de la indiferencia que le merecen los diversos tipos de muselina! Lo único que consigue la mujer al lucir más elegante es satisfacer su propia vanidad, jamás aumentar la admiración de los hombres ni la buena disposición de otras mujeres. Para los primeros es suficiente la pulcritud y la moda; y las segundas preferirán siempre algo miserable o inadecuado. Pero ninguna de estas graves reflexiones turbaba la tranquilidad de Catherine.

Llegada la noche del jueves, entró al salón con sentimientos muy diferentes de los que había experimentado el lunes anterior. En aquella ocasión, el compromiso de bailar con el señor Thorpe le producía cierta exaltación; ahora, en cambio, estaba principalmente ansiosa por evitar un encuentro con este. Temía verse una vez más comprometida para bailar pues, a pesar de que trataba de convencerse de que el señor Tilney quizá no se mostrase dispuesto a solicitarle por tercera vez que bailase con él, en realidad lo esperaba y soñaba con ello. Seguramente no existirá joven alguna que no simpatice con mi heroína en las presentes circunstancias, pues pocas serán las que no se vieron en una situación similar alguna vez. Todas las mujeres se han visto o han creído verse en peligro de ser perseguidas por un hombre cuando ansiaban las atenciones de otro. Tan pronto como los Thorpe se le unieron, comenzó la agonía de Catherine. Si el señor Thorpe hacía ademán de acercársele, trataba de ocultarse o se hacía la distraída; si él le hablaba, ella fingía no escucharlo. Pero el cotillón finalizó y comenzó el baile, y la familia Tilney seguía sin aparecer.

—No te preocupes, mi querida Catherine —susurró Isabella—, si bailo otra vez con tu hermano. Sé que resulta impactante y le dije que debería avergonzarse de sí mismo, así que lo mejor será que tú y John bailen en el mismo cuadro que nosotros. No te demores, John acaba de marcharse, pero volverá en un momento.

Catherine no tuvo ni tiempo ni ganas de responder. La pareja se marchó y ella, al ver que el señor Thorpe se hallaba cerca, y temiendo verse obligada a bailar con él, fijó la mirada en el abanico que sostenía en las manos. De repente, justamente cuando se reprochaba a sí misma la insensatez que suponía intentar encontrar a la familia Tilney en medio de semejante multitud, advirtió que el señor Tilney le hablaba, solicitando el honor de sacarla a bailar. Con los ojos brillantes de emoción la muchacha accedió de inmediato al pedido y con el corazón palpitante lo acompañó al cuadro que se preparaba para la siguiente danza. No existía, o al menos eso creía ella, felicidad mayor que el haber escapado, y de casualidad, a las atenciones de John Thorpe y verse, en cambio, solicitada por el señor Tilney, quien, al parecer, había venido adrede a buscarla.

Ni bien se colocaron en el sitio que les correspondía entre los danzantes, John Thorpe reclamó la atención de Catherine, colocándose detrás de ella.

—¿Qué significa esto, señorita Morland? Creí que usted y yo íbamos a bailar juntos.

—No sé qué le hizo creerlo, cuando ni siquiera me invitó.

—Pues, ¡sí que es buena respuesta! Se lo pedí en el momento en que usted entraba en el salón y, cuando iba a volver a hacerlo, me encontré con que se había marchado. Es un truco lamentable. Vine al baile tan solo por disfrutar de su compañía, y hasta, si mal no recuerdo, la comprometí para este baile el lunes pasado. Sí, ahora me acuerdo de que hablamos de ello en el vestíbulo, mientras aguardaba a que usted trajera su abrigo. Luego de que yo les hubiese anunciado a todas mis amistades que iba a bailar con la joven más bonita del salón, usted se presenta a bailar con otro. Me ha puesto en ridículo y ahora todos se burlarán de mí.

—No lo creo. Nunca pensarán en mí con la descripción que usted ha hecho.

—¿Cómo que no? Si no lo hacen, los echaré de aquí a patadas por tontos. ¿Quién es ese joven con quien va a bailar?

Catherine satisfizo su curiosidad.

—¿Tilney? —repitió él—. No lo conozco. ¿Tiene buena figura? ¿Sabe usted si le gustaría comprar un caballo? Tengo un amigo, Sam Fletcher, que quiere vender uno extraordinario, muy inteligente para el camino y solo pide por él cuarenta guineas. Estuve a punto de comprarlo, porque tengo como lema que siempre que se presente la oportunidad de comprar un caballo de calidad debe aprovechársela, pero este no me conviene porque no serviría para el campo. Si sirviera, daba lo que piden y más. En este momento tengo tres, los mejores que usted pueda hallar. Con decirle que no los vendería ni aunque me ofreciesen por ellos ochocientas guineas. Fletcher y yo pensamos conseguir una casa en Leicestershire para la próxima temporada. ¡Es tan incómodo vivir en una posada!

Esa fue la última frase con la que consiguió aburrir a Catherine, pues pocos momentos después cayó en la tentación de seguir a unas damas que pasaban cerca. Una vez que se hubo marchado, el señor Tilney se acercó a Catherine.

—Si ese caballero se hubiera quedado medio minuto más —dijo—habría terminado por agotar por completo mi paciencia No puedo tolerar que se reclame de esa forma la atención de mi pareja. En el mismo momento en que decidimos bailar juntos contraemos la obligación de sernos mutuamente agradables por determinado tiempo, en cuyo transcurso debemos dedicarnos el uno al otro todas las amabilidades que seamos capaces de prodigar. Si alguien de fuera llama la atención de uno de nosotros, perjudicará los derechos del otro. Para mí, el baile es como un emblema del matrimonio. En ambos casos, la fidelidad y la complacencia son deberes fundamentales y los hombres que no quieren bailar o casarse no tiene por qué dirigirse a la esposa o a la pareja del vecino.

—¡Pero son cosas tan diferentes!

—¿Crees que no se pueden comparar?

—Por supuesto que no. Las personas que se casan no pueden separarse jamás; hasta deben vivir juntos bajo un mismo techo. Los que bailan, en cambio, no tienen más obligación que estar parados frente a frente en un salón durante media hora.

—Visto desde esa perspectiva, hay que reconocer que su parecido no resulta sorprendente. Pero tal vez logre presentarle mi teoría bajo un aspecto más convincente. Supongo que usted no tendrá inconveniente en reconocer que tanto en el baile como en el matrimonio corresponde al hombre el derecho a elegir y a la mujer tan solo el de negarse; que en ambos casos el hombre y la mujer contraen un compromiso para bien mutuo y que, una vez hecho eso, los contratantes se pertenecen hasta el momento de su disolución. Además, es deber de ambos hacer todo lo posible para que por ningún motivo su compañero lamente el haber contraído tal obligación, y que interesa por igual a las dos partes no distraer su atención con las perfecciones de los vecinos ni con la creencia de que habría sido mejor elegir a otra pareja. Supongo que en todo ello estará usted de acuerdo.

—Tal y como usted lo expone, por supuesto. Aun así, sigo sosteniendo que ambas cosas son diferentes y que yo nunca podría considerarlas iguales ni creer que conllevaran deberes similares.

—Por supuesto que existe una diferencia. En el matrimonio, por ejemplo, se entiende que el marido debe sostener a su mujer, en tanto que esta tiene la obligación de hacer agradable el hogar. El hombre debe proveer y ella, sonreír; en cambio, en el baile los deberes están cambiados: es el hombre quien debe ser amable y complaciente, en tanto que la mujer suministra el abanico y el agua de lavanda. Es evidente que esa era la diferencia que le impedía a usted establecer una comparación.

—No. De hecho, nunca pensé en eso.

—Pues, entonces, debo confesar que estoy bastante perdido y no la termino de entender. Por otra parte, opino que su insistencia en negar la similitud de dichas relaciones resulta algo alarmante, pues de ella puede deducirse que sus nociones sobre los deberes que implica el baile no son tan estrictas como puede desear su pareja. ¿Acaso, luego de lo que me ha dicho, carezco de motivos para temer que si al caballero que antes le habló se le ocurriese volver, o si otro cualquiera le dirigiese la palabra, usted supondría tener el derecho de charlar con ellos el tiempo que se le antojara?

—El señor Thorpe es amigo de mi hermano, de manera que si me hablara no tendría más remedio que responderle. Pero, en cuanto a los demás, no debe de haber en el salón más de tres hombres a quienes pueda decirse que conozco.

—¿Y esa será mi única seguridad? ¡Ay, ay!

—Estoy segura de que no tendría usted otra mejor. Si no conozco a nadie, no podría hablar con nadie, además de que no quiero hacerlo.

—Ahora me ha ofrecido usted una seguridad que me da el coraje para continuar. Dígame, ¿encuentra usted Bath tan agradable como la primera vez que se lo pregunté?

—Sí. Incluso, todavía más.

—¿Todavía más? Vaya con cuidado o se le olvidará cansarse de él en el momento adecuado, que es hacia el final de las seis semanas.

—Pues no creo que me ocurra eso ni siquiera prolongando seis meses más mi estadía aquí.

—Bath, en comparación con Londres, tiene poca variedad; al menos así dice la gente todos los años. Personas de lo más variopintas le asegurarán a usted, una y otra vez, que Bath es un sitio encantador, pero que termina por cansar, lo que no impide que quienes lo aseguran vengan regularmente todos los inviernos, que prolonguen hasta diez las seis semanas de rigor y que al fin se marchen porque no pueden permitirse quedarse más.

—Los demás pueden decir lo que quieran y es probable que quienes frecuentan Londres no encuentren grandes alicientes en

Bath; pero para alguien como yo, que vive en un pequeño pueblo perdido en la campiña, esto no puede menos que parecer muy entretenido. Aquí se disfruta de una variedad de diversiones y de cosas que allí no se encuentran.

—¿No le gusta la vida en el campo?

—Sí que me gusta. Siempre he vivido allí y he sido muy feliz. Pero es indudable que la vida en un pueblo es más monótona que en Bath. Un día en el campo es exactamente igual a otro.

—Sí, pero en el campo el tiempo se emplea mejor que aquí.

—¿Le parece?

—Sí. ¿A usted no?

—No creo que haya mucha diferencia.

—Aquí lo único que uno busca es divertirse todo el día.

—Yo también busco eso en mi casa, solo que allí no lo consigo. Aquí, como en casa, salgo de paseo, con la diferencia de que aquí me encuentro con una enorme variedad de gente en cada calle y allá solo puedo visitar a la señora Allen.

Semejante respuesta hizo reír al señor Tilney.

—¿No le queda más remedio que visitar a la señora Allen? —repitió—. ¡Qué imagen de pobreza intelectual! Menos mal que cuando usted se vea otra vez en ese tipo de situación ahora tendrá algo de qué hablar, podrá recordar la temporada que pasó en Bath y todo lo que hizo aquí.

—¡Oh, sí! De ahora en adelante no me faltarán cosas de qué hablar con la señora Allen y los demás. En verdad, creo que cuando esté nuevamente en casa no tendré otro tema de conversación. Esto me gusta mucho. Si papá, mamá y mis otros hermanos estuvieran aquí, sería por completo feliz. La llegada de James (mi hermano mayor) me ha encantado, y más aún luego de saber que es íntimo amigo de la familia Thorpe, nuestros únicos conocidos aquí. ¿Quién puede cansarse de Bath?

—Evidentemente, no aquellos que le aportan sentimientos tan frescos como usted. Para las personas que frecuentan el balneario, los papás, las mamás, los hermanos y los amigos íntimos, han perdido todo interés. Además, no son capaces de gozar como usted de los bailes, los juegos y las vistas cotidianas.

Y en ese momento, las exigencias del baile pusieron fin a aquella conversación.

Poco después, Catherine, ya separada de su pareja, observó que había un caballero que la miraba con insistencia. Se trataba de un hombre apuesto y de aspecto dominante, que estaba más allá de la flor de la vida, pero que aún conservaba el vigor de esta. Después observó que, sin dejar de mirarla, se dirigía al señor Tilney, que estaba en ese momento a poca distancia de él, y con actitud de gran familiaridad le decía unas palabras al oído. Confundida por aquella manera de mirar, y temerosa de que la causa fuese algún defecto en su aspecto o su atuendo, Catherine volvió cabeza en otra dirección. Cuando, finalizada la pieza, se aproximó de nuevo al señor Tilney, este le dijo:

—Veo que adivina lo que acaban de preguntarme. Y ya que ese caballero conoce su nombre, me parece que usted tiene derecho a conocer el de él. Es el general Tilney, mi padre.

Catherine no pudo contestar más que con un "¡Oh! ", que bastó, sin embargo, para revelar no solo atención a las palabras de su pareja, sino confianza absoluta en su veracidad. Después, sus ojos siguieron con interés y admiración al general, que se alejaba abriéndose paso entre los bailarines. "¡Qué guapos son todos los miembros de esta familia!", pensó para sí.

Al conversar con la señorita Tilney antes de que concluyera la velada, a Catherine se le presentó una nueva ocasión de sentirse dichosa. Desde su llegada a Bath nunca había dado un paseo por el campo y, habiéndole hablado la señorita Tilney, para quien eran familiares los alrededores de la ciudad, de la belleza de estos, la joven sintió el deseo de conocerlos. Sin embargo, expresó su temor de no encontrar a nadie que la acompañara, y entonces los hermanos Tilney propusieron que alguna mañana se unieran a una caminata.

—¡Me encantaría! —exclamó Catherine—. ¡Más que nada en el mundo! Pero no lo dejemos para más adelante. ¿Por qué no vamos mañana mismo?

Todos estuvieron de acuerdo y decidieron realizar el paseo a la mañana siguiente, siempre y cuando —agregó la señorita Tilney— no lloviese.

Los hermanos quedaron en pasar a buscarla por la casa de Pulteney Street a las doce. Antes de separarse, le recordaron a su nueva amiga, la señorita Morland:

—Recuerda. A las doce en punto.

De su amiga Isabella, aquella cuya fidelidad y valía venía apreciando desde hacía quince días, apenas si se acordó la joven en toda la noche y, aunque deseaba participarle sus gratas noticias, se sometió alegremente al deseo del señor Allen de marcharse temprano, metiéndose en la silla que la conduciría hasta su casa con el corazón rebosante de felicidad.

Capítulo XI

La mañana siguiente se presentó muy sobria y el sol solo hizo algunos intentos por aparecer, pero a Catherine todo ello le pareció de buen augurio. En aquella época del año, las mañanas soleadas casi siempre se convertían en días lluviosos y, por el contrario, un amanecer nublado precedía a un día que iba mejorando a medida que avanzaba. Le pidió al señor Allen que le confirmase sus teorías pero, puesto que este no conocía el clima de Bath ni tenía a mano un barómetro, se negó a dar su pronóstico. Catherine recurrió entonces a la señora Allen, quien le dio una opinión positiva.

—Si desaparecen las nubes y sale el sol —dijo—, no tengo ninguna duda de que hará un buen día.

A eso de las once, unas gotas de lluvia que salpicaron el cristal de la ventana y preocuparon a la joven.

—¡Ay! Me parece que va a llover —exclamó en un tono de lo más abatido.

—Yo me lo imaginaba —contestó la señora Allen.

—Hoy no voy a caminar —dijo Catherine—, a menos que escampe antes de las doce.

—Puede que sí, querida, pero, ¡quedará todo tan sucio!

—Eso no importa, a mí no me molesta la suciedad.

—Es verdad —respondió plácidamente su amiga— a ti no te molesta la suciedad.

—Cada vez llueve más —observó Catherine junto a la ventana tras una pausa.

—Es cierto. Y, si sigue lloviendo, las calles estarán muy mojadas.

—Ya he visto cuatro paraguas abiertos. ¡Cómo detesto ver un paraguas!

—Sí, son cosas desagradables de llevar. Prefiero tomar una silla de manos.

—Yo estaba segura de que sería un hermoso día…

—Es que prometía serlo. Si la lluvia continúa, bajará poca gente a tomar las aguas. Espero que si mi esposo decide salir, se ponga el abrigo. Pero es muy capaz de no hacerlo. Le molesta la ropa gruesa y no lo entiendo, pues son tan acogedoras...

La lluvia continuaba cayendo rápido, aunque no fuerte. Catherine miraba el reloj cada cinco minutos, pensando que, si en el transcurso de otros cinco no cesaba de llover, sus ilusiones se desvanecerían. Dieron las doce y todavía llovía.

—No podrás salir, mi querida —dijo la señora Allen.

—No quiero perder las esperanzas, al menos hasta las doce y cuarto. Esa suele ser justamente la hora del día en que suele cambiar el tiempo, y ya parece que aclara un poco. ¿Las doce y veinte? Pues lo dejo. ¡Ojalá tuviéramos aquí el clima que se describe en *Udolfo,* o el que hizo en Toscana y el sur de Francia la noche en que murió el pobre Saint-Aubin! ¡Hermoso clima!

A las doce y media, cuando el estado del tiempo ya no ocupaba por entero la ansiosa atención de Catherine, de pronto empezó a aclarar. Un rayo de sol sorprendió a la muchacha quien, al comprobar que, en efecto, las nubes comenzaban a dispersarse, regresó inmediatamente a la ventana dispuesta a vigilar y alentar tan feliz aparición. Diez minutos después podía darse por seguro que la tarde sería hermosa, con lo cual quedó justificada la opinión de la señora Allen, quien "siempre pensó que aclararía". Más difícil era adivinar si Catherine debía esperar a sus amigos o si la señorita Tilney consideraría que había llovido demasiado como para aventurarse a salir.

Como las calles estaban muy sucias, la señora Allen no acompañó a su marido a la sala de bombas del balneario y, ni bien se hubo marchado este, Catherine, que lo siguió con la vista hasta que dobló la esquina, pudo ver que llegaban dos carruajes, ocupados por las mismas personas cuya presencia en la casa tanto la había sorprendido dos días antes.

—¿Isabella, mi hermano y el señor Thorpe? Deben de venir por mí. Pero no iré con ellos, quiero estar aquí por si se presenta la señorita Tilney.

La señora Allen acordó con la decisión de la joven. John Thorpe pronto estuvo con ellas, precedido de grandes gritos, pues desde las escaleras comenzó a ordenarle a la señorita Morland que se apurara.

—Póngase el sombrero ya mismo —decía y, al abrir la, puerta agregó—: No hay tiempo que perder; vamos a Bristol. ¿Cómo está, señora Allen?

—¿A Bristol? Pero, ¿eso no es muy lejos? Además, hoy no puedo acompañarlos; me he comprometido con unos amigos que llegarán de un momento a otro.

Las razones de Catherine fueron replicadas con vehemencia por Thorpe, quien solicitó a la señora Allen que lo apoyara. Al cabo de pocos minutos, Isabella y James también entraron a brindar su ayuda.

—Mi dulce Catherine —exclamó aquella—, ¿no te parece un plan perfecto? El paseo será delicioso. La idea se nos ocurrió a tu hermano y a mí, mientras tomábamos el desayuno. Deberíamos haber salido hace unas dos horas, pero nos detuvo esa odiosa lluvia. Aun así, no importa que nos retrasemos, pues estas noches hay luz de luna. Me entusiasma la idea de respirar un poco de aire de campo y de disfrutar de un poco de tranquilidad. ¡Es mucho más agradable que pasarse el día en un salón! Conduciremos directo a Clifton para comer allí y luego, si queda tiempo, seguir hasta Kingsweston.

—Dudo que seamos capaces de hacer tanto —intervino Morland.

—Vamos, muchacho, no seas agorero —exclamó Thorpe—. Podemos hacer hasta diez veces más. Llegaríamos a Kingsweston y al castillo de Blaize, y hasta donde se nos antojase, pero aquí tu hermana dice que no irá.

—¿El castillo de Blaize? —preguntó Catherine—. ¿Y qué es eso?

—El mejor lugar de Inglaterra. Vale la pena recorrer cincuenta millas en cualquier momento solo por verlo.

—Pero, ¿es realmente un castillo? ¿Un castillo antiguo?

—El más antiguo del reino.

—Pero, ¿como esos que describen los libros?

—Exactamente igual.

—¿De veras? ¿Y tiene torres y galerías largas?

—Por docenas.

—¡Ah!, pues entonces sí me gustaría visitarlo. Pero no puedo, no es posible.

—¿Que no puedes venir? ¿Por qué?

—No puedo ir —Catherine inclinó la cabeza—, porque espero a la señorita Tilney y a su hermano para dar un paseo. Quedaron en pasar a buscarme a las doce, pero a causa de la lluvia no se presentaron. Ahora que el tiempo ha mejorado, supongo que estarán aquí pronto.

—Pues no creo que lo hagan —dijo Thorpe—. Los he visto en Broad Street. ¿Él no suele conducir un carruaje tirado por caballos color marrón brillante?

—De hecho, no lo sé...

—Pero yo sí. Estamos hablando del joven con el que usted bailó anoche. ¿No es así?

—Sí.

—Bueno, lo vi en ese momento doblar la carretera de Lansdown, acompañado de una muchacha muy elegante.

—¿De verdad?

—Se lo juro por mi alma. Le reconocí enseguida; y por cierto que guiaba unos animales magníficos.

—Pues es muy extraño. Quizás hayan creído que estaba demasiado sucio para dar un paseo.

—Y con razón, pues nunca he visto tanto barro y suciedad en mi vida. Le aseguro que resulta más fácil volar que caminar.

Como ha llovido tanto durante el invierno, le llega a uno el lodo hasta los tobillos.

Isabella lo corroboró.

—Sí, querida Catherine; no puedes ni imaginarte la cantidad de barro que hay. Vamos, debes venir; ¿serías capaz de negarte?

—Me encantaría conocer el castillo, pero, ¿nos dejarán verlo todo? ¿Podremos subir cada escalera y visitar todas las estancias?

—Sí, sí, podremos ver todos los rincones.

—Pero, ¿y si el señor y la señorita Tilney solo hubieran salido a dar una vuelta y, una vez que los caminos estuviesen más secos, vinieran a recogerme?

—Si es por eso, puede usted estar tranquila, porque justamente escuché que el señor Tilney le decía a un conocido que pasaba a caballo que pensaban llegarse hasta Wick Rocks.

—En ese caso, iré con ustedes. ¿Le parece bien, señora Allen?

—Como quieras, querida.

—Sí, señora, convénzala de que venga —dijeron todos a coro. A la señora Allen no le era posible permanecer indiferente.

—¿Y si fueras, querida? —le propuso.

Dos minutos después todos salían de la casa.

Cuando Catherine subió al coche la asaltaron sentimientos encontrados. Si, por una parte, lamentaba la pérdida de una diversión segura, también tenía la esperanza de disfrutar de otra, casi en igual grado, aunque de diferente especie. Entendía, además, que los Tilney habían hecho mal faltando a su compromiso sin siquiera avisarle. Había transcurrido solo una hora desde la indicada para el paseo y, a pesar de lo que se decía de la suciedad y el lodo, todo indicaba que ellos habían salido sin dificultad ninguna. La conducta de sus nuevos amigos le dolió; en cambio, la idea de visitar un castillo semejante, según se afirmaba, al descrito en el *Udolfo*, casi compensaba el placer perdido.

Prácticamente en silencio y con rapidez, pasaron por Pulteney Street y Laura Place. Thorpe se dedicaba a animar con palabras y alguna que otra exclamación a su caballo, mientras la muchacha se entregaba a una meditación en la que alternaban temas tan variados como promesas incumplidas, falsos tapices, la conducta de los Tilney y puertas secretas. Cuando pasaron por Argyle Buildings una pregunta de Thorpe distrajo a Catherine de sus pensamientos.

—¿Quién es esa chica que la miró a usted con tanta insistencia al pasar junto a nosotros.

—¿Quién? ¿Dónde?

—En la acera de la derecha.

Catherine dio vuelta la cabeza justo a tiempo de ver a la señorita Tilney que, apoyada en el brazo de su hermano, transitaba la calle a paso lento. Ambos también repararon ella.

—¡Deténgase! ¡Deténgase, señor Thorpe! —exclamó impaciente la muchacha—. Es la señorita Tilney. Se lo aseguro. ¿Por qué me dijo usted que se habían ido de paseo? Deténgase de inmediato y déjeme ir con ellos.

Fue inútil. Sin hacer el menor caso, Thorpe fustigó el caballo, obligándolo a ir todavía más de prisa. Los Tilney doblaron una esquina y momentos después el carruaje rodaba a la altura del mercado. Aun así y a lo largo de la siguiente calle, ella continuó rogándole que se detuviera.

—¡Por favor, deténgase, señor Thorpe, se lo suplico! —insistió Catherine—. No puedo, no quiero continuar, no seguiré. Debo volver con la señorita Tilney.

Pero el señor Thorpe se limitó a reír, fustigó al caballo y siguió adelante. Catherine, enojada y molesta como estaba, y ante la evidencia de que era imposible bajar del coche, no tuvo más remedio que resignarse, aunque no ahorró reproches.

—¿Cómo pudo engañarme así, señor Thorpe? ¿Por qué me aseguró haber visto a mis amigos por la carretera de Lansdown? Daría cuanto tengo en el mundo para que nada de esto hubiera ocurrido. ¿Qué dirán de mí? Les parecerá extraño y hasta de mala educación de mi parte el que hayamos pasado de largo sin detenernos a saludarlos. No sabe usted lo disgustada que estoy. Ya no podré disfrutar de Clifton ni de nada. Preferiría mil veces bajarme y correr a buscarlos antes de seguir con usted. ¿Por qué me dijo que los había visto en un carruaje?

Thorpe fue hábil al defenderse. Declaró que no había visto en su vida dos personas tan parecidas y hasta se negó a reconocer que el joven que acababan de ver fuese Tilney.

El paseo, aun una vez agotada la conversación, no podía resultar agradable. Catherine se mostró menos complaciente que en la última excursión, escuchó de mala gana y sus respuestas fueron breves. Solo le quedaba el consuelo de visitar el castillo de Blaize, y de buena gana habría renunciado a la alegría que aquellos viejos muros pudieran proporcionarle y al placer de recorrer los grandes salones que exhibían los restos de muebles magníficos ahora durante muchos años abandonados, así como caminar a lo largo de bóvedas estrechas y sinuosas o, incluso, de que la única lámpara que la guiara se apagara ante un soplo de viento, antes que verse privada del proyectado paseo con sus amigos o exponerse a que estos interpretaran mal su conducta. Mientras iba sumida en tales pensamientos, el periplo se desarrollaba sin inconveniente alguno. Se hallaban cerca de Keynsham cuando un aviso de Morland, que venía detrás de ellos, obligó a Thorpe a detener la marcha. Se acercaron los rezagados y Morland le dijo a su amigo:

—Será mejor que emprendamos el regreso, Thorpe. Tu hermana y yo opinamos que es demasiado tarde para continuar; fíjate que hemos tardado una hora justa en llegar desde Pulteney Street, hemos cubierto siete millas, y todavía quedan ocho. No funcionará. Hemos salido demasiado tarde. Es preferible que lo dejemos para otro día.

—Para mí es igual —dijo Thorpe bastante malhumorado, y dándose vuelta hacia Catherine, agregó—: si su hermano no hubiera conseguido semejante bestia para conducir podríamos haber llegado a Clifton en una hora, pero por culpa de ese...

maldito caballo. El mío hubiera trotado hacia allí en una hora, aún si lo hubiera dejado solo. Morland es un tonto por no tener su propio caballo y su propio carruaje.

—No, no lo es —replicó Catherine, indignada—, porque no puede permitirse semejantes gastos.

—¿Y por qué no puede?

—Porque no tiene el dinero suficiente

—¿Y de quién es la culpa?

—De nadie, que yo sepa.

Entonces, Thorpe, con la incoherencia y la agresividad que le eran características, comenzó a decir que la avaricia era un vicio deleznable y que si la gente que ganaba suficiente dinero no pagaba ciertos gastos, no sabía él quién iba a poder hacerlo, y otras cosas que Catherine ni siquiera hizo el esfuerzo de comprender. Frente a la imposibilidad de obtener el consuelo que a cambio de otra desilusión se prometía, la joven se mostró menos dispuesta a intentar ser amable con Thorpe y regresaron a Pulteney Street sin que ella profiriera más de veinte palabras.

Al llegar a la casa, el lacayo informó a Catherine que un caballero y una dama habían llegado a buscarla pocos minutos luego de su partida, que al enterarse de que había salido con el señor Thorpe la dama había preguntado si no había dejado algún mensaje para ellos y, al responder él que no, se habían marchado, no sin antes entregarle sus tarjetas. Reflexionando sobre aquellas noticias desgarradoras Catherine subió lentamente a su cuarto. En lo alto de la escalera se topó con el señor Allen quien, al saber las causas que habían motivado su repentino regreso, le dijo:

—Me alegro de que el señor Morland haya mostrado sentido común. Era un plan absurdo y descabellado.

Pasaron la velada todos juntos en casa de los Thorpe. Catherine estaba perturbada y de muy mal ánimo. Isabella, en cambio, se mostraba muy satisfecha. Diríase que el haber hecho una apuesta con Morland le compensaba el aire tranquilo y campestre que habría podido encontrar en la posada de Clifton. También habló de manera insistente sobre la satisfacción que sentía al faltar aquella noche a los salones del balneario.

—¡Cómo me compadezco de las pobres criaturas que van allí! —exclamó—. ¡Y cuánto celebro no hallarme entre ellos! ¿Estarán muy concurridos los salones? El baile aún no debe de haber comenzado, pero por nada del mundo asistiría a él. ¡Es tan agradable pasar una velada en familia! Además, no creo que resulte muy animado. Sé que los Mitchell no tenían intención de ir. Les aseguro que me inspiran piedad sincera los que se han tomado el trabajo de concurrir. En cambio, usted, señor Morland, está deseando ir, ¿verdad? Estoy segura de ello y le suplico que no se prive por nosotros. Sin su presencia nos arreglaríamos a la perfección, se lo aseguro. Los hombres se empeñan en creer que son indispensables, pero eso está lejos de ser verdad.

Catherine casi podría haber acusado a Isabella de falta de ternura hacia ella y sus penas pues, a juzgar por lo que se veía, su desconsuelo no le preocupa en lo más mínimo.

—No estés tan aburrida, querida —susurró—. Me parte el corazón verte así. Después de todo, los únicos responsables de lo ocurrido son los Tilney. ¿Por qué no fueron más puntuales? Es cierto que los caminos estaban sucios y lodosos pero, ¿qué importaba eso? A John y a mí no nos hubiera persuadido. Sabes que no me importa sufrir molestias cuando se trata de complacer a una amiga. Es mi forma de ser, y lo mismo le ocurre a John, que tiene sentimientos increíblemente fuertes. ¡Cielos, qué magníficas cartas tienes! Reyes, ¿eh? ¡Qué feliz me haces! ¡Es que yo soy así! Prefiero mil veces que los tengas tú a tenerlos yo.

Y ahora puedo despedir por breve tiempo a mi heroína enviándola al lecho del insomnio donde, como le corresponde, apoyará la cabeza sobre una almohada erizada de espinas y empapada de lágrimas. Y, una vez allí, podrá tenerse por muy afortunada si, dada su condición, logra en los próximos tres meses una buena noche de descanso.

Capítulo XII

—Señora Allen —preguntó a la mañana siguiente Catherine—: ¿estaría bien que yo visitase hoy a la señorita Tilney? No podré estar tranquila mientras no le haya explicado lo sucedido.

—Por supuesto, puedes intentarlo, hija mía, pero ponte un vestido blanco para visitarla. Ella siempre viste de ese color.

Catherine obedeció alegremente y, ataviada como es debido, se encaminó hacia la sala de bombas del balneario hecha un manojo de nervios pues, aunque creía que los Tilney se hospedaban en Milsom Street, no estaba segura de la casa y las indicaciones vacilantes de la señora Allen no hicieron sino aumentar su confusión. Una vez informada de la dirección de sus amigos, partió rumbo a su destino con pasos ansiosos y el corazón palpitante, deseosa de explicar su conducta y ser perdonada sus amigos, pero haciéndose la distraída al pasar por el patio de la iglesia, próximo al cual se hallaban en aquel momento su amada Isabella y la querida familia de esta. Llegó sin inconvenientes a la casa de Milsom Street, miró el número, llamó a la puerta y preguntó por la señorita Tilney. El hombre que abrió le dijo que creía que la señorita se encontraba en la casa, pero que no estaba muy seguro. Catherine le dio entonces su tarjeta y le rogó que anunciara su presencia. A los pocos minutos, el criado regresó y con una mirada que hacía dudar de sus palabras, le dijo que se había equivocado y que la señorita Tilney había salido. Catherine se fue de la casa con un rubor que evidenciaba su mortificación, pues estaba segura de que su amiga no había querido recibirla, molesta por lo sucedido día anterior. Mientras se retiraba calle abajo, no pudo reprimir una mirada a las ventanas del salón, esperando verla allí, pero no había nadie. Al final de la calle volvió a darse vuelta y entonces vio a la señorita Tilney, no en la ventana, sino saliendo de la puerta misma de la casa. La seguía un caballero, que Catherine supuso debía de ser su padre, y juntos se dirigieron hacia Edgar's Buildings. Profundamente humillada, la joven siguió su camino. Lamentaba el haberse expuesto a tamaña descortesía, pero el recuerdo de su ignorancia de las leyes sociales la obligó a recapacitar. Al fin y al cabo ella no sabía cómo estaría clasificada por las leyes de la cortesía mundana una ofensa como la suya ni cuán imperdonable resultaría su acción ni a qué castigos la expondría esta. Tan deprimida se sentía, que hasta pensó en no asistir al teatro aquella noche, pero descartó esa idea con rapidez, en primer lugar, porque no tenía una excusa seria que disculpara su ausencia y, en segundo, porque se presentaba una obra que deseaba ver. De manera que todos fueron al teatro como de costumbre. Al entrar, Catherine advirtió que no asistía a la función ningún miembro de la familia Tilney. Era evidente que contaba esta, entre sus muchas perfecciones, la de poder prescindir de una diversión que —según testimonio de Isabella— podía parecer algo bastante horrible al estar acostumbrada a las mejores actuaciones de los teatros londinenses.

La obra no defraudó a Catherine, quien siguió con tanto interés los cuatro primeros actos que nadie hubiera podido percibir cuán preocupada estaba. Al dar comienzo el quinto acto, sin embargo, la aparición de Henry y de su padre en el palco de enfrente le recordaron su ansiedad y angustia. El escenario ya no podía proporcionarle alegría genuina ni provocarle risa los chistes de la obra. Por lo menos la mitad de sus miradas se dirigían al otro palco y, durante dos escenas consecutivas, no apartó los ojos de Henry, quien no se dignó dar muestras de que hubiera reparado en ella. No parecía indiferente al teatro quien de modo tan insistente fijaba su atención en la escena. Finalmente, el joven volvió la mirada hacia Catherine e hizo una reverencia, pero ¡qué reverencia!, sin una sonrisa, apartando la vista casi de inmediato. Catherine se sentía inquietamente desdichada. De buena gana habría pasado al palco donde estaba Henry para obligarlo a escuchar su explicación. Se vio poseída por sentimientos más humanos que heroicos. Lejos de enfadarla aquella injusta condena de su conducta, en lugar de experimentar rencor hacia el hombre que de forma tan arbitraria e infundada dudaba de ella, en vez de exigirle una explicación y hacerle comprender su error, ya sea negándole la palabra, ya sea coqueteando con otro, Catherine aceptó el peso de la culpa o la apariencia de esta y no deseó sino que llegara la ocasión de explicarse.

La obra finalizó, el telón cayó y Henry Tilney ya no estaba a la vista. Sin embargo, el general permaneció en el palco y la muchacha se preguntó si tendría intención de pasar a saludarla. En efecto, así fue; unos momentos después vieron al señor Tilney abrirse paso entre la gente en dirección a ellas. Saludó primero de modo muy ceremonioso a la señora Allen, y la muchacha, sin poder contenerse, exclamó:

—¡Ah, señor Tilney! Estaba deseando hablar con usted para pedirle disculpas por mi conducta. ¿Qué habrá pensado de mí? Pero no fue mi culpa, ¿verdad, señora Allen? ¿Verdad que me dijeron que el señor Tilney y su hermana habían salido en un carruaje? ¿Qué otra cosa podía yo hacer? Pero le aseguro que habría preferido salir con ustedes. ¿Verdad que sí, señora Allen?

—Mi querida, me estás arrugando el traje —contestó la señora Allen.

Por fortuna, las excusas de Catherine, aun privadas de la confirmación de su amiga, lograron cierto efecto. Él esbozó una sonrisa amable y con un tono que solo conservaba cierta fingida reserva, contestó:

—Nosotros agradecimos mucho sus deseos de que nos divirtiéramos después de nuestro paso por Argyle Street. Fue muy amable de su parte mirar hacia atrás con esa intención.

—Es que se equivoca usted. Lejos de desearles un paseo divertido, lo que hice fue rogarle al señor Thorpe que detuviera el coche. Se lo supliqué ni bien me di cuenta de que eran ustedes. ¿Cierto, señora, que...? Verdad que usted no estaba con nosotros; pero así lo hice, se lo puedo asegurar. Si el señor Thorpe hubiese accedido a mis ruegos, me habría bajado inmediatamente del carruaje para correr en busca de ustedes.

¿Existe algún Henry en el mundo capaz de mostrarse insensible ante tal afirmación? No, al menos, Henry Tilney. Con una sonrisa todavía más cariñosa, dijo todo lo necesario para explicar el sentimiento que el aparente olvido de Catherine había producido en su hermana, y la fe y la confianza que a él le merecían las explicaciones. Pero, aun así, la muchacha no quedó satisfecha.

—No me diga que su hermana no está enojada —exclamó—, porque me consta que lo está. De otra forma esta mañana no se habría negado a recibirme. La vi salir de la casa un momento después de haber estado yo. Me sentí profundamente dolida, aunque no me molestó; pero, quizás ignore usted que fui a verlos esta mañana.

—Yo no estaba adentro en ese momento, pero Eleanor me contó lo ocurrido y me expresó sus grandes deseos de verla para disculpar su aparente descortesía. Tal vez yo logre hacerlo por ella. Fue mi padre quien, deseoso de ir a dar un paseo y contando con poco tiempo para ello, dio la orden de que no se dejase pasar a nadie. Eso fue todo, se lo puedo asegurar. Mi hermana quedó preocupadísima y, como le digo, desea ofrecerle sus disculpas.

Pese a que aquellas palabras tranquilizaron enormemente a Catherine, esta todavía experimentaba cierta inquietud que intentó disipar con una ingenua pregunta que sorprendió al señor Tilney:

—¿Por qué es usted menos generoso que su hermana? Si tanta confianza mostró ella en mí, suponiendo, por supuesto, que se trataba de un mal entendido, ¿por qué usted se mostró dispuesto a ofenderse?

—¿Yo? ¡Me ofende!

—Sí, sí; cuando usted entró al palco, estaba enojado.

—¿Enojado? ¿Acaso tengo derecho a enojarme con usted?

—Pues, nadie que hubiera visto su rostro habría pensado que no tenía derecho.

Él permaneció con ellos algún tiempo y eso resultó tan agradable que el solo anuncio de que debía marcharse provocó en Catherine un sentimiento de tristeza. Sin embargo, antes de separarse, acordaron realizar lo antes posible el proyectado paseo y, más allá de la desazón que experimentaba por tener que separarse de su amigo, la joven se consideró esa noche la criatura más feliz del mundo. Mientras ambos hablaban, observó con gran sorpresa que John Thorpe, que era por lo general el hombre más inquieto del mundo, conversaba calmadamente con el general Tilney, y su sorpresa aumentó al percibir que ella era el objeto de la atención y la conversación. ¿Qué estarían diciendo? Temió que quizás al general le disgustase su aspecto. Además, tomaba como prueba de antipatía el que dicho señor hubiera preferido negarle la entrada en su casa en lugar de demorar un poco su paseo.

—¿Cómo llegó el señor Thorpe a conocer a su padre? —inquirió con ansiedad al señor Tilney señalando a los dos hombres.

Henry lo desconocía, pero señaló que su padre, como todo militar, tenía numerosas relaciones.

Una vez que la función hubo finalizado, Thorpe se acercó y se ofreció a acompañar a las damas, prodigó grandes atenciones a Catherine y, mientras esperaban en el vestíbulo la llegada de los coches, se anticipó a la pregunta que había viajado desde el corazón a la punta de la lengua de Catherine, diciendo:

—¿Me ha visto hablando con el general Tilney? Es un buen viejo, un compañero del alma, robusto, activo; parece más joven que su hijo. Tengo un gran respeto por él. No he conocido jamás alguien más bueno y caballero.

—Pero, ¿de qué lo conoce usted?

—¿Que de qué lo conozco? Hay poca gente en la ciudad que yo no conozca. Lo conocí en Bedford y volví a encontrarlo aquí, en la sala de billar. Por cierto que, pese a ser uno de nuestros mejores jugadores de billar y del miedo que casi me inspiraba su juego en un comienzo, gané la partida que disfrutamos. Jugábamos a cinco por cuatro en contra de mí y, si no hubiera hecho uno de los golpes más limpios que jamás he conseguido (dándole a su bola, como comprenderá, pero es imposible explicarlo sin una mesa), no gano. Es una excelente persona y muy adinerada. Me gustaría cenar con él, me atrevería a decir que ofrece magníficas comidas. Y ahora que me acuerdo, ¿de qué le parece que hemos estado hablando? ¡De usted! Sí, de usted, y el general dice que es la chica más bella que hay en Bath.

—¡Qué tontería! ¿Cómo puede decir eso?

—¿Y qué cree que dije yo? —preguntó él y añadió voz baja— . Le dije: tiene usted razón, mi general.

Al llegar a ese punto, Catherine, a quien satisfacía menos la admiración de Thorpe que la del general Tilney, se apuró a seguir al señor Allen.

Thorpe, a pesar de la insistencia de la joven para que se retirara, no la abandonó hasta que estuvo instalada en el carruaje, prodigándole entre tanto los más delicados halagos.

Que el general Tilney, en lugar desagradarle la admirara, le resulta encantador y con un placer infinito pensó que, por lo visto, todos los miembros de la familia Tilney estaban de acuerdo con respecto a ella. La velada había hecho por ella mucho más de lo esperado.

Capítulo XIII

Conocidos son para el lector los acontecimientos que tuvieron lugar el lunes, martes, miércoles, jueves, viernes y sábado de aquella semana. Uno por uno hemos dado cuenta de las esperanzas y los temores, las mortificaciones y los placeres experimentados por Catherine, por lo que solo queda describir el domingo para terminar de cerrar la semana. La tarde de dicho día, y mientras todos paseaban por el Crescent, surgió nuevamente el tema de la excursión a Clifton, suspendida una vez, como ya sabemos. En una consulta privada previa, Isabella y James habían decidido que el paseo se llevase a cabo al día siguiente durante la mañana, muy temprano, para volver a una hora razonable. El domingo por la tarde, en que, tal como hemos dicho, las familias se hallaban reunidas, Isabella y James expusieron sus planes a John, quien los aprobó. Solo restaba la conformidad de Catherine, quien en aquel momento se había alejado del grupo para hablar con la señorita Tilney. Pero, en lugar de la alegre aprobación que esperaba Isabella, Catherine muy seria se disculpó por no poder ir, ya que se había comprometido con la señorita Tilney para realizar una caminata con ella al día siguiente.

En vano protestaron los Thorpe insistiendo en que era preciso ir a Clifton el día señalado y asegurando que no estaban dispuestos a hacerlo sin ella. Catherine se mostró apenada, pero ni por un instante estuvo dispuesta a ceder.

—No insistas, Isabella —dijo—. Me he comprometido con señorita Tilney. No puedo ir.

Pero la negativa no sirvió de nada e insistieron con los mismos argumentos y diciendo que no aceptarían un no por respuesta.

—Pues dile a la señorita Tilney —insistieron— que acabas de recordar un compromiso previo y puede que posponga la caminata para el martes, por ejemplo.

—No es fácil ni quiero hacerlo. Además, no hay tal compromiso previo.

Pero Isabella continuaba suplicando, rogando a su amiga del modo más afectuoso, dirigiéndose a ella con las palabras más entrañables. Estaba segura de que su querida y dulce Catherine no rechazaría seriamente una petición tan trivial de quienes tanto la apreciaban. Pero todo fue inútil. Persuadida de que su actitud era la correcta, Catherine no se deja convencer. Entonces, Isabella cambió de táctica. Reprochó a la joven el que prefiriese a la señorita Tilney, a la que, evidentemente y a pesar de conocerla desde hacía tan poco tiempo, le tenía mayor cariño que a sus mejores y más antiguos amigos. Finalmente, la acusó de indiferencia y frialdad para con ella.

—No puedo evitar sentir celos, Catherine, cuando veo que me abandonas por unos extraños. ¡A mí, que tanto te quiero! Ya sabes que una vez que entrego mi afecto a una persona no hay poder alguno que logre modificar eso. Creo que mis sentimientos más profundos que los de nadie y tan arraigados ponen en peligro la paz de mi espíritu. No te imaginas cuánto me duele ver mi amistad desdeñada en favor de unos extraños. Porque eso, y no otra cosa, son los Tilney.

Catherine encontró ese reproche tan inmerecido como cruel. ¿Era justo que una amiga sacara a relucir de esa forma sus sentimientos y secretos más íntimos? Isabella se estaba comportando de modo egoísta y poco generoso; resultaba evidente que nada le preocupaba más que su propia gratificación. Empero, tales pensamientos no la impulsaron a hablar y, mientras ella permanecía en silencio, Isabella se llevó el pañuelo a los ojos hasta que Morland, conmovido por aquellas muestras de pesar, le dijo a su hermana:

—Vamos, Catherine, creo que debes ceder. El gusto de complacer a tu amiga bien vale un pequeño sacrificio. Te consideraré muy poco amable si sigues negándote.

Era la primera vez que su hermano se mostraba abiertamente contrario a su proceder y, ansiosa por evitar un disgusto, Catherine propuso un arreglo. Si demoraban su plan hasta el martes, lo cual podían hacer sin dificultad, ya que solo dependía de ellos, ella los acompañaría y todos quedarían satisfechos. Pero sus amigos se negaron rotundamente a modificar sus planes, alegando, en defensa de su proyecto, que para entonces Thorpe quizá se hubiese marchado. Catherine respondió que en ese caso lo lamentaría mucho, pero que no tenía una propuesta mejor para hacer. A sus palabras siguió un breve silencio, interrumpido al fin por Isabella, quien, con voz fría que dejaba traslucir un profundo resentimiento, dijo:

—Bueno, entonces, fin de la fiesta. Si Catherine no puede acompañarnos, yo tampoco iré. No quiero ser la única mujer en la excursión. Por nada del mundo haría algo tan indebido.

—Es preciso que vengas, Catherine —exclamó James.

—Pero, ¿por qué el señor Thorpe no va con una de sus hermanas? Estoy segura que cualquiera de ellas aceptaría con gusto la invitación.

—Gracias —dijo Thorpe—. Pero yo no he venido a Bath para pasear a mis hermanitas y que la gente me tome por un tonto. Si usted se niega, pues yo también, ¡qué diablos! Si voy, es solo por llevarla a usted.

—Esa galantería no me causa el menor placer —replicó Catherine, pero Thorpe se había alejado con tanta rapidez que no la escuchó.

Los tres continuaron paseando y la situación se hizo cada vez más desagradable para la pobre muchacha. Tan pronto se negaban sus acompañantes a dirigirle la palabra como se empeñaban en atacarla con súplicas y reproches. Y aunque Isabella la llevaba, como siempre, tomada del brazo, era evidente que entre ellas no reinaba la paz. Catherine oscilaba entre sentirse molesta o enternecida, pero nunca dejó de estar preocupada ni dudó de su determinación.

—No sabía que fueras tan obstinada, Catherine —dijo James—. No solías ser tan difícil de persuadir. Siempre fuiste la más dulce y cariñosa de todos nosotros.

—Pues ahora no creo serlo menos —contestó la joven, dolida—. Es cierto que no puedo complacerlos, pero mi conciencia me dice que hago lo correcto.

—No parece —masculló Isabella— haber una gran lucha.

Catherine se sintió embargada por un profundo pesar y retiró el brazo, a lo que Isabella no se opuso. Así pasaron diez minutos, al cabo de los cuales vieron llegar a Thorpe con expresión más animada.

—Todo arreglado —dijo—. Podemos hacer nuestra excursión mañana sin el menor remordimiento. He hablado con la señorita Tilney y le he presentado excusas de todo tipo.

—No es posible... —exclamó Catherine.

—Le aseguro que sí. Acabo de dejarla. Le he explicado que iba en nombre de usted a decirle que, puesto que con anterioridad se había comprometido a ir con nosotros a Clifton mañana, no podía tener el placer de salir a caminar con ella hasta el martes. Contestó que no había ningún problema y que para ella era lo mismo un día que otro. De modo que quedan allanadas las dificultades. Ha sido una buena idea, ¿verdad?

El semblante de Isabella era otra vez todo sonrisas y buen humor, y James también parecía feliz de nuevo.

—¡Ciertamente, una idea magnífica! —exclamó la primera—. Ahora, mi adorada Catherine, olvidemos nuestro disgusto. Estás honorablemente absuelta y no hay que pensar más que en pasarlo muy bien.

—No puede ser —dijo Catherine—. No puedo aceptarlo. Iré a ver a la señorita Tilney y le explicaré...

Isabella, al oírla, retuvo una de sus manos, Thorpe, la otra, y los tres comenzaron a reprenderla. Incluso James estaba bastante enojado. Después de que todo hubiese sido arreglado y de que la misma la señorita Tilney había dicho que lo mismo daba pasear el martes, era ridículo y absurdo, seguir oponiéndose.

—No me importa —insistió Catherine—. El señor Thorpe no debería haber inventado semejante disculpa. Si yo hubiera pensado que era correcto demorar mi paseo con la señorita Tilney, se lo hubiera hecho saber personalmente. Eso fue de una grosería imperdonable. Además, ¿quién me asegura que el señor Thorpe no se ha vuelto a equivocar? Por su causa el viernes pasado quedé mal ante los Tilney. Señor Thorpe, haga el favor de soltarme, y tú también, Isabella.

Thorpe insistió en que sería inútil intentar alcanzar a los Tilney, pues giraban en Brock Street cuando él les habló, y tal vez ya habrían llegado a su casa.

—Entonces, los seguiré —dijo Catherine—. Estén donde estén, hablaré con ellos. Es inútil que intenten detenerme; si con argumentos no pudieron obligarme a lo que no creo que debo hacer, con engaños lo conseguirán todavía menos.

Catherine logró desasirse de Isabella y de Thorpe, y se alejó a toda prisa. El segundo pretendió seguirla, pero James lo detuvo.

—Déjala, déjala que vaya. Se lo ha propuesto y es más obstinada que ...

Thorpe no quiso acabar la frase, que no encerraba precisamente una galantería.

Catherine se alejó con gran agitación, todo lo rápido que la multitud le permitía. Temía verse perseguida, pero no por eso pensaba desistir de su propósito. Al caminar, reflexionaba acerca de lo que había ocurrido. Le resultaba doloroso contrariar a sus amigos, y en especial a su hermano, pero no se arrepentía de lo que había hecho. Aparte del placer que pudiese suponer para ella la caminata en cuestión, consideraba una muestra de informalidad e incorrección el faltar por segunda vez a un compromiso retractándose de una promesa hecha cinco minutos antes. Ella no se había opuesto al deseo del resto por puro egoísmo, pues la excursión que le ofrecían y la perspectiva de visitar el castillo de Blaize le resultaban por demás atractivas, pero, si los contrariaba era, sobre todo, porque ansiaba contentar a los Tilney y quería quedar bien con ellos. Tales razonamientos, sin embargo, no resultaban suficientes para devolverle la tranquilidad perdida. Era evidente que sus ansias no resultarían satisfechas hasta que no le explicase a la señorita Tilney la situación y, una vez que hubo cruzado el Crescent, aceleró todavía más el paso, hasta que finalmente se encontró en el extremo alto de Milsom Street. Se había apurado tanto que, pese a la ventaja que los Tilney le llevaban, estos justamente entraban a su casa cuando los vio. Antes de que el lacayo cerrase la puerta, la muchacha estaba delante y, con el pretexto de que necesitaba hablar con la señorita Tilney, entró a la casa. Subió las escaleras por delante del criado, abrió una puerta y entró en un salón donde se encontraba el general Tilney acompañado de sus hijos. La explicación ofrecida por Catherine, y que, dado su estado de nerviosismo y su dificultad para respirar, resultó bastante incomprensible, fue la siguiente:

—He venido corriendo... Ha sido una equivocación. Nunca prometí irme, les dije desde un principio que no podía ir y me escapé a toda prisa para explicárselo a ustedes. Poco me importa lo que pudieran pensar de mí y no iba a dejarme detener por el criado.

El asunto, si no por completo aclarado con las frases de Catherine, dejó, por lo menos, de ser un enigma. En efecto, Thorpe había dado el recado y la señorita Tilney no tuvo escrúpulos en reconocerse sorprendida. Pero lo que la muchacha no tenía forma de saber, aunque dirigió sus aclaraciones a ambos hermanos por igual, fue si aquella aparente informalidad suya había impresionado al señor Tilney en la misma medida que a su hermana. Sin embargo, por amargas que fuesen las reflexiones expresadas por uno y otro antes del arribo de Catherine, la presencia de esta, y sus explicaciones hicieron que cada mirada y cada frase volviera a ser tan amigable como podía desearse.

Una vez resuelta aquella cuestión, la señorita Tilney la presentó a su padre, quien la recibió con tanta cortesía y de forma tan solícita, que la joven no pudo menos que recordar las palabras de Thorpe y pensar que, a veces, se podía depender de la opinión de su amigo. El general extremó sus atenciones al punto de reprender al criado por haber descuidado sus deberes y obligar a Catherine a abrir la puerta por sí misma. Claro que, al hacerlo, ignoraba que la joven no le había dado al pobre hombre la oportunidad de anunciarla. Y, si Catherine no hubiera afirmado de manera generosa la inocencia de William, el criado tal vez hubiera perdido para siempre la estima de su amo y, quizás, hasta su puesto.

Luego de permanecer con los Tilney un cuarto de hora, se levantó para marcharse, pero el general la sorprendió con el pedido, hecho en nombre de su hija, de que les hiciera el honor de pasar el resto del día con ellos. La señorita Tilney añadió sus propios deseos y Catherine se mostró sumamente agradecida, pero manifestó que, muy a su pesar, se veía en la obligación de declinar tan amable invitación, pues el señor y la señora Allen esperaban su regreso de un momento a otro. El general reconoció entonces que no quedaba nada más por decir, pero que esperaba que en otra oportunidad, y previa autorización de tan excelentes amigos, tuvieran el placer de contar con la presencia de la muchacha en su casa. Catherine le aseguró que el señor y la señora Allen no pondrían la menor objeción, y que ella misma estaría muy complacida de ir. Después, el general la acompañó hasta la puerta principal, colmándola entre tanto de frases de elogio. Hizo especial hincapié en la gracia de su andar, asegurando que igualaba a la cadencia y el ritmo de su baile. Finalmente, se despidió, luego de obsequiarla con uno de los saludos más ceremoniosos que Catherine jamás había visto.

Encantada por todo lo sucedido, la joven se dirigió otra vez hacia Pulteney Street, haciendo todo lo posible por andar con la gracia que le atribuía el general y de la que ella no se había percatado hasta ese momento. Llegó a la casa sin encontrarse con ninguna de las personas que de manera tan insolente se habían comportado con ella aquella mañana pero, ni bien vio asegurada su victoria sobre estas, comenzó a dudar de que su proceder hubiese sido el acertado. Pensó que un sacrificio es siempre un acto de nobleza y que si hubiera cedido a las súplicas de su hermano y de su amiga, se habría evitado disgustar al primero, enfadar a la segunda y destruir un plan feliz. Para tranquilizar su conciencia y cerciorarse de la corrección de su conducta, solicitó consejo al señor Allen, a quien refirió con lujo de detalles el plan que para el día siguiente habían proyectado su hermano, y el señor y la señorita Thorpe.

—Bueno, ¿y tú también piensas ir? —preguntó el señor Allen.

—No, señor, me negué porque me acababa de comprometer con la señorita Tilney antes de que me lo comunicaran. ¿Cree que hice mal?

—¡Ciertamente, no! Celebro que lo hayas evitado. No me parece correcto que hombres y mujeres jóvenes anden corriendo solos en coches descubiertos o se presenten en posadas y otros sitios públicos. Más aún: me extraña que la señora Thorpe haya dado su consentimiento. No creo que a la señora Morland le agradara que hicieras esas cosas. —Después, dirigiéndose a su mujer, añadió— ¿No opinas como yo? ¿No te parecen objetables esta clase de diversiones?

—Sí, sí, no me gustan para nada. Los carruajes abiertos son cosas muy desagradables. Además, no hay vestido que se conserve limpio con ellos. Se mancha una al subir y al bajar, y el viento desarregla el peinado. Sí, me desagradan mucho los coches descubiertos.

—Ya lo sabemos, pero no es ese el punto. ¿A ti no te parece extraño el que una señorita se pasee en un carruaje abierto con un joven a quien no lo une relación alguna de parentesco?

—Sí, desde luego. Me disgustan ese tipo de cosas.

—¡Querida señora! ¿Por qué no me lo advirtió antes, entonces? —gritó Catherine—. Si yo hubiera sabido que estaba mal pasear en coche con el señor Thorpe, no lo habría hecho. Suponía que usted no me permitiría hacer nada incorrecto.

—Y no lo habría permitido, querida. Ya se lo dije a tu madre antes de venir aquí. Pero tampoco hay que ser en extremo severos. Los jóvenes son jóvenes, tal como dice tu buena madre. Recordarás que cuando llegamos aquí te advertí que hacías mal en comprarte aquella muselina floreada; sin embargo, no me hiciste caso. A los jóvenes no se les puede llevar siempre la contraria.

—Pero esto fue algo realmente importante y no creo que hubiera sido difícil convencerme.

—Bueno, hasta aquí, lo sucedido no tiene importancia —dijo el señor Allen—, pero sí considero mi deber aconsejarte que en el futuro no salgas con el señor Thorpe.

—Eso es justo lo que iba a decir —intervino su esposa.

Catherine, una vez aliviada por sí misma, comenzó a preocuparse por Isabella, apresurándose a preguntarle al señor Allen si correspondía escribirle una carta a su amiga, explicándole los inconvenientes que entrañaban aquellas excursiones, de los que seguramente ella no tenía idea y a los que quizás se expondría otra vez si, como pensaba, iba a Clifton al día siguiente. El señor Allen la disuadió de ello.

—Más vale que desistas de ello, mi querida —le aconsejó—. Isabella tiene edad suficiente como para saber esas cosas y, además, su madre está aquí para advertírselo. No hay duda de que la señora Thorpe es por demás tolerante; sin embargo, creo que no deberías intervenir en un asunto tan delicado. Si Isabella y tu hermano están empeñados en salir juntos, lo harán y, si intentas evitarlo, solo conseguirás predisponerlos mal contigo.

Catherine obedeció y, aunque lamentaba que Isabella hiciera algo que no estaba bien visto, estaba satisfecha sabiendo que ella sí estaba haciendo lo correcto, evitando de esa forma una falta tan grave. Se alegraba de no tomar parte de la excursión a Clifton, porque evitaba tanto el que los Tilney la juzgaran mal por haber roto su promesa como el incurrir en una indiscreción. Resultaba por demás claro que ir a Clifton habría sido al mismo tiempo un gesto de descortesía y una falta de decoro.

Capítulo XIV

La mañana siguiente resultó espléndida y Catherine temió ser otra vez objeto de ataque por parte de sus adversarios. A pesar del coraje que le infundía el apoyo del señor Allen, tenía miedo de encontrarse inmersa otra vez en una contienda que la lastimaba profundamente, aun cuando emergiera victoriosa de la lucha. De manera, pues, que grande fue su alegría cuando pudo comprobar que nadie se daba a la tarea de intentar convencerla otra vez. Los Tilney llamaron a la hora convenida y como ninguna dificultad ni incidente ni intrusión impertinente malogró sus planes, mi heroína consiguió cumplir con sus compromisos, aunque los había contraído con el héroe en persona. Decidieron caminar alrededor de Beechen Cliff, bella colina cuyo verdor y maleza colgante puede ser admirada desde Bath.

—No puedo mirar esto sin acordarme del sur de Francia — dijo Catherine, mientras caminaban por la orilla del río.

—¿Ha estado en el extranjero? —le preguntó Henry, un tanto sorprendido.

—¡Oh, no! Solo me refiero a lo que he leído. Esto se parece al país que recorrieron Emily y su padre en *Los misterios de Udolfo*. Pero imagino que usted no debe leer novelas...

—¿Por qué no?

—Porque se trata de un género que no suele ser del agrado de las personas inteligentes. Los caballeros, sobre todo, gustan de lecturas más serias.

—Pues considero que aquella persona, sea un caballero o una dama, que no disfruta de una buena novela es por completo necia. He leído todas las obras de la señora Radcliffe y la mayoría de ellas con gran placer. Cuando empecé *Los misterios de Udolfo* no pude dejar el libro hasta finalizarlo. Recuerdo que lo leí en dos días, y con los cabellos de punta todo el tiempo.

—Sí —intervino la señorita Tilney—. Y recuerdo que me prometiste que me leerías ese libro en voz alta, me ausenté tan solo por cinco minutos para escribir una carta y, al volver, me encontré con que en lugar de esperarme te fuiste con el volumen al Hermitage Walk de modo que no me quedó más remedio para saber el desenlace que esperar a que acabaras de leerlo.

—Gracias, Eleanor, un testimonio de lo más honorable. Ya puede comprobar usted, señorita Morland, la injusticia de sus sospechas. Mi interés por continuar con la lectura del Udolfo fue tan grande, que me imposibilitó esperar a que mi hermana estuviese de regreso y me indujo a romper mi promesa de leerlo en voz alta y a huir con el volumen en cuestión, dejándola a ella detenida en el momento de mayor suspenso. Sin embargo, todo ello me enorgullece, ya que, por lo visto, no hace sino aumentar la estima que usted pueda profesarme.

—Me alegra mucho haberlo escuchado, entre otras razones, porque me evita tener que avergonzarme de leerlo yo también. Pero la verdad es que siempre creí que los jóvenes caballeros tenían por costumbre despreciar las novelas. Asombroso.

—Asombro por demás justificado, pues le garantizo que leen tantas novelas como las mujeres. En mi caso, puedo asegurarle que he leído cientos de ellas. No crea que me supera en el conocimiento de Julias y Luisas. Si profundizáramos en el asunto y empezáramos una investigación sobre lo que uno y otro hemos leído, seguramente quedaba usted tan a la zaga como... ¿qué le diría yo?, como dejó Emily al pobre Valancourt cuando se fue a Italia con su tía. Tenga en cuenta que le llevo muchos años de ventaja; yo ya estudiaba en Oxford cuando usted era apenas una buena niña haciendo labores en su casa.

—Temo que en lo de buena se equivoca usted, pero hablando en serio, ¿realmente considera que *Udolfo* es el libro más bonito del mundo?

—¿El más bonito? Supongo que eso debe depender de la encuadernación.

—Henry —intervino la señorita Tilney—, eres un impertinente. No le haga caso, señorita Morland, por lo visto mi hermano pretende hacer con usted lo mismo que conmigo. Siempre me está criticando por alguna incorrección del lenguaje. Parece que no le ha gustado el uso que ha hecho usted de la palabra "bonito" y, si no se apura a emplear otra, corremos el riesgo de vernos envueltas en citas de Johnson y de Blair el resto del camino

—Le aseguro —dijo Catherine— que lo hice sin pensar; pero si el libro es bonito, ¿por qué no he debería describirlo así?

—Muy cierto —contestó Henry—. Y también el día es bonito, estamos dando un bonito paseo y ustedes son dos chicas bonitas. Se trata, en fin, de una palabra muy bonita que puede aplicarse a todo. En un principio, se la utilizó para expresar pulcritud, decoro, delicadez o refinamiento, pero ahora cada elogio acerca de cada tema queda comprendido en esa palabra.

—Siendo así —dijo su hermana—, no deberíamos emplearla más que para referirnos a ti, que eres más bonito que sabio. Vamos, señorita Morland, dejémoslo meditar sobre nuestros errores lexicales y dediquémonos a enaltecer a *Udolfo* de la manera en que más nos agrade. Se trata, sin duda, de un libro interesantísimo. ¿Le gusta ese tipo de lectura?

—Para serle ser franca, no me gusta mucho ninguna otra.

—¿De veras?

—Es decir, puedo leer poesía y obras de teatro y, en ocasiones, relatos de viaje, pero no siento ningún interés por las obras esencialmente históricas. ¿Y usted?

—A mí me gusta la historia.

—Ojalá a mí también me gustara. Pero si alguna vez leo obras históricas es por obligación. No encuentro en ellas nada de interés, y terminan por aburrirme las eternas disputas entre papas y reyes, las guerras y las pestes, y otros males de que están llenas sus páginas. Los hombres todos tan buenos para nada y de las mujeres casi ni se hace mención. Para serle sincera, me aburre todo ello, al tiempo que me extraña, porque gran parte debe ser invención. Los discursos que se ponen en boca de los héroes, sus pensamientos y designios no deben ser verdad, sino imaginados, y lo que me interesa justamente en otros libros es la invención.

—Por lo visto —dijo la señorita Tilney—, usted considera que los historiadores no son afortunados en sus vuelos fantasiosos. Demuestran imaginación, sin despertar interés; claro que eso en lo que a usted se refiere, porque a mí la historia me interesa muchísimo. Acepto de buen grado la combinación de lo verdadero con lo falso cuando el conjunto resulta hermoso. Si los hechos principales son verdaderos, lo cual puede comprobarse cotejando otras obras históricas, creo que puede merecernos el mismo crédito que los hechos que nos son contemporáneos y conocemos por referencia de otras personas o por experiencia propia. En cuanto a esos pequeños detalles que embellecen el relato, deben ser considerados nada más que como meros ornamentos. Cuando un párrafo está bien escrito es un placer leerlo, sea de quien sea y proceda de donde proceda, tal vez con mayor placer siendo su verdadero autor el señor Hume o el señor Robertson y no Caractacus, Agricola o Alfredo el Grande.

—¡A usted le gusta la historia! —dijo Catherine—. Y también al señor Allen y a mi padre. Yo tengo dos hermanos a los que no les desagrada. Es notable que entre mi círculo de conocidos ese género tenga tanta aceptación. A este paso, no volverán a inspirarme lástima los historiadores. Antes me preocupaba mucho la idea de que esos escritores se vieran obligados a llenar grandes volúmenes con asuntos que no interesaban a nadie y que, a mi juicio, no servían más que para atormentar a los pequeños niños y niñas, y, aunque comprendía que tales obras eran necesarias, me extrañaba que hubiera quien tuviese el valor de escribirlas.

—Que esos libros constituyen un tormento para los niños, es algo que nadie que en los países civilizados conozca la naturaleza humana puede negar —intervino Henry—. Sin embargo, es menester reconocer que nuestros historiadores tienen otro objetivo en la vida y que tanto los métodos que emplean como el estilo que adoptan también les permite atormentar a los mayores. Observará usted que empleo la palabra "atormentar" en el sentido de "instruir", que es sin duda el que usted pretende darle, suponiendo que puedan ser admitidos como sinónimos.

—Usted cree que soy tonta por llamar "tormento" a lo que es instrucción, pero si estuviese tan acostumbrado como yo a ver luchar a los niños, primero para aprender las letras y, luego, para deletrear, si supiera lo estúpidos que pueden ser durante una mañana juntos, y lo cansada que está mi pobre madre al final, reconocería que hay ocasiones en que las palabras "atormentar" e "instruir" pueden parecernos de significado similar.

—Muy probablemente. Pero los historiadores no son responsables de las dificultades para aprender a leer y usted, que por lo que veo no es muy amiga de una aplicación muy severa y muy intensa, tal vez pueda reconocer, sin embargo, que merece la pena verse atormentado durante un par de años a cambio de poder leer el tiempo de vida que nos resta. Considere que, si nadie supiera leer, la señora Radcliffe habría escrito en vano o no habría escrito tal vez nada.

Catherine asintió y acto seguido se hizo un entusiasta panegírico de dicha autora. De esa forma, los Tilney muy pronto encontraron otro tema en el que ella no tenía nada que decir. Miraban el paisaje con ojos de quienes están acostumbrados a dibujar, discutiendo sobre el atractivo pictórico de aquellos parajes, dando a cada paso nuevas pruebas de su gusto artístico. Catherine estaba bastante perdida pues, además de no saber nada de dibujo, también carecía de gusto al respecto y, aunque escuchaba con atención lo que decían sus amigos, las frases que oía le resultaban poco menos que incomprensibles. Lo poco que llegó a entender solo le sirvió para sentirse más confusa, pues contradecía completamente sus poquísimas nociones sobre el tema. Parecía, por ejemplo, que las mejores vistas no se obtenían desde la cima de una alta colina y que un cielo despejado no era prueba de un día hermoso. Estaba profundamente avergonzada de su ignorancia. Pero era una vergüenza sin razón alguna, pues no hay nada como esta para que las personas se atraigan mutuamente. El estar bien informado nos impide alimentar la vanidad ajena, cosa que el sentido común aconseja evitar. Una mujer, especialmente, si tiene la desgracia de saber algo, hará bien en ocultarlo tanto como pueda.

Las ventajas que tiene para la mujer ser bella y tonta ya han sido descritas de forma prodigiosa por una autora y hermana de letras, de modo que solo queda añadir, en disculpa de los hombres, que si para la mayoría de ellos la imbecilidad de las mujeres constituye un encanto adicional, hay algunos tan bien informados y tan razonables que no desean para la mujer nada más que ignorancia. Pero Catherine desconocía su valor e ignoraba que una joven bella, de corazón afectuoso y mente hueca se encuentra en las mejores condiciones posibles, a no ser que las circunstancias le sean contrarias, para atraer a un joven talentoso. En el caso que nos ocupa, la muchacha confesó y lamentó su falta de conocimientos, y declaró que daría gustosa cuanto poseía en el mundo por saber dibujar, lo cual le valió un sermón sobre el arte, tan claro y terminante que, al poco tiempo, hallaba hermoso todo cuanto Henry consideraba admirable, escuchándolo con tanta atención que él quedó encantado del excelente gusto y el innato talento de aquella joven, y convencido, además, de que él había contribuido a su desarrollo. Le habló de primeros planos, de distancias, de perspectiva, de sombra y de luz, y su discípula aprovechó tan bien la lección que, para cuando llegaron a la cima de Beechen Cliff, Catherine, apoyando la opinión de su maestro, rechazó la totalidad de la ciudad de Bath como indigna de formar parte de un hermoso paisaje. Encantado con aquellos progresos, pero temeroso de cansarla con demasiada sabiduría en poco tiempo, Henry intentó cambiar de tema y, tomando como punto de partida a un roble marchito que había en el lugar, pasó a disertar sobre robles en general, bosques, terrenos baldíos, tierras de la corona y del gobierno y, finalmente, de política, hasta llegar a un completo silencio. La pausa que siguió a aquella disquisición sobre el estado de la nación fue interrumpida por Catherine, quien, con tono solemne y un poco asustada, exclamó:

—He oído decir que en Londres pronto ocurrirá algo muy terrible.

—¿Es cierto? ¿De qué tipo? —preguntó algo preocupada la señorita Tilney, a quien iba dirigido el comentario.

—Eso no lo sé, ni tampoco quién será el autor. Lo único que me han dicho es que nunca se habrá visto nada tan horrible.

—¡Santo cielo! Y, ¿quién se lo ha dicho?

—Una íntima amiga mía lo sabe por una carta que ayer mismo recibió de Londres. Debe ser extraordinariamente espantoso. Supongo que habrá asesinatos y otras calamidades por el estilo.

—Habla usted con una asombrosa compostura. Espero que el relato de su amiga haya sido exagerado y que el gobierno tome a tiempo las medidas necesarias para impedir que nada de eso ocurra.

—El gobierno... —dijo Henry esforzándose por no sonreír—, ni desea ni se atreve a interferir en esos asuntos. Los asesinatos se llevarán a cabo y al gobierno lo tendrá por completo sin cuidado.

Las damas se le quedaron mirando y él, sonriendo abiertamente, añadió:

—Bien, creo que lo mejor será que me explique, así podré probar la nobleza de mi alma y la claridad de mi mente. No tengo paciencia con los de mi sexo que se prestan a rebajarse al nivel de la comprensión del de ustedes. Creo que la mujer no tiene agudeza, vigor ni sano juicio; que carece de percepción, discernimiento, juicio, pasión, genio e ingenio.

—No le haga caso, señorita Morland, y póngame al corriente de ese terrible alboroto.

—¿Alboroto? ¿Qué alboroto?

—Mi querida Eleanor, el alboroto está en tu propio cerebro. Aquí no hay más que una escandalosa confusión. La señorita Morland se refería tan solo a una nueva publicación que saldrá próximamente y que consta de tres tomos de doscientas setenta y seis páginas cada uno, cuya cubierta estará ornamentada con una ilustración que representa dos tumbas y una linterna. ¿Comprendes ahora? En cuanto a usted, señorita Morland, habrá notado que mi poco perspicaz hermana no ha entendido la brillante explicación que usted le ofreció y, en vez de suponer, como habría hecho un ser racional, que los horrores a los que usted se refería se relacionaban con una biblioteca circulante, los atribuyó a disturbios de tipo político y de inmediato imaginó las calles invadidas por multitudes, miles de hombres reunidos en St. George's Fields, el Banco Nacional en poder de los rebeldes, la Torre amenazada, ríos de sangre fluyendo por las calles londinenses, un destacamento de los Dragones (esperanza y apoyo de nuestra nación) convocados con urgencia desde Northampton y al valiente capitán Frederick Tilney a la cabeza de sus hombres que, en el momento del ataque, cae de su caballo malherido por un ladrillo que le han arrojado desde un balcón. Perdone su estupidez. Los temores que engendró su cariño de hermana aumentaron su típica debilidad femenina, pues le aseguro que no suele mostrarse tan simplona como ahora.

Catherine parecía seria.

—Bueno, Henry —dijo la señorita Tilney—, ahora que has conseguido que nosotras nos entendamos, trata de que la señorita Morland te comprenda a ti, a no ser que desees que crea que eres intolerablemente grosero, no solo para con tu hermana, sino para con las mujeres en general. La señorita Morland no está acostumbrada a tus extrañas formas.

—Estaré más que feliz de que ella las conozca mejor.

—Sin duda, pero esa no es una explicación pertinente al presente.

—Y ¿qué debo hacer?

—Lo sabes muy bien. Discúlpate y asegúrale que tienes el más alto concepto de la inteligencia femenina.

—Señorita Morland —dijo Henry—, tengo el mejor concepto de la inteligencia de todas las mujeres del mundo y, muy particularmente, de aquellas con quienes me encuentro.

—Eso no es suficiente. Sé más formal.

—Señorita Morland, nadie estima la inteligencia femenina tanto como yo. En mi opinión, es tanto lo que la naturaleza les ha dado que nunca encuentran necesario utilizar más de la mitad.

—No hay modo de obligarlo a ser más formal, señorita Morland —lo interrumpió la señorita Tilney—. Por lo visto, está decidido a no hablar en serio, pero le aseguro que, a pesar de cuanto ha dicho, es incapaz de pensar de forma injusta acerca de la mujer en general ni mucho menos de decir algo que pudiera mortificarme.

A Catherine no le costó trabajo creer que Henry era, efectivamente, incapaz de hacer o de pensar algo que fuese incorrecto. Sus modales podían resultar inadmisibles, pero seguramente sus pensamientos eran los correctos. Además, la joven estaba dispuesta a admirar tanto aquello que le agradaba como lo que no llegaba a comprender. Así pues, el paseo resultó delicioso y el final de este encantador en igual medida. Sus amigos la acompañaron hasta su casa y, una vez allí, la señorita

Tilney solicitó respetuosamente el permiso de la señora Allen para que Catherine les concediese el honor de cenar con ellos al día siguiente. La señora Allen no opuso ningún reparo y la única dificultad que se le planteó a Catherine fue ocultar el exceso de alegría que esa invitación le producía.

La mañana había transcurrido de forma tan encantadora que quedó borrado de su mente el recuerdo de otras amistades. En todo el paseo no se acordó ni de Isabella ni de James. Cuando los Tilney se fueron, la amabilidad momentáneamente olvidada retornó, pero con escaso éxito, pues la señora Allen, que no sabía nada de ellos, no pudo informarle nada al respecto. Sin embargo, al cabo de un rato y en ocasión de salir Catherine en busca de una cinta que necesitaba con suma urgencia, se topó en Bond Street con la segunda de las hermanas Thorpe, quien se dirigía a Edgar's Buildings, entre dos chicas encantadoras, íntimas amigas suyas a partir de aquella mañana. Por dicha señorita supo que la excursión a Clifton se había realizado.

—Partieron esta mañana a las ocho —le informó—. Y debo admitir que no los envidio. Creo que hicimos bien en no acompañarlos. Ir a Clifton en esta época del año, en la que no hay un alma, debe ser la cosa más aburrida del mundo. Belle ocupaba un coche con su hermano y John otro con María.

Catherine expresó el placer que le produjo el hecho de que el asunto se hubiera arreglado a gusto de todos.

—Sí —contestó Anne—. María estaba decidida a ir. Creía que se trataba de algo en verdad divertido. No concuerdo con su gusto y, por mi parte, estaba dispuesta a no acompañarlos, aunque todos se hubieran empeñado en convencerme de lo contrario.

Catherine dudó un poco de la sinceridad de aquellas declaraciones y no pudo por menos que decir:

—Ojalá pudiera haber ido usted también. Es una lástima que no hayan podido ir todos.

—Gracias, pero le aseguro que me era por completo indiferente. Es más: no quería ir por nada del mundo. De eso justamente estaba hablando con Sofía y Emily cuando la encontramos.

Pese a tales afirmaciones, Catherine no se rectificó, y celebró que Anne pudiera contar con dos amigas como Emily y Sofía para consolarla. Y, sin más, despidiéndose de las tres, regresó a su casa, satisfecha de que el paseo no se hubiese suspendido por su negativa a unirse y deseando de todo corazón que hubiera resultado lo bastante entretenido como para que James e Isabella no le guardaran rencor por haberse negado a ir.

Capítulo XV

Temprano al día siguiente, una nota de Isabella respirando paz y ternura en cada línea y requiriendo la presencia de su amiga para un asunto sumamente importante, hizo que Catherine fuera hacia Edgar's Buildings en un estado que conjugaba felicidad, confianza y curiosidad. Las dos señoritas Thorpe más jóvenes estaban en el salón y, luego de salir Anne en busca de Isabella, Catherine aprovechó su ausencia para preguntarle a María detalles sobre la excursión del día anterior. A esta le encantó abordar el tema y la señorita Morland no tardó en saber que esta nunca había participado en una excursión más interesante, que nadie podía imaginar lo encantador del paseo y que había sido algo más delicioso de lo que cualquier persona pudiera concebir. Tal fue la información suministrada en los primeros cinco minutos de conversación, siendo dedicados otros cinco a informar a Catherine de que los excursionistas se habían dirigido, en primer lugar, al hotel York, donde habían tomado un plato de exquisita sopa y encargado una cena temprana, para dirigirse después a la sala de bombas, donde habían probado las aguas y gastado algunos chelines en pequeños recuerdos, tras lo cual fueron a la pastelería en busca de helados. Luego continuaron camino hacia el hotel, donde comieron a toda prisa para volver antes de que anocheciera, lo cual no consiguieron, ya que se retrasaron y, además, la luna no se hizo visible. Había llovido bastante, por lo que el caballo del señor Morland estaba tan cansado que difícilmente podía llevarlo bien.

Catherine escuchó con sincera satisfacción. Al parecer, ni siquiera se había hablado de visitar el castillo de Blaize, único aliciente que para ella habría tenido la excursión. María puso fin a sus palabras con una tierna efusión de lástima para con su hermana Anne, quien, según ella, se había enfadado profundamente al verse excluida de la partida.

—Nunca me lo perdonará —dijo—, estoy segura, pero no hubo manera de evitarlo. John quiso que fuera yo y se negó rotundamente a llevarla a ella, porque dice que tiene los tobillos muy gruesos. Sé que no recobrará su buen humor en lo que resta del mes, pero estoy decidida a no perder la serenidad por un asunto tan menor.

En aquel momento Isabella entró al cuarto y lo hizo con un paso tan ansioso y una mirada tan feliz que captó por completo la atención de su amiga. María fue invitada sin ningún tipo de miramiento a retirarse del salón y, no bien se hubo marchado, Isabella abrazó a Catherine y exclamó:

—Sí, mi querida Catherine, es verdad. Tu percepción no te ha engañado. ¡Esos ojos tuyos! Todo lo ven...

Catherine solo pudo responder con una mirada de asombrada ignorancia.

—Mi querida, mi más dulce amiga —continuó la otra—. Serénate, te lo ruego; yo estoy muy agitada, como podrás suponer, pero sentémonos aquí y charlemos. ¿De manera que lo supusiste en cuanto recibiste mi nota? ¡Ah, criatura astuta! Querida Catherine, tú, que eres la única persona que conoce a fondo mi corazón, puedes juzgar cuán feliz me siento. Tu hermano es el más encantador de los hombres y yo solo deseo llegar a ser digna de él, pero, ¿qué dirán tu excelente padre y tu madre? ¡Cielos, cuando pienso en ellos estoy tan temerosa!

El entendimiento de Catherine comenzó a despertar y, sonrojándose a causa de la emoción, exclamó:

—Cielos, mi querida Isabella, ¿qué quieres decir? ¿Puedes en verdad estar enamorándote de James?

Esa audaz conjetura, sin embargo, comprendía aproximadamente la mitad de los hechos. Poco a poco, Isabella le fue dando a entender que durante el paseo del día anterior aquel afecto que se la acusaba de haber sorprendido en sus miradas y gestos había provocado la confesión de un sentimiento recíproco. El corazón de la señorita Thorpe pertenecía por entero a James. Catherine nunca había escuchado una revelación que le provocara tanto interés, asombro y alegría. ¡Su hermano y su amiga estaban comprometidos! Debido a su inexperiencia, aquel hecho se le antojaba de una importancia trascendental y lo consideró uno de los grandes acontecimientos que matizaba sin posibilidad de retorno el curso de la vida ordinaria. Le resultó imposible expresar la intensidad de su emoción, pero la sinceridad de esta contentó a su amiga. Ambas se felicitaron la una a la otra por el nuevo y fraternal parentesco que las unía, acompañando los deseos de felicidad con abrazos y con lágrimas de alegría.

El regocijo de Catherine, siendo muy grande, era superado por el de Isabella, cuyas expresiones de ternura resultaban hasta cierto punto abrumadoras.

—Serás para mí más que Anne o María, Catherine —dijo la feliz muchacha—. Siento que estaré mucho más apegada a la familia de mi querido Morland que a la mía.

Ese era un tipo de amistad que superaba a Catherine.

—Te pareces tanto a tu querido hermano —prosiguió Isabella— que me encantaste desde el primer momento en que te vi. Pero siempre es así conmigo. La primera impresión es absolutamente decisiva. El primer día que Morland fue a casa, la Navidad pasada, tan pronto como lo vi le entregué mi corazón. Recuerdo que yo llevaba puesto un vestido amarillo y el pelo recogido en dos trenzas y, cuando entré en el salón y John me lo presentó, pensé que nunca antes había visto a un hombre más guapo ni que me agradara más.

Al escuchar eso, Catherine no pudo por menos de reconocer la virtud y poder soberano del amor pues, aunque admiraba a su hermano y lo quería mucho, ni remotamente lo había tenido por alguien guapo.

—También recuerdo que aquella noche tomó el té con nosotros la señorita Andrews, que lucía un vestido de tafetán color violáceo, y se veía tan celestial que no pude conciliar el sueño en toda la noche, debido a mi temor de que tu hermano se hubiese enamorado de ella. ¡Ay, Catherine querida! ¡Cuántas noches de insomnio he tenido a causa de tu hermano! ¡No le deseo ni la mitad de lo que yo sufrí! ¡Así me he quedado de escuálida! Pero no quiero apenarte con el relato de mis sufrimientos ni de mis preocupaciones. Supongo que ya te habrás percatado de ello. Yo manifestaba sin querer mi preferencia a cada instante; declaraba, por ejemplo, que consideraba admirables a los hombres de carrera eclesiástica, con lo que creía darte ocasión de averiguar un secreto que, por otra parte, sabía que estaría a salvo contigo.

Catherine reconoció para sí que, en efecto, no podría haber estado en lugar más seguro, pero no se atrevió a discutir el asunto ni a contradecir a su amiga, más que nada porque la avergonzaba su propia ignorancia. Estimó que, al fin y al cabo, era preferible aparecer ante los ojos de Isabella como alguien de extraordinaria perspicacia y bondad. Catherine se enteró luego de que su hermano estaba preparando un viaje urgente a Fullerton con el objetivo de informar de sus planes a sus padres y obtener su consentimiento para la boda, lo cual producía cierta agitación en el ánimo de Isabella. Catherine intentó convencerla de lo que ella misma estaba firmemente persuadida: sus padres no se opondrían a la voluntad y los deseos de su hijo.

—Es imposible hallar padres más bondadosos ni que deseen tanto la felicidad de sus hijos —dijo—. No tengo duda de que darán su consentimiento inmediatamente.

—Es lo mismo que dice él —observó Isabella—. Pero estoy temerosa. Mi fortuna es tan pequeña que nunca podrán consentirlo. Tu hermano podría casarse con quien quisiera.

En este punto, Catherine reconoció de nuevo la fuerza del amor.

—Te aseguro, Isabella, que eres demasiado modesta y que la diferencia de fortunas puede no significar nada.

—Para ti, mi dulce Catherine, que tienes un corazón generoso, claro que no —la interrumpió Isabella—. Pero no debemos esperar tal desinterés de parte de todos. En lo que a mí respecta, si tuviera millones, si fuera dueña del mundo entero, aun así, tu hermano sería mi única opción.

Ese encantador sentimiento, valorado tanto por su significado como por la novedad de la idea que lo inspiraba, agradó mucho a Catherine, quien recordó al respecto la actitud de algunas heroínas de novelas. También pensó que nunca antes había visto a su amiga tan hermosa como en el momento de pronunciar aquellas bellas palabras.

—Estoy segura de que no se negarán a dar su consentimiento— repitió la muchacha una y otra vez—, así como también estoy convencida de que estarán encantados contigo

—Por lo que a mí respecta —repuso Isabella—, solo sé decirte que el más pequeño de los ingresos será suficiente para mí. Cuando se ama de verdad, la pobreza misma es riqueza. Detesto todo lo que sea grandeza. Por nada del mundo quisiera vivir en Londres; prefiero, en cambio, una cabaña en algún lugar alejado. Hay algunas pequeñas y encantadoras villas cerca de Richmond.

—¿Richmond? —exclamó Catherine—. ¡Debes estar cerca de Fullerton, cerca de nosotros!

—¡Por supuesto! Nada me haría tan infeliz tanto como estar lejos de ustedes, sobre todo de ti. Pero esto es hablar inútilmente; no quiero pensar en nada mientras desconozcamos la respuesta de tu padre. Morland dice que si escribe esta noche a Salisbury, puede que la tengamos mañana. ¡Mañana! Sé que me faltará valor para abrir la carta. Sé que será mi muerte.

A esa declaración siguió una pausa y cuando Isabella volvió a hablar fue para decidir sobre la calidad traje de novia.

Su conferencia fue interrumpida por la presencia del ansioso y joven enamorado, que deseaba despedirse antes de partir para

Wiltshire. Catherine quería felicitarlo, pero no supo expresar su alegría más que con la mirada y, aun así, esta resultó tan elocuente que James no tuvo dificultad alguna en comprender sus sentimientos. Impaciente por asegurar la pronta realización de su felicidad, el señor Morland trató de abreviar la despedida, cosa que habría conseguido antes si no lo hubiera retenido con sus recomendaciones su enamorada, cuyas ansias por verlo partir la obligaron a llamarlo por dos veces para aconsejarle que se diera prisa.

—¡No, Morland, no! Es preciso que partas. Ten en cuenta lo lejos que debes ir. No quiero que te entretengas. No pierdas más tiempo, por el amor de Dios. Vamos, márchate de una vez, insisto en ello.

Las dos amigas, con sus corazones más unidos que nunca debido a las circunstancias, pasaron juntas el resto del día haciendo, como buenas hermanas, planes para el futuro. Participaron de la conversación la señora Thorpe y su hijo quienes, al parecer, solo esperaban el consentimiento del señor Morland para considerar el compromiso de Isabella como la circunstancia más afortunada imaginable para su familia. Sus miradas significativas y sus expresiones misteriosas colmaron la curiosidad de las hermanas más pequeñas, excluidas, por el momento, de aquellas camarillas. Tan extraña reserva, cuya finalidad Catherine no llegaba a comprender, habría herido sus bondadosos sentimientos y la habría impulsado a explicarle los hechos a Anne y a María, si estas no se hubieran apresurado a tranquilizarla tomando el asunto tan a broma y haciendo tal alarde de perspicacia que finalmente terminó sospechando que debían de estar más al corriente de lo que parecía. La velada transcurrió en medio de una suerte de guerra de ingenio procurando los unos mantener su actitud de exagerado misterio y aparentando las otras saber más de lo que se suponía.

A la mañana siguiente, Catherine hubo de acudir otra vez a casa de su amiga, esforzándose por apoyarla y distraerla durante las horas que todavía faltaban para la llegada del correo. Era, sin duda, una ayuda bien necesaria pues, a medida que el momento decisivo se acercaba, Isabella se mostraba cada vez más desanimada. Cuando la ansiada carta finalmente llegó, se hallaba en un estado de verdadera angustia. Por suerte para todos, la lectura de la misiva disipó cualquier tipo de duda.

"No he tenido ninguna dificultad en obtener el consentimiento de mis bondadosos padres, quienes me prometieron que harán cuanto esté a su alcance para que logre la felicidad" decían las tres primeras líneas

El más brillante resplandor iluminó los ojos de Isabella, la preocupación que embargaba su alma se esfumó, sus expresiones de júbilo casi rebasaron los límites de lo convencional y, sin dudarlo, se declaró la mujer más feliz del mundo.

La señora Thorpe, con lágrimas de alegría, abrazó a su hija, a su hijo, a su visita y de buena gana habría seguido abrazando a la mitad de los habitantes de Bath. Su corazón estaba henchido de ternura y, ansiosa por manifestar su alegría, se dirigió sin cesar a su "querido John" y a su "querida María", proclamando la estima que a su hija mayor le merecía el hecho de llamarla "su querida, querida Isabella". John, por su parte, le otorgó al señor Morland el gran elogio de ser uno de los mejores compañeros del mundo, pero renunció a ofrecer muchas frases laudatorias.

La carta de donde surgió toda aquella felicidad era breve: se limitaba a anunciar el éxito obtenido y difería para una próxima ocasión los detalles. Pero fue suficiente para devolver la tranquilidad a Isabella, ya que la promesa de Morland era lo bastante formal como para asegurar su felicidad. La tramitación de lo relativo a medios de vida quedaba confiada al honor del joven, pues al espíritu generoso y desinteresado de Isabella no le estaba permitido descender a asuntos de interés material, tales como si las rentas del nuevo matrimonio debían asegurarse mediante un traspaso de tierras o si se renovaría el dinero financiado. Le bastó con saber que contaba con lo necesario para establecerse rápidamente de manera honorable y, en cuanto al resto, ya emprendería vuelo su imaginación. ¡Cómo la envidiarían todas sus amistades de Fullerton y sus antiguos conocidos de Pultney al cabo de unas semanas cuando la vieran, como ya se veía ella en sueños, con un coche a su disposición, un nuevo apellido en sus tarjetas y una brillante exhibición de anillos en los dedos!

Luego de que la carta fuese leída, John, que solo esperaba la llegada de la misma para marchar a Londres, se dispuso a partir.

—Señorita Morland —dijo al encontrarla sola en el salón—, vengo a despedirme de usted.

Catherine le deseó un feliz viaje pero él, aparentando no escucharla, se dirigió hacia la ventana tarareando y por completo abstraído.

—¿No llegará tarde a Devizes? —dijo Catherine.

Thorpe no contestó; después, dándose vuelta de repente, exclamó:

—Por mi alma, que es un bonito proyecto este de la boda. Una ingeniosa fantasía de Morland y Belle ¿A usted qué la parece, señorita Morland?

—A mí me parece muy bien.

—¿De veras? Eso es honesto. Me alegro de que no sea enemiga del matrimonio. Ya sabe lo que dice el refrán: "Una boda trae otra". Usted asistirá a la boda de Belle. Eso espero, al menos.

—Sí; le he prometido a su hermana que estaría con ella ese día, si es posible.

—Entonces ya lo sabe usted... —dijo Thorpe, retorciéndose forzando una risa tonta—. Si lo desea podemos demostrar la verdad de ese refrán.

—¿Podemos? Me temo que no. Bueno, le deseo un feliz viaje y me marcho, porque hoy ceno con la señorita Tilney y ya es tarde.

—No tengo prisa. ¿Quién sabe cuándo nos volveremos a ver? Por más que pienso estar de regreso dentro de quince días, lo cual me parecerá una quincena diabólicamente larga.

—Entonces, ¿por qué se ausentará durante tanto tiempo? —preguntó Catherine, viendo que él esperaba que dijese algo.

—Mil gracias. Usted ha sido muy amable. Amable y de buen carácter, y no lo olvidaré. Creo que es la mujer más bondadosa que he conocido. Su bondad no es solo... bondad, sino... todas las virtudes juntas. Nunca he conocido a nadie como usted, se lo aseguro.

—¡Oh, querido, hay mucha gente como yo! ¡Y aún mejor! Buenos días.

—Antes, escúcheme, señorita Morland. ¿Me permite ir a Fullerton a ofrecerle mis respetos?

—¿Por qué no se lo permitiría? Mis padres estarán encantados de verlo.

—Y espero que usted, señorita, no se arrepienta de verme.

—De ningún modo. A muy pocas personas me arrepiento de ver. Además, la vida en el campo resulta más animada cuando se reciben visitas.

—Pienso igual. Denme una pequeña y alegre compañía, déjenme estar con aquellos a quienes en verdad aprecio. ¡Y al diablo todo el resto! Celebro infinitamente que usted piense igual que yo, aunque ya me imaginaba que sus gustos y los míos eran muy similares.

—Quizá, pero yo no me había dado cuenta de ello. Sin embargo, debo advertirle que en ocasiones no tengo muy en claro qué me agrada o desagrada.

—Me ocurre lo mismo —dijo él—, pero es porque no suelo ocupar mi cerebro en cosas que no me parecen importantes. Mi idea de las cosas es bastante simple. Déjenme con la chica que me guste y un techo confortable sobre la cabeza. Que tenga mayor o menor fortuna no me interesa. Yo dispongo de una renta segura y, si ella no tiene un centavo, ¡mucho mejor!

—Muy cierto. Si hay una buena fortuna de uno de los lados, suficiente, no importa de qué parte provenga. Me parece detestable la idea de que las grandes fortunas se busquen unas a otras. Y casarse por dinero me parece la cosa más perversa que existe. Ahora, si me perdona, tengo que dejarlo. Nos alegrará mucho verlo a usted por Fullerton cuando tenga ocasión de ir por allí.

Luego de pronunciar esas palabras, Catherine se marchó. No había poder capaz de retenerla, con tales noticias para comunicar y semejante visita para la que prepararse. Aún menos podía distraerla de su cita en casa de los Tilney la conversación de un hombre como Thorpe, quien, no obstante, quedó convencido de que su supuesta declaración de amor había resultado por demás exitosa.

La agitación que ella misma había experimentado ante la noticia del compromiso, le hizo creer que el señor y la señora Allen quedarían igual de sorprendidos. Y la decepción fue grande al comprobar que se limitaban a decir que era algo que venían esperando desde la llegada de James a Bath, y que deseaban la mayor felicidad para la joven pareja. El caballero realizó, además, un breve comentario sobre la belleza de Isabella, y la dama otro sobre la buena suerte de la novia, y allí terminó todo. Desilusionada Catherine ante tamaña muestra de insensibilidad, la consoló un tanto cierta emoción que en el ánimo de la señora Allen produjo la noticia de la marcha de James para Fullerton, no debido al motivo de su viaje, sino porque le habría gustado ver al muchacho antes de su partida, y pedirle que saludara a sus padres de su parte y que le diera sus cumplidos a todos los Skinner.

Capítulo XVI

Las expectativas de placer que tenía Catherine en relación a su visita a Milsom Street eran tan altas que la decepción era inevitable. A pesar de que el general la recibió muy cortésmente al igual que lo hizo su hija, de que Henry estuvo en casa todo el tiempo que ella permaneció en esta y en el transcurso de aquellas horas no se presentó nadie ajeno al grupo, la muchacha tuvo que reconocer, a su regreso y sin necesidad de examinar durante muchas horas sus sentimientos, que no había encontrado toda la felicidad que esperaba. Su amistad con la señorita Tilney, por ejemplo, lejos de acrecentarse, apenas parecía tan íntima como antes. En cuanto a Henry, este se mostró menos amable y conversador que otras veces. Hasta tal punto fue así que, a pesar de la amabilidad del general y de sus frases galantes, la joven estuvo contenta cuando le tocó marcharse de la casa. Lo acaecido era, verdaderamente, muy extraño. Al general Tilney, hombre encantador por su trato y digno padre de Henry, no cabía atribuir la evidente tristeza de los hermanos y el desánimo de Catherine. La muchacha quiso endilgar lo primero a la casualidad y lo segundo, a su propia estupidez. Isabella, al conocer todos los detalles de aquella visita, ofreció una interpretación muy diferente.

—Eso era orgullo —dijo—. Orgullo, altivez y, otra vez, orgullo insufrible. Desde hace mucho tiempo yo sospechaba que esa familia se daba demasiados aires y ahora no hago sino confirmarlo. Nunca he visto conducta más insolente que la de la señorita Tilney para contigo. ¿A quién se le ocurre dejar de hacer los honores tal como se debe a un invitado? ¿Dónde se ha visto tratar a este con superioridad y apenas dirigirle la palabra?

—No fue tan malo como lo pintas, Isabella. No fue arrogante, fue muy educada.

—¡No la defiendas! ¿Y el hermano? ¡Después de fingir que estaba tan unido a ti! La verdad es que nunca se termina de conocer a la gente. Y entonces, ¿apenas te miró una vez en todo el día?

—No he dicho eso, pero no parecía de buen humor.

—¡Qué despreciable! Para mí, no existe cosa más vil que la inconstancia. Te suplico, querida Catherine, que no vuelvas a pensar en él. Es un hombre indigno de tu amor.

—¿Indigno? Pero, ¡si creo que ni siquiera piensa en mí!

—Eso es justamente lo que estoy diciendo, que no piensa en ti. ¡Qué volubilidad! ¡Cuán distinto de tu hermano y el mío! Porque creo con firmeza que John tiene un corazón muy constante.

—En cuanto al general Tilney, dudo que alguien pueda comportarse con mayor cortesía y atención. Al parecer, no deseaba más que entretenerme y hacerme feliz.

—Del general no digo nada. Ni siquiera sospecho que sea orgulloso. Parece todo un caballero. John lo tiene en gran estima y ya sabes que el juicio de John...

—Bueno, veré cómo se portan conmigo esta noche. Nos encontraremos con ellos en los salones.

—¿Quieres que vaya?

—¿No pensabas ir? Creí que estaba arreglado que iríamos todos juntos.

—¡Por supuesto! Si tú lo quieres, iré, no puedo negarte nada. Pero no creo que me resulte muy agradable. Mi corazón está a más de cuarenta millas de distancia. Y, en cuanto al baile, te ruego que ni lo menciones. Sé que Charles Hodges me atormentará a muerte para que baile, pero ya sabré librarme. Apuesto cualquier cosa a que sospecha el motivo que me lo impide y eso es justamente lo que quiero evitar. Haré lo posible para no darle ocasión de hablar de ello.

La opinión que Isabella tenía sobre los Tilney no influyó en su amiga, quien estaba segura de que no había existido insolencia de parte de ninguno de los dos hermanos ni tampoco orgullo en sus corazones. Aquella noche vio recompensada su confianza. Eleanor la saludó con igual cortesía y Henry la colmó de atenciones, tal como lo había hecho en otras oportunidades. La señorita Tilney trató de colocarse a su lado y Henry la invitó a bailar.

Tras haber escuchado el día anterior, en Milsom Street, que se esperaba la llegada del hermano mayor, el capitán Tilney, Catherine supuso, y con razón, que un joven apuesto y muy elegante a quien no había visto antes y que acompañaba a Eleanor, era la persona en cuestión. Lo miró con gran admiración; hasta pensó que quizás habría quien lo considerase más apuesto que su hermano, si bien para su gusto su semblante resultaba menos atractivo. El capitán parecía más orgulloso y menos simpático que Henry, además de ser sus modales muy inferiores a los de este, declarándose incluso ante la señorita Morland, enemigo del baile, y hasta el punto de reírse abiertamente de quienes, como su hermano, lo hallaban entretenido. De esta última circunstancia, fácil es suponer que el efecto que el capitán produjo en nuestra heroína no era de índole peligrosa ni anuncio de futura animosidad entre los hermanos ni de persecuciones a la dama. Tampoco resultaba creíble que en un futuro se convirtiera en instigador de los villanos a cuyo cargo debería estar el rapto de la heroína, epílogo inevitable de toda novela digna de estima. Catherine, ajena a cuanto el destino tuviera destinado para ella, disfrutó muchísimo de la conversación de Henry Tilney, a quien hallaba cada vez más irresistible.

Al concluir el primer baile, el capitán se acercó a ellos y, para gran descontento de Catherine, apartó a su hermano. Ambos se marcharon susurrando y, aunque en un principio la joven no se alarmó ni imaginó que el capitán intentaba separarlos para siempre comunicando a su hermano alguna malévola sospecha, no dejó de preocuparle muchísimo aquella abrupta desaparición de su pareja. El suspenso duró cinco minutos completos, pero a ella le pareció que había pasado un largo cuarto de hora cuando regresaron los hermanos y Henry le preguntó si creía que la señorita Thorpe tendría inconveniente en bailar con el capitán. Catherine contestó sin dudar que la señorita Thorpe no tenía intención de bailar y la cruel respuesta le fue transmitida al capitán, quien se alejó de allí a toda prisa.

—A su hermano no le importará, lo sé —dijo ella— porque antes le oí decir que odiaba el baile. Supongo que vio a Isabella sentada y se imaginó que podría desear un compañero; pero se ha equivocado, porque ella me aseguró que no bailaría por nada del mundo.

Henry sonrió y dijo:

—¡Qué fácil debe de ser para usted el comprender el motivo de las acciones de los demás!

—¿Por qué? ¿Qué quiere decir?

—Que usted nunca se pregunta qué influencia habrá recibido alguien para terminar haciendo determinada cosa ni qué pudo inducirla a hacer tal otra. Sentimientos, edad, situación y hábitos de vida aparte, usted se limita a preguntarse a sí misma qué haría en tales circunstancias, qué la induciría a obrar de tal o cual forma...

—No entiendo.

—¿No? Entonces hablamos idiomas muy diferentes porque yo a usted la entiendo perfectamente.

—¿A quién? ¿A mí? Es posible. No suelo hablar lo suficientemente bien como para resultar inteligible.

—¡Bravo! Una excelente sátira sobre el lenguaje moderno.

—Por favor, dígame a qué se refiere.

—¿De veras? ¿Realmente lo desea? Por lo visto no es consciente de las consecuencias que pudieran derivarse de tal explicación. Es casi seguro que usted se sentirá cruelmente avergonzada y eso, sin duda, provocará un desacuerdo entre nosotros.

—Le aseguro que no ocurrirá nada de eso. Yo, por lo menos, no lo temo.

—Pues, entonces, le diré que al atribuir a buenos sentimientos de mi hermano su deseo de bailar con la señorita Thorpe me ha convencido de que usted es la persona con mejores sentimientos del mundo entero.

Catherine se sonrojó y lo negó. Sin embargo, había en las palabras de Henry algo que compensaba la turbación de la joven, y ese algo la preocupó de tal manera que no pudo hablar con él ni prestar la debida atención a lo que decía, hasta que la voz de Isabella la despertó y la obligó a levantar la cabeza, para descubrir que su amiga se disponía con toda tranquilidad a bailar con el capitán Tilney.

Como única explicación de ese extraordinario cambio de conducta, Isabella se limitó a encogerse de hombros y sonreír, pero a Catherine no la satisfizo tal explicación, y así se lo dejó en claro a su pareja.

—No entiendo cómo pudo pasar esto —dijo—. ¡Isabella estaba tan decidida a no bailar!

—¿Acaso jamás ha visto a Isabella cambiar de opinión?

—¡Ah! Pero... ¿y su hermano? ¿Cómo ha podido pensar en preguntarle luego de lo que le dijo usted de parte mía?

—Eso no me sorprende. Usted puede pedirme que me asombre de la conducta de su amiga y yo estar dispuesto a complacerla pero, en lo que a mi hermano se refiere, se ha comportado tal y como yo esperaba. La belleza de su amiga opera como una constante fuente de atracción; en cuanto a la firmeza de su carácter, sin embargo, solo usted puede responder.

—Usted se está riendo de mí, pero le aseguro que Isabella es en general muy tenaz.

—Es lo máximo que puede decirse de una persona, porque el que es tenaz siempre suele devenir obstinado. El cambiar de opinión a tiempo es prueba de buen juicio y, sin intentar halagar a mi hermano, creo que la señorita Thorpe ha elegido la mejor ocasión posible para demostrar su flexibilidad.

Hasta después de finalizar el baile, las dos amigas no encontraron ocasión de intercambiar impresiones pero, luego, mientras caminaban del brazo por el salón, Isabella se explicó de la siguiente manera.

—No me extraña tu sorpresa. Te aseguro que estoy muerta de cansancio. ¡Ese hombre es un cascabel! Resultaría divertido si una no tuviese otras cosas en qué pensar. Te aseguro que le hubiera ofrecido el mundo a cambio de que se quedara quieto.

—Entonces, ¿por qué no lo hiciste?

—Porque habría llamado la atención sobre mí y ya sabes cuánto me desagrada quedar en esa situación. Me negué cortésmente todo lo que pude, pero, ¡él insistió con tanta obstinación en que bailase! Le pedía que me excusara, que buscase otra pareja, pero él no aceptaba una negativa. Hasta aseguró que luego de haber pensado en mí le resultaba imposible bailar con cualquier otra, y no porque tuviese deseos de bailar, sino porque quería... estar conmigo. ¿Has oído algo más absurdo? Yo le respondí que no podía haber elegido peor forma de convencerme, que nada me molesta más que los buenos discursos y los cumplidos hasta que, finalmente, me convencí de que no tendría un momento de paz hasta que no accediera a sus requerimientos. Temí, además, que la señora Hughes, que nos había presentado, tomase a mal mi negativa y que tu querido hermano se preocupara al saber que había pasado la noche entera infelizmente sentada. ¡Me alegro que haya acabado el baile! Mi espíritu está bastante agobiado de escuchar tonterías y, además, como es un joven tan distinguido, todas las miradas recaían en nosotros.

—Sí, en verdad es muy apuesto.

—¿Apuesto? Supongo que debe ser así para la mayoría de la gente, pero no es mi tipo. No me gustan los hombres rubicundos ni de ojos oscuros. Sin embargo, no se puede decir que sea feo. ¡Lástima que sea tan engreído! Varias veces he tenido que llamarle la atención al respecto, tal como suelo hacerlo en esos casos.

En su siguiente encuentro, las amigas tuvieron asuntos más interesantes acerca de los que conversar. Había llegado la segunda carta de James Morland, en la que explicaba con lujo de detalles cuáles eran las intenciones de su padre para con el joven matrimonio. El señor Morland destinaba a su hijo un curato, del cual él era el beneficiado, que reportaba unas cuatrocientas libras anuales, y del que James podía tomar posesión ni bien tuviera la edad suficiente; además, le aseguraba una herencia de igual valor para el día en que faltaran sus padres.

En la carta, James se mostraba debidamente agradecido y advertía que, si bien retrasar la boda dos o tres años resultaba algo molesto, podía soportarlo sin experimentar descontento alguno. Catherine, cuyas expectativas habían sido tan imprecisas como las ideas que tenía acerca de los ingresos de su padre, y que en todo solía dejarse guiar por la opinión de su hermano, también se mostró satisfecha de la solución dada al asunto y felicitó de todo corazón a Isabella, por tener todo tan agradablemente arreglado.

—Sí, es realmente muy encantador —dijo Isabella con expresión grave.

—El señor Morland se ha comportado muy bien —dijo la señora Thorpe mirando ansiosamente a su hija—. Ojalá pudiera yo hacer otro tanto. Uno no podría esperar más de él y de seguro con el tiempo su ayuda será aún mayor, ya que parece una persona muy bondadosa. Cuatrocientas libras quizá sea poco para comenzar, pero tus necesidades, querida Isabella son escasas; tú misma no te das cuenta de lo modesta que eres, querida mía.

—En lo que a mí se refiere, no deseo tener más, pero me resulta insoportable la sola idea de herir a mi querido Morland obligándolo a limitarse a una renta que apenas será suficiente para cubrir nuestros gastos más elementales. Por mí, ya lo he dicho, eso no significa nada; sabes muy bien que no suelo pensar en mí misma.

—Sé que nunca lo haces, querida, y el cariño que todos te profesan es la recompensa por ello. Nunca ha habido niña más estimada y querida que tú, y no dudo de que una vez que el señor Morland te conozca, mi querida niña... pero no angustiemos a nuestra querida Catherine hablando de estas cosas. El señor Morland se ha portado muy bien. Siempre escuché decir que era un hombre excelente, y no tenemos, hija mía, razón para suponer que se negaría a darles mayor renta si contara con una fortuna mayor. Estoy convencida de que se trata de una mente liberal.

—Nadie puede pensar mejor que yo acerca del señor Morland, pero todos tenemos nuestras debilidades, así como también el derecho a hacer lo que nos plazca con nuestro propio dinero.

Catherine se sintió herida por aquellas insinuaciones.

—Estoy convencida —dijo— de que mi padre se he comprometido a hacer todo lo que pueda pagar.

—Eso no está en duda, mi dulce Catherine —replicó Isabella, que se había percatado del disgusto de su amiga—. Además, me conoces lo suficiente como para saber que yo me contentaría con una renta inferior a la que se me ofrece. Sabes que no es la falta de dinero lo que me desanima. Detesto la riqueza y, si a cambio de no gastar arriba de cincuenta libras al año, nos permitiera celebrar nuestra boda ahora mismo, consideraría colmados todos mis deseos. ¡Ah, pero tú, querida amiga, seguro eres capaz de comprenderme! Lo único terrible para mí, lo único que me desconsuela, es pensar que han de transcurrir dos años y medio largos e interminables para que tu hermano pueda entrar en posesión de ese curato.

—Sí, sí, mi querida Isabella —intervino la señora Thorpe—, vemos perfectamente lo que hay en tu corazón, no tienes disfraz alguno y es natural que lamentes esa circunstancia. Y todo el mundo debe tenerte en más estima por un afecto tan noble y honesto.

Los sentimientos de incomodidad de Catherine se fueron diluyendo poco a poco. La joven intentó convencerse de que la demora de su boda era el único motivo del mal humor y la tristeza de Isabella y, cuando en un siguiente encuentro volvió a hallarla tan contenta y amable como de costumbre, hizo lo posible por olvidar sus anteriores sospechas. Pocos días más tarde, James regresó, y fue recibido con halagadoras muestras de interés y cariño.

Capítulo XVII

Los Allen llevaban seis semanas en Bath y, con gran pesar por parte de Catherine, comenzaban a preguntarse si no convendría dar por finalizada su estadía. Que su amistad con los Tilney terminara tan rápido era algo que entristecía mucho a la joven. Así, mientras el asunto de la marcha quedaba pendiente, creyó que toda su felicidad estaba en juego; sin embargo, esta quedó a salvo cuando los Allen decidieron prorrogar la temporada una quincena más. Y no es que a Catherine le preocupase lo que pudiera resolverse en ese tiempo; le resultaba más que suficiente saber que todavía podría disfrutar un par de veces más del placer de ver Henry Tilney. En ocasiones, y desde que el compromiso de James le había revelado la finalidad que puede tener un amor, había llegado al extremo de deleitarse pensando en la posibilidad de un secreto "tal vez", pero, en definitiva, era feliz con ver al joven unos días más, por pocos que fuesen. Asegurada su ventura durante dicho tiempo, no le interesaba lo que pudiera suceder más tarde. La mañana del día en que ese asunto ya había quedado arreglado, hizo una visita a la señorita Tilney para comunicarle la grata noticia. Pero estaba escrito que ese sería un día de pruebas. Ni bien hubo terminado de manifestar la satisfacción que le producía el hecho de que el señor Allen hubiera decidido prolongar su estadía, se enteró, con enorme sorpresa, de que los Tilney habían decidido marcharse al final de la otra semana. ¡Eso resultó un golpe! La incertidumbre que había sufrido durante la mañana no era nada comparada con la decepción presente. El semblante de Catherine se ensombreció y con voz de sincera preocupación repitió las palabras de la señorita Tilney:

—¿Al final de la otra semana?

—Sí. Rara vez pude persuadir a mi padre para que tomara las aguas y creo que esperamos un tiempo prudencial. Por si eso fuera poco, unos amigos a quienes esperaba hallar aquí han suspendido su viaje y, como se encuentra bastante bien de salud, está impaciente por volver a casa.

—¡Lo siento mucho! —exclamó Catherine, desconsolada—. De haberlo sabido antes...

—Quizás —prosiguió, un poco avergonzada la señorita Tilney— si usted fuera tan amable, me haría muy feliz...

La entrada de su padre puso fin a la amable solicitud que Catherine creía estaba relacionada con un natural deseo de mantener correspondencia entre ellas. Luego de saludarla con su cortesía habitual, el señor Tilney se volvió hacia su hija y le dijo:

—¿Puedo felicitarte, mi querida Eleanor, por haber tenido éxito en la solicitud con tu bella amiga?

—Estaba a punto de pedírselo.

—Prosigue entonces con tu petición. Sé cuánto de tu corazón pones en ella. Mi hija, señorita Morland, —dijo sin permitir que su hija hablara— ha estado alimentando un deseo tal vez por demás pretencioso. Probablemente, le haya dicho a usted que nos marchamos de Bath el próximo sábado por la noche. Una carta de mi mayordomo me informa que mi presencia en casa es imprescindible y, como mis amigos el marqués de Longtown y el general Courtenay no pueden encontrarse conmigo aquí tal como lo habíamos proyectado, no hay nada que me retenga en Bath. Puedo asegurarle que, si usted se decidiera a complacernos, nos marcharíamos de aquí sin experimentar el menor pesar y es por esa razón que me permito solicitarle que nos acompañe a Gloucestershire. Casi me avergüenza proponérselo y estoy convencido de que si alguien lograra oírme, interpretaría mis palabras como una presunción de que tan solo su bondad lograría absolverme. Su modestia es tan grande... Pero, ¿qué estoy diciendo? No quiero ofenderla con mis halagos. Si usted aceptase honrarnos con su visita, seríamos más felices de lo que cualquier palabra pueda expresar. Es cierto que no podemos ofrecerle nada comparable con las diversiones de este animado lugar ni tentarla con ofrecimientos de diversiones y esplendor. Nuestras costumbres, como habrá podido apreciar, son en extremo sencillas; sin embargo, haríamos cuanto estuviese a nuestro alcance para que su estadía en la abadía de Northanger no le sea del todo desagradable.

¡La abadía de Northanger! Tan emocionantes palabras provocaron sentimientos de éxtasis en Catherine. Su agradecido y gratificado corazón a duras penas lograba expresar su agradecimiento. ¡Recibir una invitación tan halagüeña! ¡Poder disfrutar de una compañía tan calurosamente solicitada! La propuesta del general resultaba honorable y reconfortante, y la alegría del presente y la esperanza del porvenir estaban contenidas en ella. Con entusiasmo desbordante y advirtiendo, desde luego, que antes de dar una respuesta definitiva debería pedir la aprobación de sus padres, Catherine aceptó encantada.

—Escribiré a casa de inmediato —dijo ella—, y si mis padres no se oponen, como imagino será el caso...

El general no era menos optimista, en especial, ya que había esperado a sus amigos en Pulteney Street y ellos habían aprobado sus deseos.

—Ya que ellos pueden dar su consentimiento para separarse de usted —observó—, creo que tenemos derecho a esperar que el resto del mundo se muestre igual de resignado.

La señorita Tilney continuaba seria, aunque secundaba con gran dulzura la invitación de su padre con lo que, por lo tanto, solo restaba aguardar a que llegase la autorización procedente de Fullerton.

Las circunstancias de la mañana habían hecho pasar a Catherine por todas las gradaciones de la incertidumbre, la seguridad y la decepción pero, a partir de aquel momento, reinó en su alma la felicidad y se dirigió a toda prisa, con Henry en su corazón y la abadía de Northanger en sus labios, hacia su casa para escribirles a sus padres y solicitarles el necesario permiso. No existían motivos para temer una respuesta negativa. El señor y la señora Morland no podían poner en duda la excelencia de una amistad forjada bajo los auspicios de los Allen, y, a vuelta de correo, recibió, en efecto, el consentimiento para aceptar la invitación de la familia Tilney y pasar con ellos una temporada en Gloucestershire. Aunque esperaba una respuesta satisfactoria, la aceptación de sus padres la colmó de alegría y la convenció de que no había en el mundo criatura más afortunada que ella. Efectivamente, todo parecía cooperar a su dicha. A la bondad de sus amigos, los Allen, debía, en primer lugar, su felicidad y, por lo demás, resultaba evidente que sus sentimientos y sus preferencias resultaban correspondidos. El cariño que Isabella sentía por ella se fortalecería todavía más con el proyectado enlace. Los Tilney, por quienes deseaba fervientemente ser considerada de forma favorable, le manifestaban una simpatía que superaba todas sus expectativas. Al cabo de pocos días sería huésped de honor en casa de dichos amigos, conviviendo por algunas semanas con la persona cuya presencia más feliz la hacía y, ¡nada menos que bajo el techo de una vieja abadía! No había en el mundo cosa que, después de Henry Tilney, le inspirara un interés mayor que los edificios antiguos; de hecho, ambas pasiones se fundían ahora en una sola, ya que sus sueños de amor iban a quedar unidos a castillos y abadías. Durante semanas había sentido ardientes deseos de ver y explorar murallas y claustros, pero nunca se habría atrevido a imaginar que la suerte la llevaría a permanecer en tales sitios en apenas unas horas. Y, sin embargo, eso era lo que iba a ocurrir. ¿Quién hubiese creído que, habiendo en Northanger tantas residencias, parques, hoteles y casas de campo, y tan solo una abadía, tuviese la fortuna de habitar esta última? Sus pasillos largos y húmedos, sus celdas estrechas y la capilla en ruinas iban a estar diariamente a su alcance. Solo le restaba esperar que perdurara entre sus paredes la influencia de alguna leyenda tradicional o el recuerdo de alguna monja herida y desafortunada. Era maravilloso que sus amigos concedieran tan poca importancia a la posesión de aquel espléndido hogar, lo que se debía, sin duda, a la fuerza de la costumbre, pues resultaba evidente que el honor heredado no era para ellos signo de superioridad de una persona.

Muchas eran las preguntas que estaba ansiosa por hacerle a la señorita Tilney, pero la actividad de su pensamiento eran tan rápida que, una vez satisfecha su curiosidad, seguía sin enterarse de que en la época de la Reforma la abadía de Northanger había sido un convento que, al disolverse la comunidad, había ido a dar a manos de un antepasado de los Tilney; que una parte de la antigua construcción era la vivienda de sus actuales poseedores mientras que otra se hallaba en estado ruinoso, y, finalmente, que el edificio estaba enclavado en un valle y rodeado de bosques de robles que le protegían de los vientos del norte y del este.

Capítulo XVIII

Con tanta felicidad inundando su mente, Catherine casi ni se percató de que llevaba dos o tres días sin ver a su amiga Isabella más que unos pocos minutos cada vez. Empezó a darse cuenta de ello una mañana mientras paseaba con la señora Allen por la sala de bombas del balneario sin nada que decir ni escuchar y, ni bien pasaron cinco minutos de anhelo de amistad, el objeto de esta apareció y le propuso sentarse a charlar en un banco cercano.

—Este es mi lugar favorito —dijo ella, mientras tomaba asiento de tal forma que dominaba la entrada del establecimiento—. ¡Está tan apartado!

Catherine, al observar que su amiga no dejaba de dirigir miradas hacia la puerta, y recordando que en más de una ocasión Isabella la había acusado pícaramente de ser maliciosa, no quiso dejar pasar la oportunidad que se le presentaba para mostrarse de esa forma y, con aire alegre y travieso, dijo:

—No te preocupes, Isabella. James pronto estará aquí.

—¡Por favor, querida Catherine! —replicó su amiga—. No me considerarás tan tonta como para querer tenerlo a mi lado todo el tiempo. Sería absurdo no separarnos ni por un instante, seríamos la broma del lugar. Pero cambiemos de tema; sé que vas a pasar una temporada en la abadía de Northanger. ¡No sabes cuánto me alegro por ti! Tengo entendido que es uno de los sitios antiguos más bellos de Inglaterra y confío en que me la describirás en detalle.

—Trataré de complacerte, desde luego. Pero, ¿qué miras? ¿A quién buscas? ¿Vienen tus hermanas?

—No busco a nadie; pero en algo he de fijar los ojos, y tú conoces de sobra la costumbre que tengo de contemplar justamente lo que menos me interesa cuando mis pensamientos se encuentran a cien millas de distancia de lo que me rodea. Creo que soy la criatura más distraída del mundo. Según Tilney, es el sello de las mentes distinguidas.

—Pero yo creí que tenías algo especial que decirme.

—Ahí tienes la prueba de lo que acabo de decirte. ¡Vaya cabeza la mía! Lo había olvidado por completo Acabó de recibir una carta de John; ya puedes imaginarte su contenido.

—No, no me lo imagino.

—Querida Catherine, no seas así de afectada. ¿De qué quieres que me hable? Sabes que está enamorado de ti.

—¿De mí?

—¡Basta de absurdos rodeos! Está muy bien ser modesta, pero a veces un poco de sinceridad no viene nada mal, Catherine. Por mi parte, no estoy dispuesta a andar con circunloquios. El niño más inocente se habría dado cuenta de las pretensiones de mi hermano para contigo y media hora antes de marcharse de Bath tú lo animaste, según me asegura en su carta. Dice que te declaró su amor a medias y que lo escuchaste muy complacida, por lo que me ruega que interceda ante ti en su favor, diciéndote, en su nombre, toda clase de cumplidos Como ves, es inútil que te hagas la inocente.

Catherine procuró negar, con la mayor seriedad y asombro, todo lo que acababa de decir su amiga; declaró que no tenía ni idea de que John estuviera enamorado de ella y negó cualquier intención de su parte de animarlo.

—En cuanto a las atenciones de su parte, te juro por mi honor que jamás me di cuenta de ellas pues, si mal no recuerdo, solo hubo una invitación a bailar el día de su llegada, y creo que debes de cometer un error en eso de que John me declaró su amor. Si lo hubiera hecho, ¿cómo es posible que no me hubiese dado por enterada? Entre nosotros jamás existió una conversación que pueda interpretarse de esa manera. Y en cuanto a la media hora antes de marcharse, debe tratarse de otra equivocación, porque no lo vi ni una vez durante toda la mañana.

—Pero lo hiciste. Porque pasaste toda la mañana en Edgar's Buildings. Fue justamente el día que recibimos el consentimiento de tu padre y, si mal no recuerdo, antes de marcharte permaneciste a solas con John en el salón.

—¿Es posible? ¡En fin! Si tú lo dices, habrá sido así, pero te juro por mi vida que no lo recuerdo. Tengo, ahora sí, cierta idea de haber estado contigo y de haberlo visto, pero no de haberme quedado a solas con él. De todas formas, no vale la pena que discutamos por ello, ya que, sea lo que sea que suceda por parte de él, no pretendo ni espero ni jamás se me ha ocurrido inspirar en John tales sentimientos. Y me preocupa que él esté convencido de lo contrario, pero no es mi culpa. Rezo porque se desengañe tan pronto como pueda y te ruego que le pidas perdón en mi nombre. No sé cómo expresarlo. Lo que deseo es que le expliques cómo han sido las cosas en realidad y que lo hagas de la manera más apropiada. No quisiera hablar de forma irrespetuosa de un hermano tuyo, Isabella, pero sabes más que bien a quién elegiría yo.

Isabella guardó silencio.

—Mi querida amiga —prosiguió Catherine—, no quiero que te enfades conmigo. No puedo suponer que a tu hermano le importe tanto, y ya sabes que tú y yo somos prácticamente hermanas.

—Sí, sí —dijo Isabella sonrojada—. Pero hay más formas de que sigamos siendo hermanas. Perdona, ¿qué es lo que estoy diciendo? El caso parece ser, querida Catherine, que estás decidida a rechazar al pobre John, ¿no es así?

—Ciertamente, no puedo corresponderle su afecto ni, por lo tanto, animarlo a que siga cortejándome.

—En ese caso, prefiero no molestarte más. John me suplicó que te hablase del tema y por eso lo he hecho; pero confieso que, en cuanto leí la carta, comprendí que se trataba de un asunto muy tonto e imprudente porque, ¿de qué iban a vivir si hubieran decidido casarse? Ambos tienen algún recurso, pero hoy en día no se mantiene una familia con poco dinero y, digan lo que digan los novelistas, no se puede prescindir de él. Me pregunto si John habrá pensado en ello; sin duda no ha recibido mi última carta.

—Me absuelves entonces de toda intención de perjudicarlo, ¿cierto? ¿Estás convencida de que nunca pretendí engañar a tu hermano ni he sospechado hasta este momento sus sentimientos?

—En cuanto a eso —respondió Isabella riendo—, no pretendo analizar tus pensamientos ni tus intenciones del pasado. Después de todo, tú eres la única que puede saberlo. Es verdad que, a veces, un coqueteo inofensivo puede acarrear consecuencias que más tarde no nos conviene aceptar, pero supongo que sabes que soy la última persona en el mundo que te juzgaría con severidad. Esas cosas nacen de la juventud y hay que disculparlas. Lo que se quiere un día se rechaza al siguiente; las circunstancias cambian y las opiniones, también.

—Pero mi opinión sobre tu hermano nunca cambió. Siempre he pensado lo mismo. Estás hablando de cambios que no han ocurrido.

—Mi querida Catherine —continuó Isabella, sin ni siquiera escucharla—, no intento obligarte a que establezcas una relación afectiva sin antes estar segura de lo que haces. No creo que nada justifique el que yo tratara de que sacrificases tu felicidad simplemente para complacer a mi hermano porque es mi hermano y eso sin mencionar que John tal vez sería más feliz con otra mujer. Los jóvenes casi nunca saben lo que quieren y especialmente los hombres, que son asombrosamente cambiantes e inconstantes. Al fin y al cabo, ¿por qué ha de preocuparme más la felicidad de un hermano que la de una amiga? Tú, que me conoces, sabes que tengo un concepto de la amistad más alto que la generalidad de la gente; pero en todo caso, querida Catherine, ten cuidado y no precipites los acontecimientos. Si así lo haces, créeme, llegará el día en que te arrepentirás. Tilney dice que la gente suele engañarse con facilidad en cuestiones de amor y creo que tiene razón. ¡Ah, ahí viene el capitán! Pero no te preocupes. No nos verá, estoy segura.

Catherine, al levantar la vista, vio, en efecto, al hermano de Henry. Isabella fijó la mirada en él con tanta insistencia que terminó por llamar su atención. El capitán se acercó a ella e inmediatamente se sentó a su lado. Las primeras palabras que dirigió a Isabella sobresaltaron a Catherine, quien, aunque él hablaba en voz baja, logró escuchar lo siguiente:

—Siempre vigilada, ¿eh? Si no es en persona, por algún apoderado...

—¡Qué tontería! —replicó Isabella, también en voz baja—. ¿Por qué insinúa semejante cosa? Si yo confiara en usted, con lo independiente que soy de espíritu ...

—¡Ojalá su corazón fuese independiente! Eso sería suficiente para mí.

—¿Mi corazón? ¿A ustedes los hombres les importan esas cosas? Ni siquiera creo que tengan...

—Si no tenemos corazón, tenemos ojos. Y ellos nos atormentan bastante.

—¿De verdad? Lo lamento, y lamento también que yo resulte tan poco grata para los suyos. Si le parece, miraré hacia otro lado —Se dio vuelta y agregó—: ¿Ahora está usted satisfecho? Supongo que de esa forma sus ojos ya no sufrirán.

—Nunca tanto como ahora, porque el borde de una mejilla en flor todavía está a la vista, tan cercana y tan lejana a la vez.

Catherine escuchó todo aquello y, desconcertada ante la tranquilidad de Isabella y celosa de la dignidad de su hermano, se levantó y, diciendo que deberían unirse a la señora Allen, propuso a su amiga que la acompañase. Pero Isabella no se mostró dispuesta a complacerla. Estaba cansada y, según decía, le molestaba exhibirse paseando por la sala de bombas. Además, si se iba de allí, corría el riesgo de no ver a sus hermanas. Por lo tanto, lo mejor era que su adorada amiga disculpase tal pereza y se volviera a sentar. Pero Catherine sabía mantenerse firme cuando lo consideraba necesario y, al acercarse en ese momento a ellas la señora Allen para proponer a la muchacha que regresaran a la casa, se apuró a salir del salón, dejando solos al capitán y a Isabella. Los dejó con mucha inquietud. Era evidente que él estaba enamorándose de Isabella y que ella estaba inconscientemente animándolo. Al mismo tiempo, dudaba de que la joven, cuyo cariño por James estaba más que demostrado, actuara de aquella forma con la intención de hacer daño, ya que había dado pruebas más que suficientes de su sinceridad y de la pureza de sus intenciones. Aun así, Isabella había hablado y actuado de manera muy diferente de la acostumbrada en ella. Catherine hubiera preferido que Isabella se mostrara menos interesada y que no se hubiese alegrado de manera tan evidente al ver llegar al capitán. Era raro que no se diera cuenta de la intensa admiración que inspiraba en este. Catherine anhelaba darle pistas de ello para que, de esa manera, evitase el disgusto que aquella conducta, un poco ligera, pudiera acarrear tanto a él como a su hermano.

El afecto de John Thorpe hacia ella no compensaba la conducta irreflexiva de su hermana y estaba casi tan lejos de desearlo como de creerlo sincero. Por lo demás, las afirmaciones del joven respecto a su propia declaración de amor y al supuesto agrado por parte de Catherine la convencieron otra vez de que el error de aquel era realmente considerable. Tampoco halagaba su vanidad la aseveración de Isabella sobre el particular y le sorprendía más que nada el hecho de que James hubiera creído que valía la pena figurarse que estaba enamorado de ella. En cuanto a las atenciones de que, según Isabella, había sido objeto por parte de John, Catherine no lograba recordar ni siquiera una. Finalmente, decidió que las palabras de su amiga debían ser fruto de un exabrupto y que, por el momento, no valía la pena preocuparse por el asunto.

Capítulo XIX

Pasaron algunos días y Catherine, pese a que no se permitió sospechar de su amiga, no pudo evitar vigilarla de cerca. El resultado de sus observaciones no fue agradable; Isabella parecía una criatura alterada. Al observarla en Edgar's Buildings o Pulteney Street, rodeada de sus amigos más cercanos, los cambios pasaban casi inadvertidos, limitándose a cierta lánguida indiferencia o a una presumida ausencia de ánimo que Catherine nunca había notado antes y que, en honor a la verdad, aumentaban su encanto y despertaban un interés todavía más profundo en ella. Pero, cuando Catherine la vio en público admitiendo casi por igual las atenciones del capitán Tilney y de James, el cambio operado resultaba más que notorio. Catherine no llegaba a entender la inestable conducta de su amiga ni qué finalidad perseguía con ella. Quizás Isabella no se daba cuenta del dolor que estaba infligiendo, pero Catherine podía advertirlo con claridad: era James el que sufría. Lo vio grave e inquieto. Y si ello no causaba el menor pesar a la mujer a quien le había entregado su corazón, a su hermana sí se lo producía. También le preocupaba el pobre capitán Tilney pues, si bien su aspecto no le agradaba, el apellido que ostentaba era un pasaporte de buena voluntad y pensó con sincera compasión en la decepción que le aguardaba. Porque, a pesar de la conversación que Catherine había oído en la sala de bombas, la actitud del capitán resultaba tan incompatible con un pleno conocimiento del asunto, que parecía lógico que desconociese el compromiso de Isabella. Estaba claro que consideraba a su hermano, tan solo, como un rival cuya fuerza, si algo más sospechaba, aumentaba su propio temor. Ella habría deseado, a través de una suave protesta, recordarle a Isabella su situación y hacerla consciente de su crueldad por partida doble, pero no encontró la ocasión propicia e Isabella pareció no comprender las alusiones e indirectas que sobre el particular le lanzara su amiga. En medio de esa angustia, le servía de consuelo el recuerdo de la inminente partida de la familia Tilney; su viaje a Gloucestershire iba a tener lugar dentro de unos días y la ausencia del capitán Tilney devolvería la paz a todos los corazones, menos al suyo. Pero el capitán no tenía por el momento la menor intención de marcharse ni pensaba ir a Northanger ni abandonar Bath. Cuando Catherine supo esto, tomó la resolución de hablar con Henry Tilney del asunto que tanto la preocupaba. Así lo hizo, en efecto, lamentando la evidente parcialidad de su hermano por la señorita Thorpe y rogándole que hiciera conocer su compromiso anterior.

—Mi hermano lo sabe —fue la respuesta de Henry.

—¿Lo sabe? Entonces, ¿por qué insiste?

Henry no respondió y estaba empezando a hablar de otra cosa, pero Catherine continuó con entusiasmo.

—¿Por qué no lo persuade de que se vaya? Mientras más tiempo se quede, peor será. Le ruego que le aconseje a su hermano que se marche de Bath, por su propio bien y el de todos. La ausencia le devolverá la tranquilidad, porque aquí no tiene esperanzas y será cada vez más desgraciado.

Henry se limitó a sonreír y a decir:

—Estoy seguro de que mi hermano no querría hacer eso.

—Entonces lo convencerá para que se marche, ¿verdad?

—No está en mi poder el convencerlo y perdóneme si le digo que ni siquiera puedo intentarlo. Yo mismo le he dicho que la señorita Thorpe está comprometida, pero él insiste y considero que tiene derecho a hacerlo.

—No —exclamó Catherine—. Él no sabe el dolor que le está causando a mi hermano. James no me ha dicho nada, pero estoy segura de que está muy incómodo.

—¿Y está usted segura que esa incomodidad es obra de mi hermano?

—Muy segura.

—Veamos. ¿Qué es lo que le provoca ese dolor? ¿Las atenciones de mi hermano para con la señorita Thorpe o el hecho de que ella las admita?

—¿No es lo mismo?

—No. Y creo que el señor Morland reconocería la diferencia. A ningún hombre le molesta que la mujer amada despierte admiración en otros hombres; es la mujer la única que puede convertir esa admiración en un tormento.

Catherine se ruborizó por su amiga y dijo:

—Isabella está equivocada, pero no creo que su intención sea la de hacer sufrir a mi hermano, porque está muy apegada a él y profundamente enamorada desde que se conocieron, al punto de que, mientras aguardaba el aún incierto consentimiento de mi padre, se inquietó hasta el punto de casi tener fiebre. Usted lo sabe.

—Entiendo. Está enamorada de James, pero coquetea con Frederick.

—Oh, no, no coquetea. Una mujer enamorada de un hombre no puede coquetear con otro.

—Es probable que ella no ame ni coquetee tan bien cuando lo hace de forma simultánea como si se dedicara a ambas cosas por separado. Cada uno de los caballeros debe ceder un poco.

Luego de una breve pausa, Catherine dijo:

—Entonces su opinión es que Isabella no está muy enamorada de mi hermano.

—No puedo emitir opinión sobre ese tema.

—Pero ¿qué pretende su hermano el capitán? Si él sabe de su compromiso, ¿qué conseguir?

—Hace usted demasiadas preguntas.

—Solo pregunto aquello que necesito saber.

—Lo que hace falta es que yo pueda contestar a sus preguntas.

—Creo que puede, porque, ¿quién más que usted conoce a fondo el corazón de su hermano?

—Acerca del corazón de mi hermano, como lo llama usted, en esta ocasión solo es posible adivinar.

—¿Y bien?

—Bien. Ya que se trata de adivinar, adivinémoslo todo. Es triste dejarse guiar por meras conjeturas. El asunto es el siguiente: mi hermano es un joven vivaz y tal vez un tanto irreflexivo. Conoce a la señorita Thorpe desde hace una semana y, desde ese momento, sabe que está comprometida.

—Bien —dijo Catherine luego de reflexionar por un instante—. En ese caso, quizá usted logre deducir de todo ello cuáles son las intenciones de su hermano; yo confieso que continúo sin comprenderlas. Por otra parte, ¿qué piensa su padre de todo esto? ¿No muestra deseos de que el capitán se marche? Seguro que si su padre hablase con él, se iría.

—Mi querida señorita Morland, ¿no le parece que lleva demasiado lejos la preocupación por su hermano ¿No estará cometiendo un error? ¿Cree usted que el propio James agradecería, tanto para sí como para la señorita Thorpe, el empeño que usted pone en demostrar que el afecto de su prometida o, por lo menos, su conducta correcta, depende de la ausencia del capitán Tilney? ¿Acaso Isabella solo lo ama cuando no tiene quien la distraiga? ¿Acaso su corazón solo le es fiel cuando nadie más lo solicita? Ni el señor Morland puede pensar tal cosa ni desearía que usted lo pensase. Yo no puedo decirle que no se inquiete, porque ya lo está, pero sí puedo aconsejarle que piense en ello lo menos posible. Usted no puede dudar del amor que se profesan su hermano y su amiga, de modo pues que no tiene derecho a creer que existen entre ellos desacuerdos ni celos fundados. Sus corazones están abiertos el uno al otro de una forma en que usted no podría entenderlo. Saben con exactitud hasta dónde pueden llegar y seguramente no se molestarán el uno al otro más de lo que ambos consideren por conveniente. —Al observar que ella seguía dudosa, Henry añadió—: Aunque Frederick no se marcha de Bath el mismo día que nosotros, probablemente se quede por muy poco tiempo más, tal vez solo unos días, pues su licencia está a punto está de terminar y no le quedará más remedio que volver a su regimiento. Y, en ese caso, ¿qué cree usted que quedará de su amistad con Isabella? Durante quince días en el cuartel se beberá a la salud de Isabella Thorpe, y esta y James se reirán de la pasión del pobre Tilney a lo largo de un mes.

Catherine no pudo resistirse por más tiempo a la comodidad de las tentativas de consuelo que le ofrecía Henry. Se había resistido a su enfoque, pero sus últimas palabras fueron un verdadero bálsamo para su aflicción. Decididamente, Henry Tilney debía saber más del tema, de modo que, tras acusarse de haber exagerado la cuestión, se planteó seriamente no volver a tomar tan en serio aquel asunto.

Su decisión fue apoyada por el comportamiento de Isabella cuando ambas amigas se encontraron para despedirse. La familia Thorpe se reunió en Pulteney Street la víspera de la partida de Catherine, y la pareja se mostró tan satisfecha que esta no pudo menos que tranquilizarse. James hizo gala de un excelente humor e Isabella se mostró agradablemente plácida. Al parecer, no sentía más deseo que el de convencer de su ternura a su amiga, cosa por demás comprensible y, si bien halló ocasión de contradecir de manera rotunda a su prometido, negándose después a darle la mano, Catherine, que no había olvidado los consejos de Henry, lo atribuyó a que su afecto resultaba discreto.

Por lo demás, se podrá imaginar con facilidad cuáles serían los abrazos, lágrimas y promesas que entre ambas amigas se cruzaron al llegar el momento de la despedida.

Capítulo XX

El señor y la señora Allen lamentaron perder de vista a su joven amiga cuyo buen humor y alegría la habían convertido en una valiosa compañera que había incrementado la felicidad y el júbilo de ellos mismos. Pero, sabiendo la dicha que proporcionaba a la muchacha el irse con la señorita Tilney, les impidió desear lo contrario. Por lo demás, tampoco tenían tiempo de extrañarla, ya que habían decidido que solo permanecerían una semana más en Bath. El señor Allen acompañó a Catherine a Milsom Street, donde ella iba a desayunar, y no la dejó hasta verla sentada entre sus nuevos amigos dándole la más cálida de las bienvenidas. A Catherine le parecía tan increíble el hallarse en medio de aquella familia, era tanto su temor a pasar por alto alguna regla de la etiqueta, que durante unos minutos deseó regresar a la casa de Pulteney Street.

La amabilidad de la señorita Tilney y las sonrisas de Henry acabaron pronto con esos sentimientos desagradables. Aun así, todavía estaba lejos de sentirse completamente cómoda, y ni los cumplidos ni las atenciones del general lograron devolverle su acostumbrada serenidad. Por el contrario, supuso que se sentiría más a gusto si estuviera menos atendida. El empeño que ponía el general en hacerla sentir cómoda, sus incesantes requerimientos para que comiera y el temor que manifestó de que quizá lo que allí hubiera no fuera de su agrado —Catherine nunca había visto una mesa de desayuno más abundantemente servida—, le impedían olvidar ni siquiera por instante que se encontraba allí en calidad de huésped. No se sentía merecedora de semejantes muestras de aprecio y no sabía cómo corresponder a ellas. Contribuyó a inquietarla todavía más la impaciencia que le provocó al general retraso de su hijo mayor y, más tarde, el disgusto que expresó ante su pereza cuando, finalmente, bajó el capitán Tilney.

Se sintió bastante dolorida por la desproporcionada severidad con la que el general reaccionó ante este hecho, y su confusión aumentó al saber que ella era causa y motivo principal de semejante reprimenda, pues la demora de Frederick fue considerada por su padre como una falta inadmisible de respeto hacia la invitada. Tal suposición colocaba a la muchacha en una posición en extremo desagradable y, pese a la poca simpatía que experimentaba hacia el capitán, no pudo más que compadecerse de él.

Frederick escuchó a su padre en silencio y no intentó ninguna defensa, lo cual confirmó los temores de Catherine de que el motivo de aquella demora era una noche de insomnio provocada por Isabella. Era la primera vez que ella se encontraba en compañía del capitán y, por un instante, quiso aprovechar la ocasión para formarse una opinión de su carácter y su forma de ser pero, mientras el general permaneció allí, Frederick no abrió la boca y por lo visto estaba tan impresionado que a lo largo de toda la mañana solo se dirigió a Eleanor para decirle en voz baja:

—Qué feliz estaré cuando todos se hayan marchado.

El bullicio ocasionado por la partida no fue agradable, ya que ocurrieron varios contratiempos. Aún bajaban los baúles cuando el reloj dio las diez y el general había dado la orden de que para esa hora los coches ya debían estar abandonando Milsom Street. Su abrigo, en lugar de traerlo para que se lo ponga directamente, fue a parar por equivocación al coche en que este viajaría con su hijo. El asiento central del carruaje no había sido extendido, a pesar de que eran tres las personas que viajaban allí, y el vehículo se encontraba tan cargado de paquetes que no había en él lugar para instalar con comodidad a la señorita Morland. Fue tal el disgusto que se llevó el general por este motivo, que el bolso de Catherine, junto con otros objetos, casi sale disparado hacia el medio de la calle. A pesar del retraso, llegó el momento de cerrar la puerta del carruaje, dentro del cual quedaron las tres mujeres, y partieron al ritmo sobrio de cuatro hermosos caballos bien alimentados para comenzar un trayecto de más de treinta millas, que era la distancia que separaba a Bath de Northanger, y que sería recorrido en dos etapas. A partir del momento en que abandonaron la casa, el espíritu de Catherine revivió. La compañía de la señorita Tilney la hacía sentir permanentemente a gusto y eso, unido a que los lugares por los que iban pasando eran nuevos para ella, a que pronto conocería la abadía y a que la seguía un coche ocupado por Henry, hicieron que pudiera abandonar Bath sin experimentar el menor sentimiento de pesar. Los mojones que marcaban las distancias se sucedían más rápido de lo esperado. Se detuvieron en Petty France, donde lo único que se podía hacer era comer sin hambre y holgazanear sin tener nada que ver. La muchacha se aburrió de tal modo que perdió para ella toda importancia el hecho de que viajaba en un elegante carruaje con postillones elegantemente vestidos y tirado por estupendos caballos. Si las personas que formaban la partida hubieran sido de trato agradable y ameno, la molestia por la demora se hubiera minimizado, pero el general Tilney, aunque era un hombre encantador, siempre parecía controlar el espíritu de sus hijos, hasta el punto de que en su presencia nadie se atrevía a abrir la boca. El tono de enojo e impaciencia con que se dirigía a sus sirvientes atemorizó a Catherine, a quien aquellas dos horas de descanso le parecieron cuatro. Finalmente, se dio la orden de reemprender la marcha y Catherine se vio gratamente sorprendida cuando el general le propuso que ocupara su lugar en el carruaje de su hijo durante el resto del viaje. Dio como pretexto que con un día tan bello convenía que contemplara bien el paisaje.

El recuerdo de lo que sobre la compañía de jóvenes en coches abiertos opinara en cierta oportunidad el señor Allen hizo ruborizar a Catherine y estuvo a punto de declinar la oferta pero, luego de reflexionar que debía someterse a los deseos del general Tilney ya que este nunca podría proponer nada que fuese incorrecto, aceptó y, pocos minutos después, la feliz muchacha se vio instalada junto a Henry. Enseguida se convenció de que no podía existir en el mundo vehículo más agradable y bello que ese, superior en su totalidad a aquel cuya pesadez había sido motivo de que se hubieran detenido dos horas en Petty France. Los caballos del coche habrían recorrido en poco tiempo el resto del camino si el general no hubiera ordenado que el carruaje más pesado fuese adelante. Claro que aquella velocidad maravillosa no se debía tan solo a los caballos. Contribuía también a ello, y de manera notable, el modo tan silencioso de guiar de Henry, sin azuzar a los animales ni maldecir ni hacer alarde de su supuesta habilidad como otro caballero cuyas dotes como cochero la joven conocía muy bien. Y estaba su sombrero, que le sentaba tan bien, así como el resto del atuendo. Luego de haber bailado con él, viajar a su lado en aquel coche era la mayor felicidad del mundo. Eso sin contar los halagos que le dirigía todo el tiempo. Henry no sabía cómo agradecerle a la joven que se hubiera decidido a concederles el placer de una visita a la abadía y así se lo dijo en nombre de Eleanor. Por lo visto, lo consideraba una prueba de sincera amistad y, en explicación de tan exagerada gratitud, agregó que la situación de su hermana era bastante desagradable, ya que no solo carecía de la compañía de amigas, sino de persona alguna con quien poder conversar cuando, como ocurría a menudo, la ausencia de su padre la obligaba a permanecer sin ningún tipo de compañía.

—Pero, ¿cómo puede ser eso? ¿Usted no está con ella?

—Northanger es solo la mitad de mi hogar; la otra se encuentra en Woodston, a veinte millas de distancia de la abadía, y en ella paso largas temporadas.

—¡Cuánto debe de lamentarlo!

—Siempre lamento dejar a Eleonor.

—No solo por eso; además del cariño que sienta por ella, tendrá usted apego a la abadía. Luego de haber vivido en un sitio tan magnífico, hacerlo en una casa parroquial común y corriente debe de ser poco grato.

—Se ha formado usted una idea muy agradable de la abadía —dijo Henry con una sonrisa.

—Claro que sí. ¿No es acaso uno de esos maravillosos lugares antiguos que describen los libros?

—¿Y está usted preparada para enfrentar todos los horrores que, según las novelas, suelen tener lugar en ese tipo de edificios? ¿Es usted dueña de un corazón fuerte y de nervios capaces de resistir el temor que suelen producir las puertas secretas y los tapices que se deslizan?

—¡Oh, sí! De todas formas, seremos muchos en la casa, por lo que no creo que haya motivo para sentir miedo. Además, no ha estado deshabitada o abandonada por largo tiempo para ser ocupada de repente por una familia, como ha sucedido en algunos casos.

—Eso, por supuesto. No nos veremos obligados a explorar nuestro camino al dormitorio transitando por un pasillo oscuro con la sola luz del fuego crepitante ni tampoco a armar camas sobre el piso de habitaciones sin ventanas, puertas o muebles. Pero es necesario que tenga en cuenta que, cuando una joven es introducida en una vivienda de ese tipo, siempre se la suele alojar apartada del resto de la familia. Y, mientras le preparan la estancia, ella es conducida por Dorothy, una antigua ama de llaves, subiendo diferentes escaleras, y atravesando lúgubres pasajes y habitaciones que se encuentran fuera de uso desde que un primo u otro pariente murió allí veinte años antes. ¿Cree que podrá soportar algo así? ¿Su mente no se sentirá confundida cuando se encuentre en una lóbrega y amplia cámara apenas iluminada por los débiles rayos de una lámpara que permiten ver muros decorados con tapices que exhiben enormes figuras y una cama de material verde oscuro o terciopelo violeta que casi parece una aparición fúnebre? ¿No se le hundirá el corazón?

—No me sucederá tal cosa, estoy segura.

—Atemorizada, usted examinará los muebles del lugar y no encontrará ni tocadores ni armarios ni cajones, sino tan solo los restos de un laúd destruido por el paso del tiempo, un pesado cofre imposible de abrir por más esfuerzos que haga y, sobre la chimenea, el retrato de un bello guerrero cuyas facciones le producirán un asombro que no terminará de comprender, pero que le impedirá sacar sus ojos de él. Mientras tanto, Dorothy, tan impresionada como usted, mirará en derredor con agitación y dejará caer algunas pistas. Además, para levantarle el ánimo, le ofrecerá motivos para suponer que ese sector de la abadía se encuentra encantado y le informará que ningún sirviente estará disponible, por más que lo llame. Una vez dicho eso a modo de cordial despedida, hará una reverencia y usted ya escuchará el sonido de sus pasos alejándose, al tiempo que el último eco llegará hasta usted y, con el ánimo a punto de desfallecer, intentará sujetar la puerta. Pero descubrirá, enormemente alarmada, que carece de cerradura.

—¡Oh, señor Tilney, qué espantoso! Es como un libro. Pero, realmente, no podría sucederme a mí. Estoy segura de que su ama de llaves no se llama Dorothy. Bien. Y entonces, ¿qué sucede?

—Quizás nada realmente alarmante suceda durante la primera noche. Luego de superar el horror que le produce la cama, se acostará a descansar, sin conseguir más que algunas horas de sueño inquieto. Pero en la segunda noche o, a más tardar, en la tercera, probablemente se produzca una violenta tormenta. Los truenos serán tan fuertes como para conmover los cimientos mismos del edificio, repercutirán en las montañas vecinas y, mientras se suceden las espantosas ráfagas de viento, usted creerá ver que una parte se agita mucho más violentamente que el resto. Sin poder reprimir su curiosidad, se levantará en pos de develar el misterio y, luego de una breve búsqueda, descubrirá que existe una división en uno de los tapices y que, al inspeccionarla, se llega a una puerta, una puerta asegurada por macizas barras y candados pero que, sorpresivamente, puede abrirse con poco esfuerzo y, guiada por la luz de la lámpara, pasa a través de ella y llega a una habitación abovedada.

—¡No! Estaría demasiado asustada como para hacer semejante cosa.

—No cuando Dorothy le ha dado a entender que existe un pasadizo secreto subterráneo entre esa habitación y la capilla de St. Anthony. Apenas dos millas de distancia. ¿Cómo sustraerse a semejante aventura? Entrará a la habitación abovedada y atravesará varias más sin notar nada destacable. En una tal vez haya una daga, en otras, unas gotas de sangre y en una tercera, algún que otro instrumento de tortura. Pero nada realmente fuera de lo común. Además, su lámpara está a punto de agotarse, por lo que regresa a su habitación pero, al pasar por la pequeña bóveda, sus ojos se sienten atraídos hacia un gabinete de ébano y oro que antes le había pasado desapercibido. Impulsada por un presentimiento irresistible, avanza ansiosamente hacia él, revisa cada uno de sus cajones, pero no descubre nada importante, tan solo un considerable tesoro de diamantes. Finalmente, al tocar un resorte secreto, se abre un compartimento interior que contiene un rollo de papel muy difícil de descifrar, pero donde puede llegar a leerse: "Oh, tú, quien quiera que seas y en cuyas manos han llegado a caer estas desdichadas memorias de Matilda...". De repente, su lámpara cae al suelo y queda en total oscuridad.

—¡Oh, no! Continúe, por favor.

A Henry le divertía tanto el interés que su historia había despertado en la joven que no le fue imposible proseguir. Ya no podía asumir el tono solemne que requería el caso y hubo de rogarle que imaginase el contenido de las memorias de Matilda. Catherine, un tanto avergonzada de su entusiasmo, trató de asegurarle a su amigo que había seguido su relato con atención, pero sin suponer por un instante que tales cosas fueran realmente a ocurrirle.

—Además —dijo—, estoy segura de que la señorita Tilney jamás me haría dormir en semejante habitación. No tengo miedo, créame.

A medida que se acercaba el final del viaje, su impaciencia por ver la abadía, que la conversación de Henry había contenido, aumentó de manera considerable. Tras cada recodo del camino esperaba encontrarse, entre robles centenarios, ante macizos muros de piedra gris con ventanales góticos iluminados por los últimos rayos del sol poniente. Pero como la vieja abadía estaba emplazada en terreno muy bajo, resultó que llegaron a las verjas de la propiedad sin haber visto ni siquiera una chimenea antigua.

Ella sabía que no tenía derecho a sorprenderse, pero había algo en esa aproximación que, ciertamente, no era lo esperado. Eso de pasar entre logias de apariencia moderna y recorrer sin dificultad alguna la gran avenida suave y nivelada cubierta de grava se le antojó muy extraño y fuera de lugar. Sin embargo, no tuvo tiempo para detenerse en semejantes consideraciones. Un repentino chaparrón le impidió observar los alrededores y la obligó a preocuparse de la suerte de su nuevo sombrero de paja. Pronto estuvieron al abrigo que ofrecían los muros de la abadía; una vez allí, Henry la ayudó a descender del coche, y en el vestíbulo la recibieron su amiga y el general, de manera que no tuvo ocasión de alimentar el más leve temor en lo relativo al futuro ni experimentar el influjo misterioso que de horrorosas escenas pasadas pudieran haber legado al antiguo edificio. La brisa, en vez de hacer llegar hasta ella ecos de los suspiros de los asesinados, se había entretenido en hacer flotar una lluvia espesa y rojiza. Tuvo que sacudirse el abrigo antes de pasar a un salón contiguo y reparar en el lugar donde se hallaba.

¡Una abadía! Era realmente un placer estar en una de ellas, a pesar de que nada de cuanto la rodeaba contribuía a alimentar la impresión de que se trataba de una. El mobiliario del lugar era moderno y de gusto exquisito. La chimenea, que debería haber estado adornada con tallas antiguas, era de mármol, parecía encargada en Rumford y sobre ella descansaban bonitas piezas de porcelana inglesa. Las ventanas que, según le había dicho el general, se ocupaban con esmero y cuidado reverencial de que conservaran su forma gótica, también la desilusionaron. Si bien se mantenía su forma ojival, el cristal era tan claro, tan nuevo, dejaba entrar tanta luz, que su visión no podía menos que desencantar a quien, como Catherine, esperaba encontrarse con unas aberturas más pequeñas con vidrios empañados por la suciedad y las telarañas.

El general, que se dio cuenta de cómo Catherine observaba el lugar, empezó a disculpar lo exiguo de la estancia y lo sencillo de los muebles, alegando que estaba destinada al uso diario, y asegurándole que las otras habitaciones eran más dignas de ser admiradas. Comenzaba a describir la ornamentación dorada de una de ellas cuando, al mirar el reloj, se detuvo para exclamar, asombrado, que eran las cinco menos veinte. Aquellas palabras fueron casi como una fórmula mágica. La señorita Tilney condujo a Catherine a sus aposentos y se apresuró tanto a hacerlo que no dejó lugar a dudas de que en Northanger debía respetarse de manera estricta la puntualidad familiar.

Al regresar a través del gran y alto salón, subieron por una ancha escalera de roble que, luego de varios trechos interrumpidos por otros tantos descansos, las condujo hacia una gran galería larga y amplia a cuyos lados había varias puertas y ventanas. Catherine supuso que estas últimas debían de dar a un gran patio central. Eleanor la hizo entrar entonces en una estancia cercana y, sin preguntarle siquiera si la encontraba cómoda, la dejó, suplicándole que no le concediera demasiada importancia a cambiarse ropa.

Capítulo XXI

Un golpe de vista le resultó suficiente para darse cuenta de que aquella habitación era por completo diferente de la que Henry le había descrito para provocar su alarma. De modo alguno era irrazonablemente grande y no contenía tapices ni terciopelos. Las paredes estaban empapeladas, el suelo, alfombrado y las ventanas no eran menos perfectas ni más oscuras que las del salón de abajo. Los muebles, aunque no respondían a la última moda, eran cómodos y de buen gusto, y el aspecto general en su conjunto distaba mucho de ser poco agradable. Una vez satisfecha su curiosidad hasta ese punto, Catherine decidió no perder tiempo en hacer un examen más minucioso por miedo a disgustar al general con su demora. Se quitó lo más pronto posible el traje de viaje y se disponía a desbrochar un paquete con ropa que había traído consigo, cuando su mirada se posó repentinamente en un cofre enorme colocado en el ángulo de la estancia formado por la chimenea. La vista de aquel mueble la sobresaltó y, olvidándose de todo lo demás, se quedó mirándolo inmóvil y asombrada, mientras la atravesaban los siguientes pensamientos:

—¡Esto es realmente extraño! No esperaba contar con la vista de algo así en la habitación. ¿Qué contendrá? ¿Para qué lo habrán colocado ahí, medio oculto, como si pretendieran que pase inadvertido? Lo examinaré, me cueste lo que me cueste, pero... a la luz del día. Si espero hasta la noche mi vela podría apagarse.

Avanzó y lo examinó de cerca. Era de cedro, con incrustaciones de otra madera más oscura y elevado más o menos a un pie del suelo sostenido sobre unos pedestales finamente tallados. La cerradura era de plata, aunque deslucida por el paso de los años. En los extremos se observaban restos imperfectos de mangos del mismo metal, rotos, tal vez, por un manejo violento en exceso. En el centro de la tapa había un cifrado misterioso, también realizado en plata. Catherine se inclinó sobre él atentamente, pero no consiguió distinguir nada con certeza ni descubrir su significado ni saber si la última letra era una T. Pero, ¿cómo en aquella casa podrían tener muebles adornados con iniciales que no se correspondieran con el apellido de la familia? Y en caso de ser así, ¿por qué habría llegado hasta las manos de la familia Tilney?

Su mezcla de temor y curiosidad se incrementaba cada vez más. Con manos temblorosas asió el pestillo de la cerradura para satisfacer su deseo de ver el contenido del cofre. Con gran dificultad, pues se resistía a su esfuerzo, logró levantar unos centímetros la tapa pero, en ese mismo momento, la sorprendió un llamado a la puerta de la habitación. Sobresaltada, dejó caer la tapa que se cerró con una alarmante violencia. El inoportuno intruso era la doncella de la señorita Tilney, a quien esta enviaba para saber si podía serle de utilidad a la señorita Morland. Catherine la despidió de inmediato, pero su presencia la hizo volver a la realidad y, desechando sus deseos de seguir explorando el misterioso arcón, empezó a vestirse sin dilación. Pese a sus buenas intenciones, no lo hizo tan rápido como hubiese sido deseable, debido a que no lograba apartar ni su pensamiento ni sus ojos del objeto de su curiosidad; y, aunque no se atrevió a perder más tiempo examinándolo, no podía permanecer muy lejos de él. Sin embargo, cuando finalmente logró deslizar uno de sus brazos por el vestido y su acicalamiento parecía casi terminado, pensó que bien podía permitirse un nuevo y desesperado intento, tras el cual, si invisibles y sobrenaturales cerraduras no la retenían, la tapa debería quedar abierta. Animada por ese pensamiento, intentó una vez más abrir el cofre y ante sus ojos asombrados quedó al descubierto una colcha de algodón blanco que, doblada con sumo cuidado, ocupaba todo un extremo del enorme arcón.

Ella la estaba mirando con un primer sonrojo de sorpresa, cuando se presentó la señorita Tilney, ansiosa por la tardanza de su amiga. A la vergüenza que suponía el haber alimentado una expectativa absurda, Catherine sumó la de verse sorprendida en una búsqueda tan ociosa.

—Ese viejo cofre es interesante, ¿verdad? —preguntó Eleanor, mientras la joven, luego de cerrarlo apurada, se dirigió hacia el espejo— Ignoramos cuántas generaciones lleva con nosotros. Ni siquiera sabemos por qué fue colocado en este cuarto, del que no he querido que lo retiren por si algún día resulta útil para guardar sombreros y gorros. Pero en ese rincón no le estorba a nadie.

Catherine no tuvo tiempo de hablar, sonrojándose al mismo tiempo que abrochaba su vestido e ideaba excusas lo más velozmente posible. La señorita Tilney volvió a insinuar con amabilidad su temor a llegar tarde y medio minuto después ambas descendían corriendo las escaleras, presas de una alarma no del todo infundada pues, al llegar al salón, encontraron al general, quien, reloj en mano, paseaba por la estancia esperando el momento de que entrasen para hacer sonar la campanilla y dar la orden de que la cena estuviera en la mesa de inmediato.

Catherine tembló por el énfasis con que el capitán pronunció esas palabras y experimentó un sentimiento de preocupación por sus hijos y de odio hacia todos los cofres viejos. El general poco a poco fue recuperando su cortesía al mirarla y regañó a su hija por haber apurado tontamente a su amiga, que había llegado a la mesa sin aliento. Pero aquellas palabras no consolaron a Catherine de haber sido causante de la reprimenda que había sufrido Eleanor ni de la falta de sentido que la había impulsado a perder el tiempo de forma tan tonta. No obstante, una vez que se hubieron sentado todos a la mesa, las sonrisas complacientes del general y el buen apetito de este devolvieron la paz a la joven. El comedor era una estancia noble, mucho más grande que un salón de uso común, y amueblado con un gusto y un lujo que los inexpertos ojos de Catherine apenas lograban apreciar. A pesar de ello, absorbieron su atención tanto las dimensiones de la habitación como el número de sirvientes en ella y lo expresó en tono admirativo. El general, muy satisfecho, admitió que, efectivamente, se trataba de una habitación bastante grande y después reconoció que, aunque no cuidaba tales cuestiones como solía hacerlo la mayoría de la gente, consideraba que un comedor tolerablemente grande era algo necesario en la vida, agregando a continuación que seguramente ella estaría acostumbrada a mejores y más lujosas estancias en casa del señor Allen.

—De hecho, no —fue la sincera respuesta de Catherine—. El comedor del señor Allen no es ni la mitad de grande que este. La verdad es que jamás en mi vida he visto una habitación tan amplia como esta.

El buen humor del general aumentó y se apuró para dejar en claro que usaba aquellas habitaciones porque habría sido una tontería mantenerlas cerradas pero que, a su juicio, resultaban más cómodos los ambientes algo más pequeños, como los de la casa del señor Allen.

La velada transcurrió sin más disturbios y, de vez en cuando, la ausencia del general le ponía una nota aún más positiva. La presencia del dueño de la casa bastaba para que Catherine recordase el cansancio del viaje pero, aun así, predominaba en su espíritu un sentimiento de felicidad y podía pensar en sus amigos de Bath sin desear estar con ellos.

La noche resultó tormentosa. El viento, que se había levantado a intervalos durante toda la tarde, soplaba con violencia. Además, llovía copiosamente. Al cruzar Catherine el vestíbulo quedó aterrada ante la furia con que la tempestad azotaba el viejo edificio y, cuando una puerta lejana se cerró con repentina furia, por primera vez desde su llegada experimentó la sensación de estar realmente en una abadía. Sí, aquellos eran los sonidos característicos, y poco a poco fueron trayendo a su memoria el recuerdo de incontables situaciones espantosas y terribles escenas que al amparo de tormentas parecidas se habían desarrollado en otros sitios similares. Se alegró de que su presencia en paredes tan solemnes se diese en circunstancias que no entrañaban peligro alguno. Por fortuna, ella no tenía nada que temer de asesinos de medianoche ni de galanes borrachos. Henry, desde luego, había estado bromeando cuando le contó aquella historia durante la mañana. En una casa tan amueblada y tan vigilada no era fácil encontrar algo que explorar o que temer. De manera que podía retirarse a descansar con la misma tranquilidad que si estuviese en su propia habitación, en Fullerton. Así, fortaleciendo su mente con sabiduría mientras iba subiendo las escaleras, Catherine se dirigió a su dormitorio, en el que entró con ánimo sereno, sobre todo porque sabía que el de la señorita Tilney estaba a tan solo un par de pasos. El alegre resplandor de unos leños que ardían en la chimenea ayudó también a reconfortar su ánimo.

—¡Cuánto mejor es esto! —dijo mientras caminaba—. ¡Cuánto mejor es encontrarse el fuego encendido que verse obligada a esperar temblando de frío, hasta que toda la familia esté en la cama, como están obligadas a hacer tantas niñas pobres! ¡Y luego un fiel sirviente entrando atemorizado con un plato de albóndigas! Me encanta que Northanger sea tal como es. Si llegara a parecerse a otros lugares, en una noche como esta habría necesitado hacer acopio de todo mi coraje. Pero por suerte, no tengo nada que temer.

Después, contempló la estancia con detenimiento. Las cortinas de las ventanas parecían moverse. Quizás fuera el viento, colándose por las rendijas. Para cerciorarse de que así era, se adelantó tarareando descuidadamente una melodía. Miró detrás del cortinado y no descubrió nada que pudiera asustarla. Colocó una mano sobre el postigo y con ello pudo comprobar la violencia del viento. Al darse vuelta, una vez finalizada su inspección, su mirada tropezó con el arcón. Desechando todo pensamiento que le provocase temor, se dispuso a dormir. "Ella debería tomarse su tiempo, no debería apresurarse. No le importaba ser la última persona que permaneciera levantada en la casa. Pero no avivó el fuego. Le parecía un acto de cobardía, como si deseara la protección de la luz luego de meterse en la cama". El fuego se fue apagando y Catherine, luego de invertir casi una hora en sus preparativos, estaba comenzando a pensar en meterse en la cama. Al mirar alrededor por última vez, le llamó la atención una suerte de gabinete oscuro y líneas antiguas en el que no había reparado antes. A su mente acudieron las palabras de Henry y de su descripción del gabinete de ébano, cuya presencia no había notado en un principio, y aunque ello no tenía nada de particular ni podía significar cosa alguna de importancia, sin duda se trataba de una coincidencia bastante notable. Tomó su vela y examinó con detenimiento aquella especie de caja. No estaba hecha de ébano, ni tenía incrustaciones de oro, pero era casi negra y, al iluminarla con la vela, despedía reflejos dorados. La llave estaba en la puerta y tuvo la extraña fantasía de mirar en su interior, no tanto por creer que encontraría algo de interés, sino por hacer coincidir todo aquello con las palabras de Henry. Estaba convencida de que no podría conciliar el sueño hasta averiguar qué contenía y al fin, tras dejar cuidadosamente la vela sobre una silla, asió con mano trémula la llave e intentó hacerla girar. La cerradura se resistió, buscó entonces por otro lado y dio con un cerrojo que logró descorrer sin dificultad alguna, pero tampoco así le fue posible abrir las tapas. Por un instante, se detuvo maravillada. El viento rugía dentro de la chimenea, la lluvia golpeaba a torrentes contra las ventanas y todo parecía hablar de lo espantoso de su situación. Era inútil pensar en acostarse, pues le resultaría imposible dormirse si antes no develaba el misterio de aquel gabinete que estaba tan cerca de su cama. Intentó nuevamente hacer girar la llave de todas las maneras posibles y, después de un último esfuerzo, la puerta cedió repentinamente a sus manos. Su corazón dio el brinco exultante que produce toda victoria. Luego de abrir de par en par todas las puertas plegables, la segunda de las cuales estaba sujeta por pestillos no menos misteriosos que la cerradura, apareció ante sus ojos una hilera doble de pequeños cajones colocada entre otra de mayor tamaño, y en el centro una puerta diminuta y cerrada de manera hermética, tras la cual se ocultaba, probablemente, un hueco tan importante como misterioso.

El corazón de Catherine se aceleró, pero la serenidad no la abandonó ni por un momento. Con las mejillas rojas por la esperanza y los ojos llenos de curiosidad, extrajo uno de los cajones. Estaba vacío. Con menos temor y más afán abrió otro, después otro más y así todos, encontrándolos igualmente vacíos. Ninguno quedó sin abrir y en ninguno encontró nada. Conocedora como era, por sus lecturas, del arte de ocultar tesoros, pensó inmediatamente en la posibilidad de que los cajones tuvieran un doble fondo y volvió a examinarlos con cuidado. Todo fue en vano. No le quedaba por registrar más que el hueco del centro y, aunque no se podía decir que estaba decepcionada, puesto que ni por un segundo creyó que quizás hallase algo en el gabinete, consideró que sería una tontería no seguir intentándolo. Tardó bastante en abrir la puerta que cerraba el hueco, pero finalmente lo consiguió. Esta vez no fue en vano: sus ojos rápidos fueron a dar directamente, en lo más profundo de aquel hueco, con un rollo de papel que, sin duda, alguien había procurado ocultar. Los sentimientos que experimentó en ese momento fueron de una naturaleza por completo indescriptibles. Su corazón palpitó, sus rodillas temblaron y sus mejillas palidecieron. Tomó con manos temblorosas el precioso manuscrito —pues de eso se trataba, según pudo comprobar enseguida— y, al tiempo que se daba cuenta de la extraordinaria similitud de aquella situación con la que le describió Henry, resolvió instantáneamente examinar cada línea antes de intentar descansar.

La penumbra de la luz que emitía su vela la alarmó; sin embargo, comprobó que por el momento no había peligro de que se extinguiera de repente. Probablemente, todavía durase varias horas por lo que, con el objetivo de obtener una luz más clara y facilitar así la lectura de una caligrafía que, por lo antigua podía resultar un tanto inteligible, intentó despabilar la vela. Desgraciadamente, al hacerlo la apagó de forma involuntaria. Catherine quedó paralizada de terror. La mecha no tenía el mínimo remanente de luz como para ofrecer alguna esperanza. La oscuridad era absoluta, impenetrable e inamovible. Una fuerte sacudida del viento añadió un nuevo toque de horror al momento. Catherine se estremeció de pies a cabeza. En la pausa que siguió, sus oídos percibieron el rumor de pasos que se alejaban y el ruido de una puerta que se cerraba. La naturaleza humana no podía soportar más. Un sudor frío se apoderó de su frente, el manuscrito se la cayó de la mano, buscó la cama a tientas, se metió en ella y trató de evocar, aunque sea de forma somera, el desarrollo de aquellos acontecimientos, no sin antes taparse la cabeza con la manta. Estaba convencida de que luego de lo ocurrido no lograría conciliar el sueño. ¿Cómo hacerlo cuando todavía era presa de una curiosidad tan incontenible y unos sentimientos tan agitados? Además, la tormenta iba en aumento. Catherine nunca había sentido miedo del viento, pero en esa ocasión parecía que, en su ulular, traía un mensaje espantoso. ¿Cómo explicarse la presencia de un manuscrito encontrado de manera tan extraordinaria y qué, además, coincidía de forma tan prodigiosa con la descripción hecha por Henry durante la mañana? ¿Qué podría contener? ¿A qué se refería? ¿Cómo habría permanecido oculto tanto tiempo? ¡Y qué singularmente extraño resultaba que fuese ella la llamada a descubrirlo! Hasta que no estuviese al corriente de su contenido, no podría recuperar la calma ni la comodidad. Estaba decidida a examinarlo a la luz del alba. ¡Lástima que todavía tuviese que esperar tantas horas! Catherine se estremeció de impaciencia, se arrojó sobre su cama y envidió a todos los que aquella noche podían dormir con placidez. La tormenta siguió rugiendo y a sus oídos atentos llegaron sonidos más terribles que los que esta producía. Las mismas cortinas de su cama daban la impresión de moverse al unísono y parecía que alguien sacudía el picaporte de su puerta como si intentase entrar. De la galería llegaban murmullos huecos y más de una vez se le heló la sangre en las venas al percibir el sonido de distantes gemidos. Una tras otra pasaron las horas y la pobre Catherine oyó los relojes de la casa dar las tres antes de que la tormenta amainase y ella lograra quedarse profundamente dormida.

Capítulo XXII

La doncella abriendo los postigos a las ocho de la mañana fue el sonido que despertó a Catherine al día siguiente. Abrió los ojos, sorprendida de haber podido cerrarlos luego de lo ocurrido la noche anterior, y comprobó con satisfacción que su fuego ya estaba ardiendo y que una brillante mañana había sucedido a la tempestad. Instantáneamente, junto con la conciencia, volvió a su mente el recuerdo del manuscrito, aguzando de tal manera su curiosidad que, en cuanto la doncella se hubo marchado, saltó de la cama y recogió a toda prisa las hojas que se habían desprendido del rollo de papel al caer este al suelo; después voló de regreso al lecho para disfrutar del lujo de la lectura en su almohada. Entonces pudo ver con claridad que el manuscrito que tenía entre las manos no era tan extenso como los que solían describirse en los libros, pues el rollo parecía consistir enteramente de pequeñas hojas desarticuladas cuyo conjunto era mucho menor de lo que ella había supuesto en un principio.

Con ojos codiciosos miró rápidamente una página y se estremeció al caer en la cuenta de lo que en ella había. ¿Sería posible? ¿O sus sentidos la engañaban? Aquel papel solo contenía un inventario de ropa de lino escrito en caracteres toscos, pero modernos. Si podía fiarse de su vista, tenía una factura de lavandería entre sus manos. Tomó otra hoja y en ella encontró los mismos artículos con poca variación. Las hojas tercera, cuarta y quinta dieron igual resultado. En cada una de ellas se hacía una relación de camisas, medias, corbatas y chalecos. En otras dos, escritos por la misma mano, estaban apuntados gastos de escaso interés: cartas, polvos para el cabello, cordones de zapatos y pantalones para montar. En una hoja grande, con la que estaban envueltas las demás, se leía: :Por poner una cataplasma a la yegua alazana...", con lo que se trataba de la factura de un veterinario. Esa era la colección de papeles —abandonados, como cabía suponer, por alguna criada negligente— que la había llenado de expectativa y alarma, robándole la mitad de su descanso nocturno. Se sintió profundamente humillada. ¿Acaso su anterior aventura con el cofre no le había concedido ni un poco de sabiduría? Este, colocado a poca distancia, se le antojó de pronto un reproche, una acusación. Nada podía ser ahora más claro que lo absurdo de sus fantasías recientes. ¡Suponer que un manuscrito escrito hacía varias generaciones había quedado sin descubrir en una habitación tan moderna como aquella y que fuera ella la persona llamada a abrir un arcón cuya llave estaba a disposición de todo el mundo! ¿Cómo se había dejado engañar de aquella forma? ¡Que el Cielo no permita que Henry Tilney conociera alguna vez su loca aventura! Sin embargo, él también era responsable, al menos en parte, de lo sucedido. Si el gabinete no hubiese sido parecido al que Henry había referido en su relato, ella no hubiese experimentado tanta curiosidad. Catherine se consoló con estas reflexiones y, a continuación, impaciente por deshacerse de esas odiosas evidencias de su locura —aquellos detestables papeles que habían caído esparcidos sobre su cama—, se levantó, dobló las hojas con cuidado hasta dejarlas tal como las había hallado y las colocó en el mismo lugar del gabinete donde las había encontrado, pensando, mientras lo hacía, que jamás volvería a mirarlas, para que no le hicieran recordar cuan necia había sido.

Sin embargo, la razón por la que la cerradura había resultado tan difícil de abrir no dejaba de ser un misterio, pues ahora funcionaba con la mayor facilidad. Por un instante, pensó que aquel hecho debía de entrañar algún misterio, hasta que se percató de que quizás ella, en su atolondramiento, había hecho girar la llave en sentido contrario, lo cual le costó otro rubor.

Avergonzada, se escapó tan pronto como pudo de la estancia que tan desagradables recuerdos le traía y se dirigió a toda prisa hacia la sala de desayuno que le había indicado la noche anterior la señorita Tilney. En ella solo se encontraba Henry, cuyas burlonas alusiones al expresar su deseo de que la tormenta no la hubiese molestado y sus referencias al carácter del edificio que habitaban, hicieron que se sintiera un tanto inquieta. No quería de ninguna manera que alguien sospechase siquiera sus temores pero, como por naturaleza era incapaz de mentir, se vio obligada a confesar que el viento la había mantenido un poco despierta.

—Y, sin embargo —agregó, para cambiar de tema—, hace una bella mañana. Las tormentas, como el insomnio, no tienen importancia una vez que terminan. ¡Qué bellos jacintos! Es una flor que hace muy poco he aprendido a amar.

—¿Y cómo ha aprendido? ¿Accidentalmente o a través de una discusión?

—Me enseñó su hermana. No sé cómo. La señora Allen intentó durante años inculcarme la afición por esos bulbos y no lo consiguió. Hasta el otro día, cuando las vi en Milsom Street. Las flores me son indiferentes por naturaleza.

—Pero ahora ama los jacintos. Pues tanto mejor; así tendrá un nuevo motivo de placer. Es bueno contar con la mayor cantidad posible de apegos y fuentes de gozo. Además, el gusto por las flores siempre es deseable en su sexo, porque no existe mejor aliciente para salir a tomar aire y hacer un poco de ejercicio. Y, pese a que el cuidado de los jacintos es relativamente sencillo, ¿quién sabe si, una vez surgido ese sentimiento, no llegará usted a interesarse por las rosas?

—Pero yo no necesito pretextos para salir. Cuando hace buen tiempo, paso largos ratos fuera de la casa. Mi madre a menudo me reprocha el que me ausente durante tantas horas.

—De todas formas, me satisface que haya aprendido a amar los jacintos. Es muy importante adquirir el hábito del amor y en toda joven la facilidad para aprender es una bendición. ¿Tiene mi hermana un modo agradable de instruir?

Catherine se salvó de la vergüenza de intentar una respuesta porque justo entró el general, cuyos cumplidos anunciaban que estaba de buen humor, si bien la alusión referida a la evidente predilección de los dos jóvenes por madrugar que hizo poco después, volvió a preocuparle.

Cuando estuvieron sentados, Catherine no pudo por menos que expresar su admiración hacia el juego de desayuno elegido, según parecía, por el general, quien se mostró encantado de que lo aprobase y declaró que, efectivamente, si bien era pulcro y sencillo, lo había adquirido con la intención de fomentar la industria de su país. Por lo demás, y dado su indulgente paladar, opinaba que el mismo aroma y sabor tenía el té vertido de una tetera de loza de Staffordshire como de una bella porcelana de Dresden o de Save. Aquel juego ya era bastante antiguo; lo había comprado hacía dos años y, desde entonces, la producción nacional había mejorado de manera notable. Hacía poco había visto en la capital algunas muestras tan logradas que, de no ser un hombre desprovisto de toda vanidad, se habría obligado a comprarlas. Esperaba, sin embargo, que pronto tuviese ocasión de adquirir un nuevo servicio, destinado a otra persona. Catherine fue, tal vez, la única de los allí reunidos que no llegó a entenderlo.

Poco después del desayuno Henry salió rumbo a Woodston, donde sus negocios lo requerían y lo mantendrían alejado dos o tres días. La familia se reunió en el vestíbulo para verlo montar a caballo y, al regresar al desayunador, Catherine se dirigió hacia la ventana para obtener una última visión de su amigo.

—Este será un llamado a la fortaleza de tu hermano —dijo el general a Eleanor—. Woodston tendrá hoy una apariencia sombría

—¿Es un lugar bonito —preguntó Catherine.

—¿Qué dirías tú, Eleanor? Expresa tu opinión. Las mujeres conocen mejor el gusto femenino, tanto en lo que hace a lugares como a hombres. Creo que, tratando de ser imparcial, la casa se levanta entre hermosos prados que miran hacia el sudeste y posee también una huerta, cuyos muros mandé alzar yo hace diez años. Es una prebenda de familia, señorita Morland, y como los terrenos adyacentes también me pertenecen, he tenido el cuidado de aprovecharla como es debido. Aun suponiendo que Henry no contara más que con ese curato para vivir, no estaría nada mal. Quizá pueda resultar extraño que, no teniendo yo más que dos hijos menores por quienes velar, me haya empeñado en que el muchacho siguiese una carrera. Y es verdad que hay momentos en que desearíamos que se desvinculara de todos los vínculos comerciales. Pero, aunque usted tal vez no acuerde con mi perspectiva creo, señorita Morland, y su padre posiblemente sea de la misma opinión, que es conveniente dar a cada joven un empleo. El dinero en sí no tiene importancia ni finalidad algunas; lo importante es utilizar el tiempo de manera digna. El mismo Frederick, mi hijo mayor, heredero de una de las propiedades más importantes de la comarca, tiene su profesión.

El efecto imponente de este último argumento estuvo a la altura de sus deseos y el silencio de la dama demostró que era incontestable.

Algo se había hablado la noche anterior acerca de enseñarle a la señorita Morland la abadía, y esa misma mañana el general se ofreció a hacerlo. Aunque Catherine hubiera preferido la compañía de Eleanor, no pudo menos que aceptar un ofrecimiento que en cualquier circunstancia resultaría muy interesante. Llevaba dieciocho horas en la abadía y solo había visto unas pocas habitaciones. Cerró su caja de labores, que acababa de sacar tranquilamente, con cierta precipitación, y se mostró dispuesta a seguir al general cuando este lo dispusiese.

—Y una vez que ellos hayan recorrido la casa, tendré mucho placer en acompañarla a recorrer el jardín y los matorrales.

Ella hizo una reverencia de aquiescencia

—Pero quizá usted prefiera ver estos primero —agregó el general—. El tiempo está agradable y la época del año nos garantiza que seguirá así. ¿Qué opción prefiere usted? Estoy a sus órdenes. ¿Cuál crees que sería más del gusto de tu bella amiga, Eleanor? Pero..., sí, me parece que lo he adivinado. Leo en los ojos de la señorita Morland un juicioso deseo de aprovechar el buen tiempo. ¿Cómo podría ser de otra forma? La abadía siempre estará disponible para ser visitada. No así el jardín. Corro a buscar mi sombrero y en un instante estaré listo para salir.

El general se retiró de la estancia y Catherine, con expresión de profunda preocupación, comenzó a manifestar sus deseos de evitarle una salida tal vez contraria a sus deseos, y a la que lo impulsaba única y exclusivamente el deseo de complacerla. Pero la señorita Tilney, algo confusa, la detuvo.

—Creo —dijo— que será más prudente aprovechar una mañana tan bella y no inquietarnos por mi padre. Siempre toma una caminata a esta hora del día.

Catherine no sabía exactamente cómo debía entender lo que acababa de oír. ¿Por qué motivo se mostraba tan confusa la señorita Tilney? ¿Habría algún inconveniente por parte del general en mostrarle la abadía? La propuesta había partido de él. ¿No era extraño que tuviera por costumbre salir a caminar tan temprano? Ni su padre ni el señor Allen solían pasear a esas horas. En verdad, la situación resultaba un tanto incómoda. Ella estaba impaciente por ver la casa y, en cambio, apenas sentía curiosidad por los jardines. ¡Si Henry hubiese estado con ellos! Sola no sabría apreciar la belleza del lugar. Esos fueron sus pensamientos, pero se los guardó para sí misma y, descontenta, se puso el sombrero.

Sin embargo, y más allá de las expectativas, quedó impresionada por las grandes dimensiones de la abadía vista desde el césped. El edificio comprendía un gran patio central y dos de sus alas, ricamente ornamentadas al estilo gótico, se proyectaban hacia afuera, como estando hechas para ser admiradas. Montículos de antiguos árboles y plantas exuberantes ocultaban el resto de la casa. Las empinadas colinas boscosas que cobijaban la parte trasera del edificio se erguían hermosas aun en aquella época en que la naturaleza suele mostrarse carente de hojas. Catherine nunca antes había visto nada comparable a aquello y le causó tal impresión que, sin poder contenerse, estalló audazmente en exclamaciones de asombro y alabanza. El general la escuchó agradecido y asintiendo. Parecía como si su propia estimación de Northanger hubiera esperado hasta ese momento para ser incondicional.

A continuación, se imponía visitar la huerta y a ella se dirigieron cruzando el parque.

El número de acres de aquellos terrenos era tal que Catherine no podía salir de su asombro. Más del doble de lo que medían juntas las propiedades del señor Allen y de su padre, incluyendo el patio de la iglesia y el huerto. Los muros que rodeaban la abadía parecían incontables en número e interminables en longitud. Amparado por ellos había un número incontable de invernaderos y en el recinto formado por ellos trabajaban hombres suficientes como para formar una parroquia. El general se sintió halagado por las miradas de sorpresa de Catherine, quien a través de ellas expresaba sin palabras que jamás en su vida había contemplado sembrados que se le pudieran comparar. El general declaró entonces que, pese a que él no sentía ambición ni preocupación por tales cosas, debía reconocer que su propiedad no tenía rival en el reino.

—Si de algo estoy orgulloso —añadió—, es de poseer un bello jardín. A pesar de que soy lo suficientemente descuidado en todos los asuntos relacionados con la alimentación, me gusta tener buena fruta y, aunque yo no hubiera hallado en ello un placer especial, el deseo de halagar a mis hijos y mis vecinos habría sido suficiente para que lo ambicionase. Debo admitir que un jardín como este da lugar a innumerables disgustos, pues no siempre el mayor cuidado redunda en los mejores frutos. La piña ha producido muy poco en el último año. Supongo que el señor Allen tropezará con los mismos inconvenientes.

—En absoluto. El señor Allen no siente interés alguno en su jardín y rara vez entró en él.

El general, con una sonrisa triunfante de autosatisfacción, declaró que él preferiría hacer lo mismo, ya que no conseguía entrar en el suyo sin experimentar un disgusto, pues sus expectativas nunca se veían colmadas.

—¿Cómo funcionan los invernaderos del señor Allen? —preguntó el general.

—Tiene solo uno y pequeño. En él la señora Allen guarda las plantas durante el invierno y de vez en cuando usan una estufa para caldearlo.

—¡Es un hombre feliz! —exclamó el general.

Después de haber llevado a Catherine a cada uno de los sectores y habiéndola hecho recorrer todos los muros hasta quedar la joven exhausta de tanto ver y admirar, dejó que las muchachas aprovecharan la proximidad de una de las puertas al exterior para dar por finalizada su visita a los invernaderos y, con la excusa de examinar unas reformas hechas recientemente en la casa de té, propuso visitarla, siempre que la señorita Morland no estuviera cansada.

—Pero, ¿por dónde vas, Eleanor? ¿Por qué eliges ese camino tan frío y húmedo? La señorita Morland se va a mojar. Lo mejor es que crucemos el parque.

—Este es mi camino favorito —dijo Eleanor—. Es el mejor y el más corto, pero es cierto que quizás esté húmedo.

El sendero en cuestión atravesaba, dando rodeos, una espesa plantación de abetos escoceses y Catherine, atraída por el aspecto misterioso y sombrío de aquel sitio, no pudo, pese a la desaprobación mostrada por el general, evitar el dar unos pasos en la dirección que deseaba. Él percibió el deseo de la muchacha y, luego de solicitarle otra vez, pero en vano, que no expusiera su salud, se abstuvo con cortesía de oponerse a su voluntad, excusándose, sin embargo, de acompañarlas.

—El sol no es todavía lo bastante fuerte para mí —dijo—. Elegiré otro camino y después nos encontraremos nuevamente.

El general se marchó y Catherine quedó asombrada al darse cuenta del alivio que le proporcionaba a su espíritu aquella separación. La sorpresa y conmoción experimentadas eran, por suerte, inferiores a la satisfacción que el hecho le producía, y comenzó a hablar a su amiga de la deliciosa melancolía que le inspiraba aquella arboleda.

—A mí también me gusta especialmente este lugar —dijo la señorita Tilney y dejó escapar un suspiro—. Era el paseo favorito de mi madre.

Catherine nunca antes había oído mencionar a la señora Tilney y su rostro reflejó el interés que el recuerdo de aquella mujer provocaba en su alma. Atenta y silenciosa esperó a que su amiga continuase.

—¡Solía caminar por aquí tan a menudo con ella! —prosiguió Eleanor —. Pero en ese entonces este sitio no me gustaba tanto como ahora. De hecho, en ese momento, me sorprendía que fuese el rincón preferido de mi madre. Pero ahora su memoria lo hace entrañable.

Catherine reflexionó acerca de que iguales sentimientos debería despertar en su marido y, sin embargo, este se había negado a pasear por allí.

Al cabo de unos segundos, en vista de que la señorita Tilney permanecía en silencio, dijo:

—Su muerte debe haber sido una pena terrible para usted.

—Grande y creciente —respondió en voz baja—. Yo tenía tan solo trece años cuando ocurrió y, si bien sentí su pérdida, la edad que tenía no me permitió darme cuenta de lo que ello en verdad suponía.

Eleanor se detuvo. Luego de un momento añadió con gran firmeza:

—Como usted sabe, no tengo hermanas y, aunque Henry y Frederick son muy cariñosos conmigo y el primero pasa largas temporadas aquí en la abadía, cosa que le agradezco mucho, es inevitable que a veces tanta soledad me resulte intolerable.

—Sin duda, debe extrañarlo mucho.

—Una madre habría estado siempre presente. Una madre habría sido una amiga constante; su influencia habría estado más allá de todas las demás.

—¿Era una mujer encantadora? ¿Era bonita? ¿Hay algún retrato suyo en la abadía? ¿Por qué le gustaba tanto este sitio? ¿Era de temperamento melancólico acaso? —preguntó Catherine de forma precipitada.

Las tres primeras preguntas recibieron una respuesta afirmativa; las otras, en cambio, no obtuvieron contestación. El interés de Catherine por la difunta señora aumentaba con cada pregunta, fuera esta respondida o no. Supuso que la esposa del general había sido muy desgraciada en su matrimonio. No parecía que el general hubiera sido un marido muy amable. El que no sintiese ningún afecto por el sitio predilecto de su esposa era un evidente signo de desamor hacia ella. Además, pese a su hermoso porte, había en su rostro indicios de que no se había portado bien con ella.

—Supongo —dijo Catherine sonrojándose ante su propia astucia —que el retrato de su madre cuelga en la habitación de su padre.

—No. Estaba destinado al salón, pero mi padre no quedó satisfecho con el trabajo y por un tiempo estuvo guardado. Luego de la muerte de mi madre, yo quise conservarlo y lo colgué en mi cuarto, donde tendré el gusto de enseñárselo. El parecido está bastante logrado.

Catherine vio en aquellas palabras otra demostración de despego por parte del general. Desestimar de semejante forma un retrato de su esposa fallecida era una prueba de que no la había valorado. ¡Debió haber sido terriblemente cruel con ella! Catherine ya no trató de ocultar ante sí misma los sentimientos que la actitud del general había provocado siempre en su espíritu y que las reiteradas atenciones no habían logrado disipar. Lo que antes no había sido sino miedo y desagrado se tornó en una profunda aversión. Sí, aversión. Le resultaba odiosa su crueldad para con aquella encantadora mujer. Ella había leído a menudo acerca de tales personajes, personajes que el señor Allen tachaba de exagerados y cuya existencia quedaba demostrada en aquel ejemplo incontestable.

Acababa de resolver ese punto cuando el final del camino las condujo otra vez a la presencia del general por lo que la muchacha, pese a su indignación, se vio obligada a caminar junto a él, a escucharlo y hasta a corresponder a sus sonrisas. Pero, como desde aquel momento no pudo hallar placer en los objetos circundantes, comenzó a caminar con tal lentitud que, apercibido de ello el general y con gran preocupación por su salud —actitud que parecía un reproche a la opinión que Catherine tenía de él—, se empeñó en que ambas jóvenes regresaran a la casa, con la promesa de seguirlas un cuarto de hora después. De manera que se separaron otra vez, no sin que antes Eleanor recibiera de su padre la orden de no mostrarle la abadía a su amiga hasta que él regresara. Esa ansiedad por retrasar lo que ella tanto deseaba le pareció, como mínimo, notable.

Capítulo XXIII

Pasó una hora antes de que el general volviera a la casa, tiempo que la joven invitada empleó en consideraciones poco favorables para el señor Tilney. Había concluido que esas ausencias prolongadas, esos paseos solitarios, no hablaban de una mente que se encuentra a gusto ni de una conciencia libre de reproches. Finalmente, hizo su aparición el dueño de la abadía y, por más oscuros que hubieran sido sus pensamientos anteriores, aún podía sonreír en presencia de las jóvenes. La señorita Tilney –que comprendía, al menos en parte, la curiosidad que sentía su amiga por ver la casa– pronto hizo revivir el tema y su padre, contrariamente a las expectativas de Catherine, estuvo dispuesto a complacerlas sin demora, más allá de detenerse cinco minutos para ordenar que a su regreso les fuese servido un refresco.

Emprendieron el camino, y el general asumió tal aire de importancia y marchó a paso tan digno que no pudo menos que llamar la atención y afirmar las dudas de una experta lectora, tal como era Catherine. Atravesó primero el vestíbulo y después, el salón de diario, para llegar por la antecámara a una estancia en verdad soberbia, tanto en tamaño como en mobiliario. Se trataba del salón principal, que la familia solo utilizaba cuando recibía visitas de la mayor importancia. Catherine, cuyos ojos apenas lograban discernir la calidad y el color del satén que tapizaba los muebles, se mostró admirada y declaró que aquello era "muy encantador". Pero fue el general el encargado de proferir las alabanzas más significativas. La joven era incapaz de apreciar el costo y la elegancia de muebles que debían de remontarse, por lo menos, al siglo XV. Cuando el general hubo satisfecho su propia curiosidad al examinar cada uno de los objetos que había en la estancia, se dirigieron a la biblioteca, un ambiente de igual magnificencia que el anterior y que exhibía una colección de libros que un hombre humilde habría mirado con orgullo. Catherine escuchó, admiró y se sorprendió tanto o más que en las ocasiones anteriores. Recogió las enseñanzas que pudo de aquel verdadero depósito de conocimiento, recorriendo con la vista los títulos de los volúmenes, y se mostró dispuesta a proseguir su visita; pero las habitaciones no podían sucederse a la medida de su deseo. A pesar de que la abadía era grande, resultaba que ya la conocía casi toda. Cuando se enteró de que la cocina y las seis o siete habitaciones que acababa de ver comprendían tres lados del patio central, creyó que intentaban engañarla y que habían evitado mostrarle otros ambientes secretos. Sin embargo, fue un alivio que regresaran a las habitaciones de uso común, pasando por algunas de menor importancia que daban hacia el patio; se mostró interesada al oír que el trozo de galería que cruzaron antes de llegar al salón de billar y al apartamento privado del general fue en otros tiempos el claustro del convento, y que aún existían restos de las celdas. La última habitación que atravesaron era la pieza destinada a Henry, y en ella hallaron libros desparramados, armas de caza y abrigos.

Pese a que la muchacha ya conocía el comedor, el general no podía renunciar al placer de demostrar su longitud con medidas exactas. Después, pasaron a la cocina, que comunicaba con el ambiente anterior, y que resultó ser una verdadera cocina de convento, de muros macizos ennegrecidos por el humo de tiempos pasados, pero provista de estufas y armarios del presente. El general no había escatimado en recursos que pudieran facilitar el trabajo de las cocineras. Si en algo había fallado la inventiva de otros, él logró suplir con la suya toda escasez, consiguiendo, a fuerza de cuidar los detalles, un conjunto perfecto que habría bastado para que en otros tiempos se lo calificara de generoso benefactor del convento.

En los muros de la cocina finalizaba la parte antigua de la abadía, pues la otra ala del cuadrángulo había sido demolida por encontrarse en estado ruinoso, por el padre del general y este la había reconstruido. Todo lo venerable concluía allí. Lo demás no solo era moderno, sino que demostraba serlo; y, como había sido destinado a dependencias y cocheras, no se había creído necesario mantener en ella la uniformidad arquitectónica que tenía el resto. Catherine podría haber insultado a quien había hecho desaparecer el trozo que, sin duda, había sido de mayor belleza y carácter, con el solo objetivo de lograr condiciones más ventajosas desde la perspectiva de la economía doméstica, y habría prescindido, si el general se lo hubiese permitido, de la mortificación de visitar sitios tan poco interesantes. Pero él estaba tan orgulloso de la disposición y el orden de sus dependencias, y convencido hasta tal punto de que a una joven de la mentalidad de la señorita Morland debía necesariamente agradarle el que se facilitara la labor de personas de posición inferior, que no hubo modo de evitar una visita a aquellas dependencias. Catherine, más allá de sus expectativas, quedó admirada del número de instalaciones que había en ellas y de lo conveniente que resultaban. Lo que en Fullerton se consideraba despensa y fregadero, era allí una serie de ambientes distribuidos como es debido y de una comodidad notable. Tanto como el número de habitaciones le llamó la atención la cantidad de criados que iban apareciendo. Por dondequiera que pasaban se topaban con una doncella que saludaba con una reverencia o con algún lacayo que huía para no ser visto sin librea. ¿Y eso era una abadía? ¡Cuán lejos estaba aquel moderno lujo doméstico de cuanto había leído sobre las abadías y castillos antiguos, en los que, aun siendo mayores que Northanger, nunca se mencionaban más de dos criadas para hacer la limpieza! La señora Allen siempre sostuvo que un par de manos femeninas eran suficientes para hacer el trabajo de una casa y, cuando Catherine comprobó lo que en Northanger se tenía por servicio indispensable, no podía salir de su asombro.

Regresaron al vestíbulo para poder subir por la escalera principal y, de esa forma, admirar la belleza de la madera ricamente tallada que la ornamentaba. Cuando llegaron a lo alto, giraron en dirección opuesta a la galería donde estaba el dormitorio de Catherine, para entrar poco después en un cuarto que servía para los mismos fines, pero superior en largo y ancho. Desde allí fue conducida sucesivamente a tres grandes alcobas con sus correspondientes tocadores, todos ellos provistos de cuanto el dinero y el buen gusto pueden suministrar. El mobiliario, adquirido cinco años antes, era sumamente elegante y agradable, pero carecía del carácter antiguo que Catherine tanto admiraba. Cuando examinaban la última pieza, y mientras enumeraba los distinguidos personajes que en diferentes épocas habían honrado con su presencia aquellas estancias, el general, volviéndose hacia Catherine, declaró con una sonrisa que deseaba fervientemente que sus "amigos de Fullerton" fuesen los primeros en hacer uso de ellas. La joven agradeció aquel inesperado cumplido, y lamentó profundamente la imposibilidad de pensar bien de un hombre que tan amablemente dispuesto se mostraba para con ella y toda su familia.

La galería terminaba en unas puertas de doble hoja que la señorita Tilney, adelantándose, abrió y traspuso con la evidente intención de hacer otro tanto con la primera puerta que estaba a mano izquierda de la segunda galería, pero en ese momento el general la llamó con tono perentorio y, según interpretó Catherine, airadamente, y le preguntó adónde se dirigía y si creía que quedaba todavía allí algo por examinar.

—¿No ha visto ya la señorita Morland —añadió— todo lo que vale la pena ver? ¿No te parece que tu amiga se alegrará si le ofreces un refresco, luego de tanto ejercicio?

La señorita Tilney se volvió inmediatamente y las puertas se cerraron ante la mortificada Catherine, que tuvo tiempo de entrever un pasillo estrecho, varias puertas y algo que parecía ser una escalera de caracol, todo lo cual despertó otra vez su curiosidad, induciéndola a pensar, mientras regresaba por la galería, que habría preferido que le permitieran conocer ese extremo de la casa antes que las galas de todas las demás. Por otra parte, el evidente deseo del general en impedir que las visitase no hacía sino avivar todavía más su interés. Catherine pensó que sin duda alguna debía haber allí algo que se trataba de ocultar. Si bien su imaginación la había engañado en una o dos ocasiones anteriores, en este caso estaba segura de que no era así. Una frase de la señorita Tilney dirigida a su padre cuando bajaban por las escaleras le ofreció la clave de lo que aquel "algo" podría ser:

—Iba a llevarla a la habitación de mi madre, la habitación en que murió...

Esas fueron todas sus palabras, pero bastaron para que Catherine hiciera todo tipo de conjeturas. No tenía nada de particular que el general se acobardara ante la visión de los objetos que sin duda contenía aquella estancia, en la cual, seguramente, no habría vuelto a entrar desde que en ella su esposa se liberó por fin de todo sufrimiento y lo dejó a él con todo el peso de su conciencia.

Al hallarse otra vez a solas con Eleanor, se aventuró a manifestar su deseo de conocer no solo aquella habitación, sino todo el resto de la casa. Su amiga le prometió que intentaría complacerla en cuanto le fuera posible y Catherine creyó entender por aquellas palabras que era necesario esperar a que el general se ausentara por unas horas.

—Supongo que la conservarán tal como estaba. —dijo Catherine.

—Sí, exactamente igual.

—¿Cuánto tiempo hace que murió su madre?

—Nueve años.

Catherine sabía que nueve años era poco tiempo, comparado con lo que usualmente se tardaba en arreglar la habitación ocupada por una esposa herida.

—¿Estuvo usted con ella hasta el final?

—No —dijo la señorita Tilney suspirando—. Por desgracia, yo no estaba en casa. Su enfermedad fue repentina y de corta duración y, antes de que yo llegase, todo había concluido.

A Catherine se le heló la sangre ante lo que sugerían aquellas palabras. ¿Sería posible que el padre de Henry...?

Y, sin embargo, muchos fueron los ejemplos para justificar, incluso, las sospechas más negras. Cuando aquella noche vio nuevamente al general, cuando lo observó, mientras ella y Eleanor hacían labor, pasearse despacio durante una hora, con la mirada perdida y el ceño fruncido, la joven sentía que sus sospechas no eran infundadas. ¡Era el aire y la actitud digna de un Montoni! Revelaba la tétrica influencia del remordimiento en un espíritu no del todo indiferente a la revisión aterradora de escenas de culpabilidad pasadas. ¡Hombre miserable! La ansiedad que aquellas ideas provocaban en el ánimo de la muchacha la obligó a levantar los ojos con tal insistencia hacia el general, que terminó por llamar la atención de la señorita Tilney.

—Mi padre —le dijo esta en voz baja— a menudo pasea así por la habitación. No tiene nada de extraño.

"Tanto peor", pensó Catherine. Tan inoportuno ejercicio, unido a la extraña afición a pasear por las mañanas, presagiaba algo tan anormal como inquietante.

Luego de una velada cuya monotonía y aparente duración dejaron al descubierto la importancia y significación de la presencia de Henry, Catherine se alegró de verse relevada de su puesto de observación por una mirada que el general lanzó a su hija cuando creía que nadie lo veía y que hizo que Eleonor tirara con rapidez del cordón de la campanilla. Poco después, acudió el mayordomo pero, al pretender encender la vela de su amo, este se lo impidió, diciendo que todavía no pensaba retirarse.

—Tengo muchos folletos que leer antes de acostarme — dijo dirigiéndose a Catherine— y es posible que muchas horas después de que usted haya cerrado los ojos y se haya entregado al sueño, yo siga ocupado en asuntos que hacen al interés de la nación. Mientras mis ojos trabajan para el bien de los demás, los suyos se preparan, descansando, para emprender nuevas aventuras.

Pero ni la referencia a los negocios ni el magnífico cumplido que le dirigió lograron convencer a Catherine de que era el trabajo lo que prolongaba la vigilia del general aquella noche. No era creíble que unos estúpidos folletos lo obligaran a permanecer en vela luego de que todos en la casa se hubieran acostado. Sin duda, había otro motivo más serio. Tal vez, la obligación de ejecutar alguna acción que no podía llevarse a cabo más que cuando la familia dormía para asegurarse de que nadie se enterara. De pronto, a Catherine se le ocurrió la idea de que la señora Tilney todavía estaba viva. Sí, vivía, y por motivos desconocidos la mantenían encerrada. Sin duda, las crueles manos de su marido debían de llevarle cada noche el sustento necesario para prolongar su existencia. Por impactante que fuese la idea, a la muchacha se le antojaba más aceptable que la de una muerte prematura. Por lo menos admitía la esperanza y la posibilidad de una liberación. Aquella repentina y supuesta enfermedad en ausencia de los hijos de la infortunada mujer tal vez hubiese facilitado el cautiverio de esta. En cuanto a la causa y el origen, quedaban por averiguar. Quizás el motivo fuesen los celos o un sentimiento de crueldad deliberada.

Mientras Catherine le daba vuelta a esas ideas al tiempo que se desvestía, de pronto se le ocurrió que quizás aquella misma mañana hubiese pasado junto al sitio en que se encontraba confinada la desafortunada mujer. Tal vez por un instante se halló a poca distancia de la celda donde languidecía. ¿Qué otro lugar de la abadía podía ser más adecuado que aquel que todavía tenía rastros de los monjes para llevar a cabo tan nefasto proyecto? Recordó las misteriosas puertas que había visto en el pasillo y recordó también que el general no había querido explicar su finalidad. ¿Sabía alguien adónde conducían? Asimismo, se le ocurrió, en apoyo a la posibilidad de semejante conjetura, que la galería donde estaban situadas las habitaciones de la desdichada señora Tilney debían de estar —si no le fallaba la memoria— justamente encima de las viejas celdas. Y, si la escalera que había junto a dichas habitaciones se comunicaba con las celdas de alguna manera secreta, era evidente que esto habría favorecido los bárbaros procedimientos de su marido. Por aquella misma escalera quizás hubiese sido conducida la víctima en un estado de premeditada insensibilidad.

Catherine se asustaba a veces de la osadía de sus conjeturas, en tanto que otras esperaba o deseaba haber llegado demasiado lejos con ellas; pero las apariencias favorecían de tal modo sus suposiciones, que le resultaba imposible desecharlas.

Como el ala donde se suponía que estaba encerrada la señora Tilney se hallaba enfrente de la galería, junto a su propio cuarto, pensó que si ella extremaba su vigilancia, tal vez consiguiese ver a través de las ventanas algún rayo de luz de la lámpara que seguramente llevaría el general cuando visitaba la prisión de su esposa. Animada por tal idea, Catherine salió dos veces de su habitación y se asomó a la ventana de la galería. No vio nada. Las ventanas permanecían a oscuras. Resultaba evidente que todavía era temprano. Varios sonidos apagados le hicieron suponer que la servidumbre aún debía estar despierta. Supuso que sería en vano mirar antes de la medianoche, pero, en cuanto dieran las doce y todo estuviera en silencio, ella, si no la horrorizaba del todo la total oscuridad, ocuparía otra vez aquel puesto de observación. Sin embargo, cuando en el reloj dio las doce campanadas, Catherine llevaba media hora dormida.

Capítulo XXIV

El día siguiente no presentó ocasión de realizar la proyectada visita a aquellas misteriosas habitaciones. Era domingo y el tiempo libre que quedaba por fuera de los oficios religiosos se destinaba a hacer ejercicio en el exterior o a comer fiambres dentro de la casa. Y por grande que fuera la curiosidad que Catherine experimentaba, su coraje no llegaba al extremo de inspeccionar sitios tan tétricos después de la cena, a la luz tenue del cielo entre las seis y las siete de la tarde ni a los más fuertes, pero también más traicioneros, rayos de una lámpara. Por lo tanto, aquel día no hubo detalle alguno de interés que señalar, aparte de la contemplación del elegante monumento elevado a la memoria de la señora Tilney, situado justamente enfrente del banco que la familia ocupaba durante los oficios. La mirada de Catherine fue instantáneamente atrapada y retenida durante mucho tiempo por la lápida en que había sido grabado un extenso y laudatorio epitafio en honor de la pobre mujer. La lectura de las virtudes atribuidas a la difunta por un marido desconsolado, que, de una manera u otra, había contribuido a su destrucción, la afectó hasta las lágrimas.

Quizá no debería resultar extraño que el general, luego de erigir aquel monumento, pudiera enfrentarlo, pero a Catherine le pareció asombroso que le fuera posible mantener su actitud autoritaria y su elevado aire frente a tal recuerdo. Cierto es que podía aducirse, a modo de explicación, el caso de muchos seres endurecidos por la iniquidad. Catherine recordaba haber leído acerca de docenas de ellos que habían perseverado en el vicio, pasando de un crimen a otro, asesinando a quien se les antojaba, sin ningún tipo de remordimiento, hasta que una muerte violenta o una reclusión religiosa ponía fin a su negra carrera. Por lo demás, el hecho de que le hubiera erigido un monumento de ninguna manera disipaba las dudas que ella tenía sobre la pretendida muerte de la señora Tilney. ¿Y si bajara a la bóveda familiar donde se suponía que descansaban las cenizas o pudiera ver el mismo ataúd? Tampoco serviría. Catherine había leído demasiado y conocía la facilidad con que una figura de cera puede ser introducida en un féretro y la apariencia de realidad que puede ofrecer un entierro simulado.

La mañana siguiente prometía algo mejor. La caminata temprana del general, tan inoportuna desde cierta perspectiva, favorecía, sin embargo, los planes de Catherine, quien una vez que se hubo cerciorado de la ausencia del dueño de la casa, le recordó a la señorita Tilney el cumplimiento de su promesa. Eleanor se mostró dispuesta a complacerla y, tras recordarle su amiga que además le había hecho otro ofrecimiento, se dispuso a enseñarle, en primer lugar, el retrato de su madre que guardaba en el dormitorio. El cuadro mostraba una mujer bellísima, de semblante apacible y pensativo, y justificó en parte la curiosidad y expectativas de Catherine. Esta, sin embargo, se sintió un tanto defraudada, ya que había dado por seguro que las facciones, el cabello y el cutis de la difunta serían similares sino a los de Henry, a los de Eleanor. Todos los retratos que había visto descritos en las novelas señalaban una semejanza notable entre las madres y los hijos. Una vez hecho el retrato, el mismo rostro continuaba repitiéndose de generación en generación. En este, en cambio, no había posibilidad de hallar parecido alguno con el resto de la familia. Pese a eso, ella lo contempló con profunda emoción y no se habría marchado de allí de no ser porque un interés más fuerte la reclamaba.

La agitación que experimentó cuando entraron en la galería fue demasiado intensa como para poder hablar. Solo podía mirar a su amiga. El rostro de Eleanor mostraba a la vez agotamiento y sosiego, lo que demostraba que estaba acostumbrada a contemplar los sombríos objetos que iban a buscar. Una vez más, la señorita Tilney traspuso la puerta, una vez más sus manos se posaron sobre aquella importante cerradura. Catherine, conteniendo la respiración, se dio vuelta para cerrar la puerta cuando, por el extremo opuesto de la galería, vio aparecer la temida figura del general. Casi al mismo tiempo su voz emitió un "Eleanor" que resonó en todo el edificio. Fue la primera señal que la hija tenía de la presencia de su padre y el terror de Catherine aumentó. El primer e instintivo impulso de esta fue ocultarse, pero era absurdo suponer que había escapado a su mirada. Así, cuando su amiga con ojos de disculpa se apuró a ir al encuentro de su padre, Catherine echó a correr hacia su habitación y, una vez en ella, se preguntó si llegaría a encontrar el coraje suficiente como para volver a bajar. Presa de una terrible agitación, permaneció encerrada por lo menos una hora, compadeciéndose de su amiga y segura de que de un momento a otro recibiría una citación del general obligándola a comparecer ante él en su apartamento. Sin embargo, no llegó ninguna citación y al cabo de la hora, luego de advertir que un coche se acercaba a la casa, resolvió bajar y reunirse con él, bajo la protección de los visitantes. La sala de desayuno estaba muy concurrida y el general se apresuró a presentar a Catherine a sus amistades como amiga de su hija, en un estilo tan elogioso y disimulando con tal perfección su supuesto enojo, que la muchacha se sintió libre por el momento de todo peligro. Eleanor, con un dominio de su semblante que revelaba lo mucho que le preocupaba el buen nombre de su padre, aprovechó la primera ocasión para disculpar la interrupción de que habían sido objeto, diciéndole:

—Mi padre solo quería que contestara una nota.

Catherine deseó con todas sus fuerzas que su presencia en la galería hubiese pasado inadvertida para el general o que este quisiera, por algún motivo oculto, que ella lo pensase. Confiando en ello, halló coraje para quedarse en la habitación luego de que las visitas se hubiesen marchado y no ocurrió nada que la hiciera arrepentirse de ello.

En el transcurso de las reflexiones de esa mañana, decidió hacer sola el próximo intento en la puerta prohibida. Sería mejor, en todos los sentidos, que Eleanor no se enterara del asunto. No sería digno de una buena amiga exponer a la hija del general al peligro de una segunda detección u obligarla a visitar una estancia que debía retorcerle el corazón. La mayor de las iras del general no podía, al fin y al cabo, afectarla a ella de la misma forma que a su hija. Pensó, además, que la inspección misma sería más satisfactoria si la llevara a cabo sin testigos, ya que le resultaba imposible explicarle a Eleanor cuáles eran sus sospechas. Por lo visto, esta última ignoraba la existencia de estas y Catherine no podía buscar delante de ella las pruebas de la crueldad del general que, si hasta entonces no habían sido descubiertas, no tardarían en salir a la luz. Posiblemente, tales pruebas consistieran en fragmentos de un diario, confidente hasta el último suspiro de las impresiones de la desdichada víctima. De camino a la habitación de la señora Tilney, se sentía en completo dominio y, como deseaba visitarla antes de que Henry regresase al día siguiente, no había tiempo que perder. El día era brillante, ella se sentía llena de valor y bastaría con que se retirase, con la excusa de cambiarse de ropa, media hora antes de lo habitual.

Así lo hizo y, finalmente, se halló sola en la galería antes de que hubieran acabado de dar la hora los relojes. No había tiempo que perder. A toda prisa, haciendo el menor ruido posible y sin detenerse para mirar o respirar siquiera, se halló ante la puerta que buscaba. Por suerte, la cerradura cedió sin hacer ningún sonido alarmante. Entro a la habitación en puntas de pie, pero pasaron algunos minutos antes de que lograra continuar su inspección. Algo la obligó a detenerse, fija la mirada. Vio una estancia grande y bien proporcionada, una bella cama dispuesta con cuidado en medio de la penumbra, una estufa brillante de baño, guardarropas de caoba y sillas bellamente pintadas sobre las que caían los rayos del sol poniente, que se filtraban alegremente por dos ventanas. Catherine había esperado que, al entrar en aquel sitio, experimentaría una intensa emoción y, efectivamente, eso fue lo que sucedió. Primero la sorpresa y después la duda embargaron su espíritu. A esas sensaciones siguió un rayo de sentido común que le provocó un amargo sentimiento de vergüenza. No se había equivocado respecto de la habitación, pero sí había errado tremendamente en lo que de ella había supuesto y las palabras de la señorita Tilney la habían inducido a imaginar. Aquella estancia, a la que había imaginado antigua y dotada de un significado tan espantoso, no era más que un dormitorio moderno y pertenecía al ala del edificio que había mandado a reedificar el padre del general. En su interior había dos puertas, las cuales, probablemente condujeran a los vestidores, pero Catherine no sintió deseos de abrirlas. ¿Acaso guardaban el velo con el que la señora Tilney había caminado por última vez, el libro cuyas páginas había leído antes de que llegase el final, mudos testigos de lo que nadie se atrevía a revelar? Por cierto que no. Fueran cuales fueran los crímenes del general, era demasiado astuto como para permitirse el menor descuido que pudiera delatarlo. Catherine estaba harta de explorar y todo cuanto deseaba era encontrarse a salvo en su cuarto y ocultar que había cometido un error. Estaba a punto de retirarse con la misma cautela con la que había entrado, cuando el sonido de unos pasos, que ni siquiera podía decir de dónde provenían, la obligó a detenerse, temblorosa. Pensó que sería en extremo desagradable dejarse sorprender por alguien, aunque fuese un criado, en aquel sitio y, si ese alguien era el general —que solía presentarse en los momentos más inoportunos—, tanto peor. Aguzó el oído; el ruido había cesado y Catherine aprovechó para abandonar a toda prisa la habitación cerrando la puerta tras de sí. En aquel momento escuchó una puerta que se abría en el piso inferior y que alguien subía con rapidez las escaleras. No tenía fuerzas para moverse. Con un sentimiento de temor incontrolable miró hacia la escalera y, unos momentos después, Henry apareció ante sus ojos.

—¡Señor Tilney! —exclamó ella con tono de asombro. Él la miró sorprendido y ella prosiguió sin atender a lo que su amigo intentaba decirle.

—¡Por Dios Santo! ¿Cómo ha llegado hasta aquí? ¿Por qué ha subido por esas escaleras?

—¿Que por qué he subido por esas escaleras? —contestó Henry, cada vez más azorado—. Pues porque es el camino más corto desde el patio del establo hasta mi habitación. Además, ¿por qué no habría de hacerlo?

Catherine se tranquilizó y, sonrojándose, no supo qué contestar. Él la miraba fijamente y parecía buscar en el rostro de la muchacha la explicación que sus labios no podían dar.

Catherine se encaminó hacia la galería.

—Y... ¿me permite que yo le pregunté qué hacía usted aquí? —continuó Henry—. Es tan extraño escoger este pasillo para ir desde la sala de desayuno a su habitación como puede ser subir por esa escalera para ir desde establo a mis aposentos.

—He venido —explicó Catherine mirando hacia abajo— a echar un vistazo al dormitorio de su madre.

—¡El dormitorio de mi madre! Pero, ¿hay algo de extraordinario que ver allí?

—No, nada en absoluto. Pensé que usted no regresaba hasta mañana.

—Así lo supuse cuando me marché, pero hace tres horas tuve el placer de no encontrar nada que me detuviera. Está pálida. Temo haberla alarmado corriendo tan rápido por las escaleras. Sin duda usted no sabía que esto comunicaba con las dependencias.

—No, no lo sabía. Ha elegido un hermoso día para regresar.

—Sí, mucho; pero, ¿Eleonor la deja para que encuentre sola el camino a todas las habitaciones de la casa?

—No, no, ella me mostró la mayor parte el sábado pasado y estábamos viniendo hacia aquí cuando apareció su padre.

—¿Y eso se los impidió? —preguntó Henry mirándola seriamente—. ¿Ha visto todas las habitaciones de ese pasillo?

—No... Solo quería ver... Pero... debe ser muy tarde, ¿verdad? Debo ir a vestirme.

—Son solo las cuatro y cuarto —dijo él enseñando su reloj— y no está usted en Bath. Aquí no necesita prepararse para ir al teatro o al salón. En Northanger puede arreglarse en media hora.

Ella no pudo contradecirlo y hubo de resignarse a detener su marcha, aunque el miedo a que Henry hiciera nuevas preguntas hizo que, por primera vez desde que se conocieron, deseara dejarlo. Comenzaron a caminar lentamente por la galería.

—¿Ha recibido alguna carta de Bath desde mi partida? —preguntó el joven.

—No y la verdad es que estoy sorprendida. ¡Isabella me prometió fielmente que lo haría de inmediato!

—¿Que se lo prometió fielmente? ¿Una promesa fiel? Eso me desconcierta. He oído hablar de un rendimiento fiel, pero ¿una promesa? ¿Fidelidad en el prometer? De todas maneras, no vale la pena que lo averigüemos, ya que tal promesa no ha hecho más que desilusionarla y causarle dolor. La habitación de mi madre es muy cómoda, ¿verdad? Amplia, de aspecto alegre y con los vestidores bien dispuestos. Siempre me ha parecido que es el mejor aposento de la casa y me asombra que Eleanor no lo aproveche para su uso. Supongo que ella la envió a mirarlo.

—No.

—¿Ha venido usted por propia iniciativa, entonces?

Catherine no contestó y, luego de un breve silencio durante el cual Henry la observó con atención, él añadió:

—Como no hay nada en esos aposentos capaz de despertar su curiosidad, supongo que la visita ha procedido de un sentimiento de respeto provocado por el carácter de mi madre, y que, descrito por Eleanor, no lo dudo, hará honor a su memoria. Creo que el mundo nunca una mujer más virtuosa, pero no es frecuente que la virtud logre despertar un interés tan profundo como el que parece haber despertado en usted. Los méritos sencillos y puramente domésticos de una persona a la que nunca se ha visto no suelen crear una ternura tan ferviente y venerable como la que es evidente que la ha impulsado a usted a hacer lo que ha hecho. Supongo que Eleanor le ha hablado mucho de ella.

—Sí, mucho. Es decir, no mucho, pero lo que dijo fue muy interesante. Su muerte tan repentina —estas palabras fueron pronunciadas con mucha lentitud y titubeos—, su ausencia y la de todos en aquellos momentos. El hecho de que su padre, según creí deducir, no era demasiado afecto a ella.

—Y a partir de esas circunstancias —contestó él mirándola a los ojos— usted ha inferido que quizás hubiese existido algún tipo de negligencia.

Catherine sacudió instintivamente la cabeza.

—O tal vez algo aún más imperdonable.

La muchacha levantó los ojos hacia Henry y lo miró como nunca había mirado a nadie.

—La enfermedad de mi madre —prosiguió él— la convulsión que terminó con su vida fue efectivamente repentina. La enfermedad en sí, una fiebre biliosa, hacía tiempo que había hecho presa en ella. Al tercer día, y tan pronto como se la pudo convencer de la necesidad de ponerse en manos de un médico, fue asistida por uno muy respetable y en quien ella siempre había depositado mucha confianza. Al advertir este la gravedad de mi madre, llamó a consulta para el día siguiente a otros dos doctores, y los tres permanecieron atendiéndola sin descanso casi veinticuatro horas. Al quinto día, murió. Durante el progreso de la enfermedad, Frederick y yo, que estábamos en la casa, la vimos repetidas veces y fuimos testigos de que recibió toda la atención posible de parte de quienes la rodeaban y querían, así como también de que se le dieron todas las comodidades que su posición social le permitía. La pobre Eleanor estaba ausente y a tal distancia que no tuvo tiempo de ver a su madre más que en el ataúd.

—Pero ¿y su padre? —preguntó Catherine—. ¿Estaba afligido?

—Durante un tiempo, mucho. Usted se equivoca al suponer que no amaba a mi madre. Estoy convencido de que le profesaba todo el amor de que es capaz su corazón. No todos, sabe, tenemos la misma ternura de sentimientos, y no he de negar que durante su vida ella tuvo mucho que soportar pero, aunque el carácter de mi padre fue en no pocas ocasiones causa de sufrimiento para ella, nunca la ofendió ni la molestó intencionalmente. La admiraba de verdad y, si bien es cierto que el dolor que le produjo su muerte no fue permanente, quedó afligido por su pérdida.

—Me alegro mucho —dijo Catherine—. Habría sido muy impactante que...

—Si es que estoy entendiendo bien, usted había supuesto algo tan extraño y horrendo que casi no encuentro palabras para expresarlo. Querida señorita Morland, considere la naturaleza de las sospechas que ha estado abrigando. ¿Cuáles serían sus fundamentos? Piense en qué país y en qué tiempo vivimos. Recuerde que somos ingleses y cristianos. Recapacite sobre lo que ocurre en torno a nosotros. ¿Nuestra educación nos prepara para cometer atrocidades? ¿Nuestras leyes lo permiten? ¿Podrían perpetrarse sin ser conocidas en un país como este, en el que es tan general el intercambio social y literario, en el que todos estamos rodeados por espías voluntarios y donde los periódicos dejan todo expuesto a la luz del día? Querida señorita Morland, ¿qué ideas ha estado alimentando?

Habían llegado al final de la galería, y Catherine, con lágrimas de vergüenza, echó a correr hacia su cuarto.

Capítulo XXV

Las ilusiones de romance se habían esfumado. Catherine estaba totalmente despierta. Las palabras de Henry le habían abierto los ojos, haciéndole comprender lo absurdo de sus fantasías. Se sentía muy humillada. Lloró con amargura. No solo había perdido su propia estima, sino también la de Henry. Su locura, que ahora incluso le parecía criminal, había quedado al descubierto. Él debía despreciarla. La libertad con que su imaginación se había atrevido a tomar el buen nombre de su padre, ¿podría perdonarla alguna vez? ¿Olvidaría en algún momento su curiosidad absurda y sus temores? Se odiaba a sí misma más de lo que podía expresar. Henry le había mostrado, o al menos así le había parecido, cierto afecto antes de lo ocurrido aquella mañana fatal, pero ahora ya... Catherine se dedicó durante media hora a atormentarse de todas las formas posibles y, cuando el reloj dio las cinco, bajó con el corazón roto y apenas logró dar respuestas inteligibles a las preguntas que le hizo Eleonor sobre su salud. Henry apareció poco después y la única diferencia que la muchacha pudo notar en su conducta fue que se mostró más pródigo en atenciones para con ella. Nunca se había encontrado tan necesitada de consuelo y, por suerte, Henry se había dado cuenta de ello.

La velada transcurrió sin que esa suave cortesía desapareciera y hacia el final Catherine pudo disfrutar gradualmente de una modesta felicidad. Desde luego, no podía olvidar lo pasado, pero empezó a tener esperanzas de que, puesto que aparte de Henry nadie se había enterado de lo ocurrido, él quizá se decidiera a seguir con sus demostraciones de afecto. Sus pensamientos todavía estaban anclados en el infundado temor que había experimentado. Tal vez, cuando lograra recobrar la serenidad, su espíritu comprendiese que todo ello era resultado de un delirio voluntario y fomentado por circunstancias de por sí insignificantes, pero ante las cuales, su imaginación predispuesta al miedo, había exagerado. Su mente había echado mano de todo cuanto la rodeaba para infundir las sensaciones de temor que deseaba experimentar, incluso, antes de entrar en la abadía. Recordó con qué sentimientos se había preparado para conocer Northanger. Mucho antes de salir de Bath, se había dejado dominar por la influencia que en su espíritu habían ejercido ciertas lecturas románticas, de las que tanto gustaba, y todo lo ocurrido podía seguramente atribuirse a ello.

Por encantadoras que fueran todas las obras de la señora Radcliffe y las de sus imitadores, justo era reconocer que en ellos no se hallaban personajes como los que abundaban en las regiones del centro de Inglaterra. Quizá fueran fiel reflejo de la vida en los Alpes y los Pirineos, con sus bosques de pinos y sus vicios; quizá revelaran los horrores de Italia, Suiza y el sur de Francia. Catherine no se atrevía a dudar de la veracidad de la autora más allá de lo que a su propio país se refería y, si la hubieran apurado, ni siquiera habría salvado a las regiones del Norte y del Oeste. Pero en el centro de Inglaterra no podía suponerse que, dadas las costumbres del país y de la época, la vida de una esposa no estuviera garantizada, aunque su marido no la amase. El asesinato no era tolerado ni los criados eran esclavos ni podía uno procurarse de un farmacéutico el veneno para matar a alguien, ya que ni siquiera era sencillo obtener una simple adormidera como el ruibarbo. En los Alpes y los Pirineos posiblemente no existieran personajes mixtos. Los que no eran inmaculados como un ángel podían tener la disposición de un demonio. Pero en Inglaterra no sucedía nada de eso. Entre los ingleses, creía ella, se observaba, tanto en sus corazones como en sus hábitos, una mezcla desigual de lo bueno y lo malo. Apoyándose en tales convicciones, se dijo que no le sorprendería si, al cabo de un tiempo, el carácter de Henry y Eleanor Tilney daba muestras de alguna imperfección, y así terminó por persuadirse de que no debía preocuparle el haber visto algunas imperfecciones reales en el carácter de su padre pues, si bien quedaba libre de las sospechas tremendamente dañinas que ella siempre se avergonzaría de haber abrigado hacia él, no era un hombre que, después de una seria consideración, pudiera tomarse como ejemplo de caballerosa amabilidad.

Una vez serena acerca de esos puntos, y firmemente resuelta a juzgar y obrar de allí en adelante con el mayor sentido común, no le quedó más que perdonarse a sí misma por sus errores pasados y dedicarse a ser por completo feliz. Por otra parte, la indulgente mano del tiempo la ayudó en gran medida, llevándola poco a poco a nuevas evoluciones en el curso de otro día. La asombrosa generosidad y nobleza de la conducta de Henry, que se abstuvo de mencionar lo ocurrido, fue de una ayuda invalorable y mucho antes de lo que podía haber supuesto, recuperó una tranquilidad absoluta que le permitió volver a disfrutar de la grata conversación de su amigo. Todavía quedaban algunas imágenes que la hacían temblar, como la mención del gabinete, pero pudo empezar a permitirse que el recuerdo de una locura pasada, aunque no exento de dolor, le resultara de utilidad.

Bien pronto, las preocupaciones de la cotidianeidad sustituyeron a las ansias de aventura. También se incrementaron sus deseos de tener noticias de Isabella. Estaba impaciente por saber qué ocurría en Bath y si los salones estaban concurridos y, sobre todo, se encontraba especialmente ansiosa por saber si continuaba la relación de la señorita Thorpe con su hermano. Catherine no tenía otro medio de información que la propia Isabella, pues James le había advertido que no la escribiría hasta regresar a Oxford y la señora Allen le había ofrecido hacerlo luego de volver a Fullerton. Isabella, en cambio, había prometido varias veces escribirle y su amiga, por lo general, era tan escrupulosa en cumplir con sus promesas, que aquel silencio le resultaba muy extraño.

Durante nueve mañanas consecutivas Catherine se maravilló de la repetición de una decepción que cada día parecía más severa. Pero al décimo día, y en el momento de entrar en el desayunador, lo primero que vio fue una carta que Henry se apuró a entregarle. Ella le agradeció con tanto entusiasmo y gratitud como si hubiese sido él quien la había escrito.

—Es de James —dijo Catherine mientras la abría. La carta procedía de Oxford y su contenido era el siguiente:

"Querida Catherine:

Aunque solo Dios sabe de mi poca inclinación a la escritura, creo que es mi deber decirte que todo ha terminado entre la señorita Thorpe y yo. Ayer la dejé a ella y a Bath, y estoy decidido a no regresar a ninguno de los dos. Prefiero no entrar en detalles que solo servirían para apenarte. Antes de que transcurra mucho tiempo sabrás, por otros, a quién puedes hacer responsable de lo sucedido y espero absuelvas a tu hermano que no ha cometido otro delito más que creer que su amor era correspondido. Gracias a Dios, me he desengañado a tiempo, pero es un golpe duro. Una vez obtenido el consentimiento de mi padre... Pero no quiero hablar más de eso. Ella me ha hecho miserable para siempre. No me prives de tus noticias, mi querida Catherine, eres la única amiga en cuyo cariño puedo confiar. Espero que tu estadía en Northanger concluya antes de que el capitán Tilney notifique de forma oficial su compromiso, pues tu situación en tal caso sería muy desagradable. El pobre Thorpe está en Londres. Temo verlo. Su honesto corazón sufrirá mucho con lo ocurrido. Le he escrito, así como a mi padre. Lo que más me duele es la doble cara, la falsedad de que ella ha dado pruebas hasta el último momento. Me aseguró que me quería y se rio de mis temores. Me avergüenza haber sido tan débil, pero si alguna vez un hombre tuvo razones para sentirse amado, yo era ese hombre. Hoy mismo no llego a comprender por qué hizo lo que hizo. Para asegurarse el cariño de Tilney no era preciso jugar con el mío. Nos separamos al fin por mutuo consentimiento. Ojalá jamás la hubiese conocido. ¡No puedo esperar conocer otra mujer así! Querida Catherine, ten cuidado en cómo ofreces tu corazón.

Tuyo siempre...".

Catherine no había leído más de tres líneas cuando su cambio semblante, y las exclamaciones de asombro y pesar que dejó escapar revelaron a quienes la rodeaban que estaba recibiendo noticias desagradables. Henry, que la observó seriamente durante la lectura de toda la carta, advirtió que el final de la misma le producía una impresión aún más triste. La entrada de su padre, sin embargo, le impidió al joven demostrar su preocupación. Todos fueron a desayunar, pero a Catherine le resultaba por completo imposible probar bocado. Las lágrimas llenaban sus ojos e incluso corrían por sus mejillas mientras estaba sentada. Tan pronto dejaba la carta sobre su falda como la escondía en su bolsillo. En verdad, no se daba cuenta de lo que hacía. Por suerte, el general entre su cacao y su periódico no tenía tiempo para observarla; pero para los dos hermanos la angustia era visible. En cuanto Catherine se atrevió a levantarse de la mesa, corrió hacia su habitación, pero las criadas estaban arreglándola, por lo que no tuvo más remedio que bajar otra vez. Entró, buscando soledad, en el salón y halló en él a Henry y Eleanor, que se habían refugiado allí para hablar a solas con ella. Al verlos, Catherine retrocedió, excusándose, pero los dos hermanos la obligaron con cariñosa insistencia a que volviera y se fueron, luego de que Eleanor le expresara su deseo de serle útil o reconfortarla.

Tras entregarse de lleno durante media hora al dolor y a la reflexión, Catherine se sintió lo bastante animada como para ver otra vez a sus amigos. No sabía si confiarles los motivos de su angustia y decidió, al fin, que si le hacían alguna pregunta les dejaría entrever, por medio de una leve indirecta, lo ocurrido, pero no más. Pero exponer la conducta de una amiga como Isabella a personas cuyo hermano había mediado en el delicado asunto le resultaba por demás desagradable. Pensó que quizá lo más prudente era eludir toda explicación. Henry y Eleanor estaban solos en la sala de desayuno cuando Catherine entró, y ambos la miraron atentamente mientras se sentaba a la mesa. Luego de un breve silencio, Eleanor dijo:

—No habrá malas noticias de Fullerton, espero. ¿Algún miembro de su familia está enfermo?

—No, gracias —contestó Catherine, suspirando mientras hablaba—. Están todos muy bien. Es una carta mi hermano, desde Oxford.

Reinó el silencio durante unos minutos. Después, la muchacha, a través de las lágrimas, agregó:

—No creo que vuelva a desear recibir una carta.

—Lo lamento —dijo Henry al tiempo que cerraba el libro que acababa de abrir—. Si yo hubiese sospechado que esa carta podía tener alguna noticia desagradable, se la hubiera entregado con sentimientos muy distintos a los que tuve cuando se la di.

—Contenía algo peor de lo que cualquiera podría suponer. El pobre James es muy desgraciado y pronto conocerán ustedes el motivo.

—Tener una hermana tan bondadosa y cariñosa debe serle un consuelo en cualquier tipo de angustia —dijo cálidamente Henry.

—Tengo que suplicarles un favor —solicitó poco después Catherine, evidentemente turbada—. Les ruego que me avisen si su hermano piensa venir, para que yo pueda irme antes de su llegada.

—¿Nuestro hermano Frederick?

—Sí. Lamentaría muchísimo tener que marcharme, pero ha sucedido algo que me imposibilitaría permanecer siquiera un momento bajo el mismo techo que el capitán Tilney.

Eleanor, cada vez más sorprendida, suspendió su labor para mirar a su amiga con creciente asombro; en cambio, a partir de aquel momento, Henry empezó a sospechar la verdad y de sus labios escaparon unas palabras entre las que se incluía el nombre de la señorita Thorpe.

—¡Qué perspicaz es usted! —exclamó Catherine—. Lo ha adivinado, se lo aseguro. Y, sin embargo, cuando hablamos de ello en Bath estaba usted muy lejos de pensar que esto acabaría de esta manera. Ahora entiendo por qué Isabella no me escribía. Ha rechazado a mi hermano y piensa casarse con el capitán. ¿Será posible tanta inconstancia, tanta veleidad y tanta maldad?

—Espero que, en lo que concierne a mi hermano, esté usted mal informada. Sentiría que hubiera sido responsable del desengaño que sufre el señor Morland. Por lo demás, no veo probabilidades de que se case con la señorita Thorpe. Lamento lo ocurrido con el señor Morland, siento que una persona tan allegada a usted tenga que pasar por semejante trance pero, insisto, mi sorpresa sería mayúscula si Frederick se casara con ella.

—Pues, pese a todo, es verdad. Lea usted la carta de James y lo comprobará. Pero, no, espere... —Catherine se sonrojó al recordar lo que su hermano le decía en la última línea de su carta.

—¿Quiere tomarse la molestia de leernos los párrafos que se refieren a mi hermano?

—No, no. Léala usted mismo —insistió Catherine, cuyos pensamientos estaban cada vez más claros y se ruborizada solo de pensar que momentos antes se había ruborizado—. Es que James quiere aconsejarme...

Henry tomó la carta con mucho gusto y, luego de leerla con suma atención, se la devolvió, diciendo:

—Tiene usted razón. Y créame que me apena. Claro que Frederick no será el primer hombre que, a la hora de elegir esposa, muestre menos sentido común de lo que su familia desearía. Por mi parte, no envidio su situación, ni en calidad de hijo ni de marido.

La señorita Tilney, por invitación de Catherine, también leyó la carta y, tras expresar su preocupación y sorpresa, se dispuso a indagar sobre la fortuna y las relaciones de familia de la señorita Thorpe.

—Su madre es una muy buena mujer —respondió Catherine.

—¿Su padre qué era?

—Abogado, creo. Viven en Pultney.

—¿Son una familia adinerada?

—No, no mucho. No creo que Isabella tenga fortuna alguna. Pero eso, tratándose de una familia como la de ustedes, no tiene importancia. ¡Su padre es tan liberal! El otro día me aseguraba que solo valoraba el dinero porque con él podía lograr la felicidad de sus hijos.

Los hermanos se miraron.

—Pero —preguntó Eleanor después de una breve pausa—, ¿cree usted que sería asegurar la felicidad de Frederick permitir que contrajese matrimonio con esa chica? Ella debe ser una mujer sin principios o no se habría comportado con su hermano como lo ha hecho. ¡Y qué extraño enamoramiento por parte de Frederick! ¡Comprometerse con una chica que está violando un compromiso adquirido voluntariamente con otro hombre! ¿No es inconcebible, Henry? ¡Frederick, que siempre llevaba con tanto orgullo los asuntos del corazón! ¿Acaso no encontró ninguna otra mujer lo suficientemente digna como para ser amada?

—En verdad, las circunstancias que rodean este asunto no le hacen un gran favor y contrastan con ciertas declaraciones suyas. Debo confesar que no lo entiendo. Por otra parte, tengo la suficiente confianza en la prudencia de la señorita Thorpe como para considerarla capaz de separarse de un caballero antes de que otro estuviese asegurado. Me parece que Frederick no tiene remedio. No hay salvación posible para él. Y tú, Eleanor, prepárate a recibir a una cuñada de tu gusto. Una cuñada sincera, cándida, inocente, con afectos fuertes pero sencillos, libre de pretensiones y de disimulo.

—Me encantaría tener una cuñada así, Henry —repuso Eleanor con una sonrisa.

—Tal vez con la familia de ustedes no se comporte mal como con la nuestra —dijo Catherine—. Ahora que ella tiene al hombre que realmente le gusta, quizá sepa ser constante.

—Ese es, justamente, mi temor —observó Henry—. Me temo que en el caso de mi hermano será muy constante hasta que aparezcan las atenciones de un barón. Es la única oportunidad de Frederick. Conseguiré el periódico de Bath y revisaré las llegadas.

—¿Cree, entonces, que todo es cuestión de ambición? Le doy mi palabra de que hay cosas que así lo hacen parecer. No puedo olvidar, por ejemplo, que Isabella no supo disimular su contrariedad cuando se enteró de lo que mi padre estaba dispuesto a hacer por ella y por mi hermano. Por lo visto, esperaba mucho más. Nunca antes alguien me había defraudado de tal manera.

—Entre toda la gran variedad de personas que ha conocido y estudiado, ¿verdad?

—La decepción que he sufrido y la pérdida de esta amistad son muy dolorosos para mí. En cuanto al pobre James, me temo que jamás consiga recuperarse del todo.

—Verdaderamente, en este momento su hermano es digno de nuestra compasión, pero no debemos olvidarnos de que usted padece tanto como él. Supongo que siente que al perder la amistad de Isabella pierde también la mitad de sí misma; siente en su corazón un vacío que nada podrá llenar. La sociedad debe parecerle por demás aburrida y ni se le ocurriría concurrir a una de las diversiones que compartían en Bath, pues la sola idea de estar allí sin ella le resulta abominable. Por ejemplo, ahora no iría a un baile por nada del mundo. Desconfía de volver a encontrar una amiga con la que hablar sin reservas, y en cuyos consejos usted pudiera apoyarse en caso de dificultad. Siente todo eso, ¿verdad?

—No —dijo Catherine después de unos momentos de reflexión—. No siento nada de eso. ¿Debería? A decir verdad, aunque me apena la idea de que ya no podré sentir cariño por Isabella ni saber de ella ni volver, tal vez, a verla, no estoy tan afligida como creía.

—Ahora, y en toda ocasión, usted siente aquello que más honra a la naturaleza humana. Tales sentimientos deberían ser analizados a fin de comprenderlos mejor.

Catherine encontró tanto consuelo en esta conversación, que no pudo lamentar haberse dejado arrastrar, sin saber cómo, a hablar de las circunstancias que habían provocado su tristeza.

Capítulo XVI

A partir de ese momento, el tema fue abordado con frecuencia por los tres amigos y Catherine descubrió, con cierta sorpresa, que ambos hermanos estaban perfectamente de acuerdo en considerar que la falta de posición y de fortuna de Isabella dificultaría, sin duda alguna, que se casase con el capitán. Este hecho la obligó a reflexionar, un tanto alarmada, sobre su propia situación, puesto que ambos hermanos consideraban que su modesta posición sería, más allá de otras consideraciones que pudieran hacerse sobre su carácter, motivo de oposición por parte del general. Después de todo, ella era tan insignificante y se hallaba tan carente de fortuna como Isabella, y si el heredero de la casa Tilney no contaba con suficiente riqueza, ¿qué esperar de su hermano menor? Las dolorosas reflexiones a las que conducían tales pensamientos desaparecían cuando recordaba la evidente parcialidad que desde el primer momento el general había mostrado hacia ella. También la animaba el recuerdo de sus generosas manifestaciones cada vez que hablaban de asuntos de dinero y, al final, estuvo tentada de creer que tal vez sus hijos estuvieran equivocados.

Sin embargo, estaban tan completamente convencidos de que el capitán no tendría valor para solicitar en persona el consentimiento paterno, que terminaron por persuadir a Catherine de que Frederick jamás había estado tan lejos de presentarse en Northanger como en aquellos momentos y que, por lo tanto, no era necesario que ella se marchase. Pero, como no era de suponer que el capitán Tilney, al hablar con su padre de la posible boda presentara a Isabella tal y como era, la joven pensó que sería conveniente que Henry le anticipase una idea exacta de la forma de ser de la novia, de manera que le fuera posible formarse una opinión fría e imparcial y pudiera preparar sus objeciones en base a motivos que no fueran la desigualdad de posición social de los jóvenes. Así se lo propuso a Henry, quien no se mostró tan entusiasmado como ella esperaba.

—No —dijo—. Mi padre no necesita que le ayuden a tomar decisiones y no es conveniente prevenirlo contra un acto de locura sobre el cual Frederick es el único que debe dar explicaciones.

—Pero él solo contará la mitad.

—Con la cuarta parte bastará.

Pasaron uno o dos días y no llegaron noticias del capitán Tilney. Sus hermanos no sabían qué pensar. A veces les parecía que aquel silencio era resultado natural del presunto compromiso; otras, que era incompatible con la existencia del mismo. El general, por su parte, ofendido cada mañana por el hecho de que Frederick no escribiese, no estaba en verdad preocupado ni expresaba otro deseo que el de que la señorita Morland disfrutara de su estadía en Northanger. Varias veces manifestó su temor de que la monotonía de aquella vida terminara por aburrir a la joven. Se lamentó de que no se hallaran allí sus vecinas, las Fraser; habló de dar una gran fiesta o cena, y hasta llegó a calcular el número de gente joven y aficionada al baile que habría en la localidad. Pero era tan mala la época del año, sin aves silvestres, sin caza y las Fraser se encontraban fuera del país... Finalmente, decidió sorprender a Henry y le anunció que en la primera ocasión en que este se hallara en Woodston se presentarían todos a verlo y a comer en su compañía. Henry contestó que se sentiría muy honrado y dichoso, y Catherine estaba encantada con el plan.

—¿Y cuándo podré tener el gusto de recibirlos, papá? Debo estar en Woodston el lunes, para asistir a una reunión parroquial, y permaneceré allí dos o tres días.

—Bueno, bueno, nos arriesgaremos algún día de estos. No hay necesidad de fijar fecha ni es necesario que te molestes en hacer preparativos. Lo que tengas en tu casa será suficiente. Estoy seguro de que las señoritas sabrán disculpar las deficiencias propias en una mesa de soltero. Déjame ver... El lunes estarás muy ocupado, lo mejor será no ir ese día. El martes soy yo quien lo está. Espero a mi topógrafo de Brockham por la mañana, y después, por una cuestión de decencia, no puedo dejar de asistir al club, porque todos saben que hemos regresado, y mi ausencia podría malinterpretarse y causar un disgusto. Yo, señorita Morland, acostumbro a no ofender a nadie, siempre que pueda evitarlo. En esta ocasión, se trata de un grupo de hombres muy dignos a quienes regalo medio ciervo de Northanger dos veces al año, y ceno con ellos cada vez que puedo. El martes, pues, no es posible ir a Woodston, pero el miércoles quizá... Llegaremos temprano, así puedes echar un vistazo a todo. El viaje dura unas dos horas y cuarenta y cinco minutos, de manera que habrá que partir a las diez en punto. Quedamos, pues, en que el miércoles, a eso de la una menos cuarto, estaremos por allí.

La idea de asistir a un baile no habría entusiasmado tanto a Catherine como aquella pequeña excursión, tan fuerte era su deseo de conocer Woodston. Su corazón palpitaba de alegría cuando, una hora después, Henry, vestido ya para marcharse, entró en la habitación donde estaban sentadas Eleonor y ella.

—Vengo con propósitos moralizadores, jovencitas —dijo—. Quiero demostrarles que todo placer en este mundo tiene un precio y que muchas veces los compramos en condiciones desventajosas, entregando una moneda de felicidad real a cambio de un documento que no siempre será aceptado más tarde. Prueba de ello es lo que me ocurre para lograr la satisfacción, por demás problemática, de verlas el miércoles próximo en Woodston, y digo problemática porque el mal tiempo u otras veinte causas podrían impedirlo. Por lo demás, me veo obligado a irme de aquí dos días antes de lo que pensaba.

—¿Irse? —preguntó Catherine con tono de desilusión—. ¿Por qué?

—¿Que por qué? ¿Cómo puede hacerme semejante pregunta? Pues porque no tengo tiempo que perder en volver loca a mi anciana ama de llaves para que les prepare una cena digna.

—¡Oh, no está usted hablando en serio!

—Sí. Y lo lamento porque, la verdad es que preferiría quedarme.

—Pero, ¿por qué se preocupa usted, después de lo que dijo el general? ¿Acaso no le dejó en claro que no se molestara, que nos arreglaríamos con lo que hubiera en la casa?

Henry solo sonrió.

—Por lo que a mí y a su hermana respecta —prosiguió Catherine—, considero por completo innecesario que se marche. Usted lo sabe muy bien. En cuanto al general, ¿acaso no le dijo que no era necesario nada extraordinario? Y aunque no lo hubiera dicho, creo que alguien como él, que siempre tiene una cena excelente en casa, no sentirá comer medianamente bien por una vez.

—¡Ojalá sus argumentos bastaran para convencerme! ¡Adiós! Como mañana es domingo, no volveré, Eleonor.

Él se fue y, como a Catherine le resultaba más fácil dudar de su propio criterio que del de él, pronto se convenció, pese a lo desagradable que le resultaba el que se hubiese marchado, de que el muchacho obraba de forma justificada. Sin embargo, la inexplicable conducta del general ocupaba su mente. Su propia observación le había permitido descubrir que el padre de sus amigos era muy exigente en cuanto a sus comidas se refería, pero lo que no llegaba a desentrañar era el empeño que ponía en decir una cosa y sentir lo contrario. ¿Cómo era posible entender a quien actuaba de esa manera? ¿Quién sino Henry podía estar al tanto de los motivos por los que su padre era como era?

Desde el sábado hasta el miércoles estarían sin ver a Henry. Esa era la conclusión final de todas las reflexiones. Y eso no era lo peor: la carta del capitán Tilney podía llegar durante su ausencia. Además, siempre estaba latente la posibilidad y el temor de que el miércoles hiciera mal tiempo. El pasado, el presente y el futuro se le antojaron iguales de lúgubres. Su hermano era infeliz, ella sufría por la pérdida de la amistad de Isabella y Eleanor, por la ausencia de Henry. ¿Qué había allí para distraerla? Estaba cansada del bosque, del jardín, del plantío y del orden perfecto que allí reinaba. La misma abadía no le producía ya más efecto que cualquier otra casa. La única emoción que podía provocar en ella cuanto la rodeaba era el recuerdo, ciertamente doloroso, de las insensatas suposiciones que la habían llevado a comportarse de forma tan vergonzosa. ¡Qué revolución se había operado en sus ideas! Con lo mucho que había deseado vivir en una abadía, y ahora hallaba mayor placer en la idea de habitar una casa con comodidad y sin pretensiones como la de Fullerton, pero mejor. Fullerton adolecía de ciertos defectos que seguramente no tendría Woodston. ¡Si al menos el miércoles llegara pronto!

Y llegó, a su debida hora y con un hermoso tiempo, y Catherine volaba de felicidad. A las diez en punto, y en un coche tirado por cuatro caballos, el trío salió de la abadía y, luego de un agradable paseo de aproximadamente veinte millas, llegaron a Woodston, un pueblo grande, populoso y en una ubicación nada desagradable. Catherine se avergonzaba de decir lo bonito que le parecía aquel lugar delante del general, que no cesaba de disculpar lo vulgar del paisaje y el tamaño del pueblo. La muchacha, en cambio, lo prefería a cualquier otro sitio que hubiera visto en su vida. Con profunda admiración observó las casas y las tiendas por delante de las que pasaban. Al otro extremo del pueblo, y un tanto alejada de este, se encontraba la casa parroquial, un edificio sólido y moderno cuya importancia aumentaba un segmento semicircular de avenida separada del camino por un portón verde. En la puerta de la casa hallaron a Henry, acompañado de un gran cachorro de Terranova y dos o tres terriers que estaban listos para recibirlos.

La mente de Catherine estaba demasiado ocupada al entrar en la casa como para poder expresar sus sentimientos con palabras, hasta tal punto que no reparó en el aspecto de la estancia en que se hallaban hasta que el general le pidió su opinión sobre ella. Entonces, fue suficiente una sola mirada para convencerla de que nunca había visto ambiente alguno tan confortable. Sin embargo, no se atrevió a expresarse con absoluta franqueza, y la frialdad de su alabanza decepcionó al padre de Henry.

—Ya sabemos que no es una gran casa —dijo—. No la estamos comparando con Fullerton ni con Northanger. Al fin y al cabo, debemos considerarla como lo que es: una mera casa parroquial, pequeña, pero decente y habitable. Y no del todo inferior a la mayor parte de este tipo de viviendas. ¿Qué digo inferior? Creo que hay pocos países en los que las casas parroquiales sean la mitad de buenas que en Inglaterra. Por supuesto, podrían efectuarse mejoras. Lejos de mí decir lo contrario. Más aún, estaría dispuesto a realizar cualquier obra que fuera razonable; por ejemplo, colocar una ventana, y eso que no hay cosa que me genere más aversión que una ventana que parece colocada a la fuerza

Catherine no escuchó lo suficiente de ese discurso como para entenderlo o sentirse aludida por él y, como Henry se apuró a introducir nuevos temas de conversación y su criado entró al poco tiempo con una bandeja llena de refrescos, el general acabó por recobrar su habitual complacencia antes de que la muchacha perdiera por completo la serenidad.

La estancia en cuestión, que era de un tamaño cómodo, bien dispuesta y amueblada a la perfección, hacía las veces de comedor. Al abandonarla para dar un paseo por el jardín pasaron primero por una habitación utilizada por el dueño de la casa, en la que aquel día reinaba, por casualidad, un orden perfecto, y después por otra, que en su día haría las veces de salón, y cuyo aspecto, pese a no estar amueblada todavía, a Catherine le pareció adecuado para satisfacer al propio general. Era una habitación de forma bonita, cuyas ventanas bajaban hasta el mismo suelo y permitían disfrutar de la bella vista de unos verdes prados. Con la sencillez que la caracterizaba, la muchacha preguntó:

—¿Por qué no acondiciona usted esta habitación, señor Tilney? ¡Qué lástima que no esté amueblada! Es la estancia más bonita que jamás he visto. La más bonita del mundo.

—Confío —dijo el general con una sonrisa de satisfacción— en que dentro de muy poco estará arreglada. Solo espera el gusto de una dama.

—Si fuera mi casa, esta sería mi habitación favorita. Miren qué dulzura esa casita que se ve allá entre aquellos árboles. ¡Son manzanos! ¡Qué belleza!

—Le agrada y lo aprueba. Es suficiente —Se volvió hacia su hijo y agregó—. Henry, da a Robinson la orden de que la casa quede tal como está.

Semejante muestra de amabilidad sorprendió otra vez a Catherine, que guardó silencio. En vano le rogó el general que opinara sobre el color predominante del papel y las cortinas que convenían a aquella estancia. Fue imposible sacarle una sola palabra. Finalmente, contribuyeron a restablecer la tranquilidad de ánimo de la joven, disipando el recuerdo de las incómodas preguntas de su viejo amigo, la brisa fresca del jardín y la vista de un rincón de este que había empezado a arreglar Henry hacía un año y medio. Catherine pensó que nunca antes había visto lugar de recreo más hermoso que aquel, aunque no era más que una esquina rodeada de arbustos y con un banco verde.

Un paseo por los prados y por parte del pueblo, seguido de una visita a los establos para examinar algunas mejoras, y un rato de alegre expansión y jugueteo con los cachorros, que apenas podían sostenerse sobre sus patas, los entretuvieron hasta las cuatro de la tarde. Catherine pensaba que recién serían las tres. A las cuatro debían comer y a las seis, emprender el regreso. Jamás una jornada había transcurrido con mayor rapidez.

Ya en la mesa, la joven no pudo dejar de observar, sorprendida, que la abundancia de la cena no parecía asombrar en lo más mínimo al general. Lejos de ser así, el buen señor no dejaba de mirar hacia la mesa auxiliar, como esperando dar con alguna fuente de fiambres. Por su parte, sus hijos advirtieron que el padre comía con más apetito del acostumbrado en mesas que no fueran la suya, sorprendiéndoles también y, en mayor grado, la poca importancia que concedió a la manteca que se había derretido.

A las seis en punto, y una vez que hubo acabado el general su café, subieron otra vez al coche. Tan gratificante había sido la conducta de él para con Catherine a lo largo de toda la visita, que ella ya casi no tenía dudas acerca de las pretensiones de este. Si hubiera podido tener la misma seguridad en cuanto a los deseos de Henry, habría abandonado Woodston con menos ansiedad acerca de cómo o cuando podría regresar.

Capítulo XXVII

A la mañana siguiente el cartero trajo para Catherine una inesperada carta de Isabella:

"Bath, Abril

Mi queridísima Catherine:

Con la mayor delicia recibí tus dos amables cartas y me disculpo por no haberlas contestado antes. Estoy en verdad avergonzada de mi pereza a la hora de escribir, pero en este horrible lugar una no puede encontrar tiempo para nada. Desde que te fuiste de Bath, casi todos los días he tenido en la mano la pluma para comenzar una carta, pero siempre me lo terminaba impidiendo alguna que otra ocupación sin importancia. Te ruego que me vuelvas a escribir pronto y que dirijas tu carta a mi casa. Gracias a Dios, mañana abandonaremos este odioso sitio. Desde tu partida no he disfrutado nada de él; todas las personas que me interesaban ya no están aquí. Creo, sin embargo, que si te viera no sentiría ciertas ausencias. Ya sabes que eres la amiga que más quiero.

Estoy bastante inquieta por tu querido hermano. Imagínate que desde que se marchó a Oxford no he tenido noticias suyas y eso me hace temer que un malentendido haya surgido entre nosotros. Es posible que tu intervención pueda solucionar ese asunto. James es el único hombre a quien he amado o podría amar y necesito que lo convenzas de ello. La moda de primavera ya ha llegado y los nuevos sombreros son lo más espantoso que te puedas imaginar. Espero que estés pasando una temporada agradable, aunque temo que eso haga que no me recuerdes. No quisiera hablarte de la familia de la que ahora eres huésped, porque me resisto a ser poco generosa al respecto o hacerte pensar mal de personas a quienes estimas. Solo deseo advertirte que son muy pocos los amigos en quienes podemos confiar y que los hombres suelen cambiar de opinión de un día para el otro. Me alegra decir que cierto joven, al que aborrezco particularmente, se ha marchado de Bath. Por mis palabras adivinarás que me refiero al capitán Tilney, quien, como recordarás, se mostraba dispuesto, cuando tú te fuiste, a seguirme e importunarme con sus atenciones. Con el transcurso del tiempo, su insistencia no hizo sino incrementarse hasta el punto que se convirtió en mi sombra. Otras chicas quizá se hubieran dejado engañar, pero yo conozco la volubilidad de su sexo. Se fue a su regimiento hace dos días y confío en no volver a verlo nunca más. Es el mayor fanfarrón que he visto en mi vida y sorprendentemente desagradable. Los dos últimos días de su estadía estuvo todo el tiempo al lado de Charlotte Davis. Tal mal gusto me inspiró lástima, con lo que no le hice caso alguno. La última vez que lo encontré fue en Bath Street y me vi obligada a entrar en una tienda para evitar que me hablase. Ni siquiera quise mirarlo. Luego lo vi entrar en la sala de bombas del balneario, pero por nada del mundo habría consentido en seguirlo. ¡Qué contraste entre él y tu hermano! Te suplico me des noticias de este, porque su conducta me tiene en verdad preocupada. ¡Se mostró tan cambiado cuando nos separamos! Algo que ignoro, quizá un resfriado u otra cosa, lo tenía como entristecido. Yo le escribiría si no hubiera perdido su dirección y si, como antes te decía, no temiese que hubiera malinterpretado mi actitud. Te ruego que le expliques todo lo ocurrido de modo que lo satisfaga y, si después de hacerlo abriga alguna duda, unas líneas suyas o una visita a Pultney, la próxima vez que esté en la ciudad, me imagino que bastarán para convencerlo. Hace mucho que no voy a los salones ni al teatro, salvo anoche, que fui con los Hodge a una fiesta a mitad de precio, obligada por las provocaciones de estos amigos y por el temor de que mi retraimiento fuera considerado una consecuencia de la ausencia de Tilney. Nos sentamos junto a los Mitchell, que fingieron estar bastante sorprendidos de verme. No me extraña su despecho y hubo un tiempo en que les costaba trabajo saludarme. Ahora, exageran las expresiones de amistad, pero no soy tan tonta como para dejarme engañar. Además de tener, como sabes, bastante amor propio, Anne Mitchell llevaba un turbante parecido al que estrené la semana pasada para el concierto, pero no logró el mismo éxito que yo. Para que un tocado como ese siente bien, hace falta un rostro como el mío; así me lo aseguró Tilney, al tiempo que agregó que todos los ojos estaban posados en mí. Pero él es el último hombre a quien le creería lo que dice. Ahora visto siempre de color púrpura. Sé que me sienta pésimo, pero es el color preferido de tu hermano y lo demás poco importa. No te demores, mi querida y dulcísima Catherine, en escribirnos a él y a mí, que soy, ahora y siempre...".

Ni a una persona tan confiada como Catherine era capaz de engañar ese conjunto de palabras tan artificiales como vacías. Las inconsistencias, contradicciones y falsedades que se desprendían de la carta la golpearon desde el principio y la hicieron sentirse avergonzada, no solo de Isabella, sino de haberla querido alguna vez. Hallaba tan repugnantes sus frases de afecto como inadmisibles sus disculpas e insolentes sus exigencias. ¿Escribirle a James? Ni pensarlo. Su hermano jamás volvería a escuchar el nombre de Isabella mencionado por ella.

Al regresar Henry de Woodston, ella le hizo saber a él y a Eleonor que el capitán ya estaba fuera de peligro y, tras felicitarlos por ello, pasó a leerles, presa de una profunda indignación, algunos pasajes de la carta. Una vez que hubo concluido la lectura, exclamó:

—¡Basta de Isabella y de la intimidad que construimos! Debe creer que soy idiota o no hubiera escrito eso. Pero no lo lamento, ya que me ha servido para conocer más a fondo su carácter. Ahora veo con claridad cuáles eran sus intenciones.

Es una coqueta incorregible, pero sus trucos no le han servido conmigo. No creo que alguna vez haya sentido respeto por James ni por mí y ojalá nunca la hubiera conocido.

—Pronto será como si nunca lo hubieras hecho —dijo Henry.

—Solo hay una cosa que no termino de entender. Ahora veo que Isabella tuvo sus planes en relación al capitán, pero... ¿y él? ¿Cuáles fueron los motivos que lo impulsaron a cortejarla con tal insistencia y a llevarla a romper sus relaciones con mi hermano si pensaba huir?

—Tengo muy poco que decir sobre los motivos de Frederick. Él es tanto o más vanidoso que la señorita Thorpe y, si aún no se ha hecho daño, es solo porque tiene la cabeza más fuerte. De todas maneras, ya que los efectos de su conducta no lo justifican ante sus ojos, más vale que no tratemos de indagar en sus causas.

—Entonces, ¿supone que ella nunca le importó?

—Estoy seguro de que ni por un instante pensó en ella seriamente.

—¿Lo hizo movido tan solo por una suerte de travesura?

Henry asintió lentamente.

—Pues, entonces, debo decir que su conducta me resulta antipática por partida doble. Sí; pese a que con ella todos resultamos favorecidos, no puedo disculparlo. Menos mal que el daño que ha causado no es irreparable. Pero supongamos que Isabella hubiera tenido un corazón capaz de ser dañado, supongamos que se hallara en verdad interesada...

—Es que suponer que Isabella es capaz de sentir afecto profundo es suponer que se trata de una persona distinta, en cuyo caso su conducta habría merecido otros resultados.

—Es correcto que usted apoye a su hermano.

—Si usted hiciera lo propio con el suyo, no se angustiaría mucho por la decepción de la señorita Thorpe. Pero su mente está obstruida por un sentimiento innato de justicia y de integridad que impide que la dominen las frías razones de la parcialidad familiar o un comprensible deseo de venganza.

Tales cumplidos terminaron de disipar su amargura. Le resultaba difícil culpar a Frederick mientras Henry se mostraba tan amable con ella. Decidió no contestar la carta de Isabella y tratar de no pensar más en ella.

Capítulo XXVIII

Poco después de eso, el general se vio obligado a ir a Londres por una semana y partió de Northanger lamentándose de que una urgente necesidad le robara, incluso durante una hora, la grata compañía de la señorita Morland, y recomendándoles a sus hijos que procuraran por todos los medios posibles su comodidad y diversión. Su partida hizo pensar por primera vez a Catherine que una pérdida puede ser a veces una ganancia. A partir del momento en que quedaron solos, los tres amigos se consideraron felices: podían entretenerse en lo que prefiriesen, complacerse en sus risas, comer con tranquilidad y en un clima de buen humor, y caminar cuándo y por dónde les gustara. Podían disponer con libertad de sus horas, sus placeres, y hasta de sus fatigas y cansancio. Tales hechos le permitieron a la muchacha ser completamente consciente de cuán absorbente y completa era la influencia que sobre todos ellos ejercía el general, y cuán afortunados se sentían al quedar libres de ella por un tiempo. Tanta confianza y bienestar la hicieron amar cada día más aquel sitio y las personas que la rodeaban, hasta el punto de que le hubiera parecido perfectamente dichoso cada momento de los que transcurrían veloces si el temor de verse obligada a alejarse en breve de Northanger no le hubiese quitado en parte su felicidad. Por desgracia, iba a cumplirse la cuarta semana de su visita. Antes de que regresara el general, ya habría transcurrido por completo y prolongar por más tiempo la estadía podía interpretarse como una suerte de intrusión. La idea era en verdad dolorosa y, para librarse cuanto antes de semejante peso mental, Catherine resolvió hablar de ello con Eleanor, proponer su partida, y deducir después de la actitud y contestación de su amiga la decisión que le convenía tomar.

Convencida de que cuanto más demorara, más difícil sería de tratar el asunto, aprovechó la primera ocasión que tuvo de hablar a solas con su amiga para plantear el tema, anunciando su decisión de regresar a su casa. Eleanor la miró y se declaró muy preocupada. Contestó que había esperado que el placer de su compañía se prolongara mucho más y que hasta había osado creer —seguramente, porque ese era su deseo— que la estadía de Catherine habría de ser muy larga. Luego, agregó que no podía dejar de pensar que si el señor y la señora Morland estuvieran al tanto del placer que era para ellos tenerla allí, no cabía duda de que tendrían la generosidad de permitirle que demorase la vuelta.

Catherine explicó:

—En cuanto a eso, papá y mamá no tienen prisa. Si estoy feliz, ellos están satisfechos.

—Entonces, si me permite insistir —dijo Eleanor, tuteándola—, ¿por qué tienes tanta prisa por marcharte?

—Porque ya llevo mucho tiempo en esta casa y...

—¡Ah! Entonces, si es que los días se te hacen muy largos, no insistiré.

—De ninguna manera. No es eso. Sabes que estaría encantada de quedarme.

En aquel mismo instante resolvió que no se marcharía, y, al desaparecer uno de los motivos del malestar de Catherine, se alivió de forma considerable el peso de su otra preocupación. La seriedad y la amabilidad mostradas por Eleanor al rogarle que se quedara más tiempo con ellos, y la satisfacción demostrada por Henry al saber que lo haría sirvieron para que Catherine supiese lo importante que ella era para ellos. Eso ayudó a borrar de su ánimo todo pesar que no fuera esa leve inquietud que sostenemos y alimentamos como algo indispensable en nuestra existencia. Ella casi siempre creía que Henry la quería, y en todo momento que su padre y su hermana también lo hacían e, incluso, que deseaban que ella formara parte de la familia. Tales suposiciones terminaron por convertir sus otras inquietudes en pequeñas e insignificantes molestias del espíritu.

Henry no fue capaz de obedecer las instrucciones de su padre, quedándose en Northanger y atendiendo a las damas todo el tiempo que duró su ausencia en Londres, pues un compromiso que había adquirido con anterioridad lo obligó a marchar a Woodston el sábado y a permanecer allí un par de noches. El viaje del joven en aquella ocasión no revistió, sin embargo, tanta importancia como la vez anterior. Disminuyó la alegría de las muchachas, pero no arruinó su tranquilidad, y tan a gusto se encontraban ambas ocupadas en las mismas labores y disfrutando de una amistad cada vez más íntima, que la noche de la marcha de Henry no abandonaron el comedor hasta después las once, hora bastante tardía dadas las costumbres que se observaban en la abadía. Acababan de llegar al pie de la escalera cuando, a juzgar por lo que permitían escuchar las sólidas paredes del edificio, advirtieron que un coche se acercaba a la puerta y, acto seguido, el fuerte sonido de la campana de la casa confirmó sus sospechas. Una vez repuestas de la primera sorpresa y de pensar que alguien había fallecido o había habido algún problema, a Eleanor se le ocurrió que debía tratarse de su hermano mayor, que solía presentarse de forma inesperada, y segura de que así era, salió a darle la bienvenida.

Catherine caminó hacia su habitación, resignándose a la idea de reanudar su relación con el capitán Tilney y pensando que, por desagradable que le hubiera resultado la conducta de este, las circunstancias en que lo vería harían menos doloroso aquel encuentro. Confiaba en que no mencionaría a la señorita Thorpe, cosa muy probable dado que debía sentirse avergonzado del papel que había jugado en todo el asunto. Después de todo, y mientras se evitara toda mención a lo ocurrido en Bath, ella debía comportarse de manera civilizada con él. Pasó bastante tiempo en estas consideraciones. Por lo visto, Eleanor estaba encantada de ver a su hermano y tenían mucho para decirse porque había transcurrido cerca de media hora desde su llegada a la casa y la joven no había subido.

En ese momento, Catherine creyó escuchar pasos en la galería y se detuvo a escuchar, pero todo permaneció en silencio. Ni bien hubo terminado de convencerse de que se trataba de un error, la sobresaltó un sonido cercano a la puerta. Pareció que alguien llamaba y, un instante después, un movimiento del picaporte demostró que una mano se apoyaba en este. Catherine tembló ante la idea de que alguien se acercara tan cautelosamente pero, decidida a no dejarse llevar una vez más por las alarmantes suposiciones o engaños de su exaltada imaginación, silenciosamente dio un paso adelante y abrió la puerta. Eleanor y solo Eleanor estaba detrás de esta. Catherine se tranquilizó, pero la calma le duró poco, pues Eleanor estaba pálida y sus modales revelaban una profunda agitación. Pese a su evidente intención de entrar, parecía que le costaba trabajo moverse y, una vez dentro, explicarse. Catherine, suponiendo que tal actitud obedecía a una inquietud por el capitán Tilney, trató de expresar su interés en silencio, obligando a su amiga a sentarse, frotándole las sienes con agua de lavanda y manifestándole una afectuosa solicitud.

—Mi querida Catherine, no debes... no debes, en verdad —fueron las primeras palabras que Eleonor logró conectar—. Estoy bastante bien y tu amabilidad... No puedo soportarla... Vengo a ti con una misión...

—¿Una misión?

—¿Cómo te lo diré? ¿Cómo te lo diré?

Una idea terrible se precipitó en la mente de Catherine que, volviéndose hacia su amiga, exclamó:

—¿Es un mensajero de Woodston?

—No, no se trata de eso —repuso Eleanor, mirando a su amiga con compasión—. No es nadie de Woodston. Es mi padre mismo.

La voz de Eleanor vaciló y miró al piso mientras decía la última frase. El inesperado retorno del general bastaba para que a Catherine se le cayera el alma al piso y, por unos segundos, supuso que no le quedaba algo peor que oír. No dijo nada y Eleonor, esforzándose por recomponerse y hablar con firmeza, pero con los ojos aún bajos, prosiguió:

—Eres demasiado buena para que el papel que me veo forzada a representar te haga pensar mal de mí —prosiguió Eleanor—. De hecho, no sabes lo mal predispuesta que estoy a cumplir con lo que se me ha pedido. Luego de que recientemente, con tanta alegría y agradecimiento de mi parte, convenimos en que te quedarías con nosotros muchas semanas más, me veo obligada a decirte que tu amabilidad no puede ser aceptada y que la felicidad que tu compañía nos proporcionaba ... pero no, mis palabras no bastarían para explicar... Mi querida Catherine, nos vamos a separar. Mi padre ha recordado un compromiso que nos obliga a toda la familia a partir de aquí el lunes próximo. Vamos a pasar quince días a Lord Longtown's, cerca de Hereford. La explicación y la disculpa me resultan igual de imposibles. Y no me atrevo a ofrecerte ninguna de ellas.

—Mi querida Eleanor —dijo Catherine, reprimiendo sus sentimientos lo mejor que sabía hacerlo—. No te angusties tanto. Un compromiso previo deshace todos los que se contraen luego. Lamento mucho tener que marcharme tan repentinamente, pero no estoy ofendida. Volveré a visitarte en otra ocasión o, tal vez, tú podrías pasar una temporada en mi casa. ¿Quieres venir a Fullerton cuando regresen de casa de ese señor?

—No estará en mi poder, Catherine.

—Ven cuando puedas, entonces.

Eleanor no contestó y Catherine, dominada por otros sentimientos, añadió pensando en voz alta:

—¿El lunes? ¡Tan pronto! Bien, seguro que tendré tiempo para despedirme, pues podemos salir todos juntos. No te preocupes por mí, Eleanor, me conviene salir el lunes. No importa que mi padre y mi madre no lo sepan. Supongo que el general enviará a que un sirviente me acompañe la mitad del trayecto, hasta cerca de Salisbury y, una vez allí, estoy a solo nueve millas de casa.

—¡Ay, Catherine! Si así se dispusiera, sería menos intolerable. Con atenciones tan elementales no recibirías ni siquiera la mitad de lo que deberías. Pero... ¿Cómo puedo decírtelo? Tu partida ya está arreglada para mañana y ni siquiera puedes elegir la hora.

A las siete vendrá a recogerte un coche, y ninguno de nuestros sirvientes te acompañará.

Catherine se sentó, sin aliento y sin palabras.

—Apenas pude dar crédito a mis oídos cuando lo escuché. Te aseguro que ningún disgusto, ningún resentimiento que puedas experimentar en este momento, por muy grandes que sean, superarán a los que yo... Pero, no, no puedo expresar lo que siento. ¡Si al menos estuviese en condiciones de sugerir algo que atenuara...! ¡Dios mío! ¿Qué dirán tu padre y tu madre? ¡Echarte de esta manera de la casa, sin ofrecerte ni siquiera las consideraciones a que obliga la más elemental cortesía! ¡Y esto luego de haberte separado de la protección de tus buenos amigos y de haberte traído tan lejos de tu casa! ¡Querida Catherine! Al ser portadora de semejante noticia no puedo evitar sentirme también culpable de semejante insulto. Sin embargo, confío en que me absolverás, tú, que has permanecido en nuestra casa el suficiente tiempo como para darte cuenta de que yo gozo de una autoridad tan solo nominal y que no tengo influencia alguna.

—¿He ofendido al general? —dijo Catherine con voz entrecortada.

—¡Ay! Por desgracia para mis sentimientos de hija, todo lo que sé, todo lo que puedo responderte es que no le puedes haber dado motivo que justifique esta ofensa. Estaba muy disgustado, pocas veces lo he visto así. Su carácter es difícil de por sí, pero ha debido ocurrir algo para que se haya enfadado de esa forma. Alguna desilusión, algún disgusto que tal vez sea importante en este momento, pero por completo ajeno a ti, porque… ¿Cómo es posible?

Con dolor y solo por tranquilizar a su amiga, Catherine logró decir:

—Estoy segura y siento mucho si en algo lo ofendí. Era lo último que hubiera querido. Pero no te preocupes, querida Eleanor. Los compromisos siempre deben respetarse. Lo único que lamento es no haber tenido tiempo para escribir a casa avisando. Pero ahora eso importa poco.

—Espero fervientemente que este hecho no tenga trascendencia en lo que hace a tu seguridad durante el trayecto. Pero en cuanto a lo demás... ¡En lo que afecta a tu comodidad, a las apariencias, al decoro, a tu familia, al mundo, importa y mucho! Si tus amigos, los Allen, todavía se encontraran en Bath podrías reunirte con ellos con relativa facilidad. Te tomaría unas horas llegar allí. Pero un trayecto de setenta millas en silla de posta a tu edad, sola, desatendida.

—El viaje no es nada. No pienses en eso. Y, si nos vamos a separar, unas horas más tarde o más temprano no hacen diferencia. Estaré dispuesta a las siete. Que me llamen a tiempo.

Eleanor vio que deseaba estar a solas y, juzgando que lo mejor para ambas era evitar que se prolongara tan penosa entrevista, salió de la estancia diciendo:

—Te veré en la mañana.

El corazón de Catherine estaba a punto de estallar y necesitaba alivio. La amistad y el orgullo la habían obligado a reprimir las lágrimas en presencia de Eleonor pero, en cuanto se encontró a solas, se echó a llorar con amargura. ¡Arrojada de la casa y de esa manera, sin un motivo que lo justificara ni una disculpa que atenuase la brusquedad, la grosería, la insolencia que suponía semejante medida! ¡Y Henry lejos, sin poder despedirse de ella! Toda esperanza, toda expectativa respecto de él quedaba en suspenso. ¿Y quién podría decir por cuánto tiempo sería así? Y todo por el capricho de un hombre tan cortés, en apariencia tan bien educado y, hasta entonces, tan afectuoso con ella como el general Tilney. Su decisión le resultaba tan incomprensible como ofensiva. La alarmaban y preocupaban por igual las causas y las consecuencias que de aquel acto pudieran derivarse. El modo en que se la obligaba a partir era de una grosera descortesía. Literalmente se la expulsaba, sin permitírsele ni siquiera decidir la hora y la forma de hacer el viaje, eligiendo entre todos los días posibles el más próximo y la hora más temprana, como si se tratara de obligarla a marchar antes de que el general estuviera levantado, para evitarle a este la molestia de despedirla. ¿Qué podía haber en todo aquello más que una afrenta intencional? De una u otra forma ella debería haber tenido la desgracia de ofenderlo. Eleanor había hecho lo posible por evitarle una suposición tan penosa, pero Catherine se resistía a creer que un contratiempo cualquiera pudiera provocar semejante explosión de ira ni, mucho menos, dirigir esta contra una persona ajena por completo al disgusto.

La noche transcurrió con lentitud, sin que lograra conciliar el sueño. La habitación en la que recién llegada la habían atormentado los locos desvaríos de su imaginación fue una vez más escenario de su espíritu agitado y sus sueños inquietos. Y, sin embargo, ¡qué diferente era el origen de su presente inquietud! ¡Qué tristemente superior en realidad y en sustancia! Su ansiedad de esa noche se basaba en un hecho, sus temores, en una probabilidad; y tan obsesionada se hallaba considerando el triste desenlace de su estadía en la abadía, que la soledad de su habitación y la antigüedad del edificio no lograron inspirarle el menor temor. Aunque el viento era fuerte y producía repentinos y siniestros ruidos en la casa, no le ocasionó a Catherine, desvelada y absorta, el menor asomo de curiosidad ni de terror. Poco después de las seis, Eleanor entró en la habitación, ansiosa por atender a su amiga y asistirla en lo que fuera posible, pero encontró a Catherine casi vestida y a su equipaje dispuesto. Al ver a Eleanor, a la muchacha se le ocurrió que quizá fuese portadora de algún mensaje conciliador por parte del general. ¿Qué más natural que, una vez que la ira pase, llegue el arrepentimiento? Faltaba, sin embargo, que luego de lo ocurrido ella consintiera en admitir excusa alguna. Pero, desgraciadamente, no vio puestas a prueba ni su clemencia ni su dignidad. Eleanor no trajo ningún mensaje. Poco hablaron las amigas al encontrarse de nuevo. Sintiendo que era más prudente guardar silencio, se contentaron, mientras permanecieron en la habitación, con cruzar unas breves y triviales frases. Catherine no tardó en terminar de vestirse y Eleanor, con más buena voluntad que experiencia, se ocupó de llenar y cerrar el baúl. Cuando estuvo todo listo, salieron de la habitación. Catherine se quedó medio minuto detrás de su amiga y lanzó una mirada de despedida sobre cada objeto conocido y preciado que la estancia contenía. Luego, bajó a la sala de desayuno donde este ya estaba servido. Trató de comer algo, no solo para evitar el que le insistieran, sino por animar a su amiga, pero carecía de apetito y no logró pasar más que unos pocos bocados. El contraste de aquel desayuno con el del día anterior aumentaba su dolor y su inapetencia. Hacía tan solo veinticuatro horas que se habían reunido todos en aquella habitación para desayunar, y, sin embargo, ¡qué diferentes eran las circunstancias! ¡Con qué alegre facilidad, con qué feliz, aunque falsa seguridad, había contemplado entonces el presente, sin que le preocupara el porvenir más allá del hecho de que Henry fuera a Woodston por unos días! Feliz desayuno aquel, porque Henry había estado, se había sentado a su lado y la había atendido. Aquellas reflexiones no se vieron perturbadas por palabra alguna de su amiga, tan ensimismada en sus pensamientos como ella misma, hasta que el anuncio de la llegada del coche las obligó a volver a la realidad. Al verlo, Catherine se sonrojó, como si se diera cuenta con más exactitud de la descortesía con que se la trataba, y ello amortiguaba todo sentimiento que no fuese resentimiento por tal ofensa. Eleonor se vio obligada a hablar.

—Tienes que escribirme, Catherine —exclamó—. Debes hacerme saber de ti lo antes posible. No tendré un momento de tranquilidad hasta que sepa que te encuentras sana y salva en tu casa. Te suplico que me escribas siquiera una carta. Déjame tener la satisfacción de saber que has llegado a Fullerton y has hallado bien a tu familia y luego, hasta que pueda solicitar la correspondencia como es debido, no esperaré más. Dirígeme la carta a nombre de Alice y envíala a Lord Longtown's.

—No, Eleonor. Si no te autorizan a recibir carta mía, estoy segura que lo mejor será que no te escriba. No hay dudas de que llegaré a casa a salvo.

Eleonor solo respondió:

—No puedo sorprenderme de tus sentimientos. No te importunaré. Cuando estemos lejos, pensaré en la bondad de tu corazón.

Estas palabras, acompañadas de una expresión de pesar, fueron suficientes para derretir el orgullo de Catherine, que dijo a su amiga:

—¡Sí, Eleanor, te escribiré!

A la señorita Tilney le quedaba todavía otro punto por resolver, aunque le daba pudor plantearlo. Se le había ocurrido que, debido a la larga ausencia de su casa, a Catherine quizá se le habría terminado el dinero y, por lo tanto, no contaría con el suficiente para los gastos del viaje. Al preguntárselo, con cariño y un tacto exquisito, resultó ser que ese era el caso. Hasta ese momento, Catherine nunca había pensado en el tema y, revisando su bolso, confirmó que no llevaba dinero suficiente y que, de no haber sido por la amabilidad de su amiga, ella hubiera podido ser expulsada de una casa sin posibilidad de llegar hasta la otra. Y la angustia de semejante perspectiva la angustió tanto a ambas que apenas volvieron a hablarse durante el tiempo que todavía permanecieron juntas, el cual, ciertamente fue breve. No tardaron en advertirles que el coche esperaba y Catherine, tras ponerse de pie, sustituyó con un prolongado y afectuoso abrazo las palabras de despedida. Sin embargo, al llegar al vestíbulo, se negó a abandonar la casa sin mencionar a una persona cuyo nombre ninguna de las dos se había atrevido a pronunciar hasta ese momento. Se detuvo por un instante y con labios trémulos dedicó un amable recuerdo al amigo ausente. Pero con ese acercamiento a su nombre terminó toda su posibilidad de refrenar sus sentimientos. Y ocultando su rostro como pudo en su pañuelo, cruzó rápido el vestíbulo y subió al coche que, un momento después, se alejaba raudamente de la abadía.

Capítulo XIX

Catherine se sentía demasiado desdichada como para tener miedo. El viaje en sí no implicaba temores para ella y lo emprendió sin preocuparse de su longitud o de la soledad que experimentaría a lo largo de él. Recostándose sobre los almohadones, prorrumpió en violento estallido de lágrimas y no levantó la cabeza hasta después de que el coche hubiese recorrido varias millas. El punto más elevado del terreno casi había desaparecido de la vista cuando la muchacha volvió la mirada en dirección a Northanger. Desafortunadamente, ahora recorría el mismo camino que diez días antes había efectuado alegre y confiada al ir y volver de Woodston, y milla a milla los sentimientos se tornaban más amargos al reconocer los objetos que en estado de ánimo tan distinto había contemplado entonces. Cada milla que la acercaba a Woodston incrementaba su sufrimiento y cuando a cinco millas de distancia doblaron en un recodo del camino, pensó en Henry, tan cerca de ella en aquellos momentos y tan inconsciente de lo que ocurría, lo cual no hizo sino aumentar su dolor y su desconsuelo.

El día que había pasado en ese lugar había sido uno de los más felices de su vida. Fue allí, fue en ese día que el general había usado expresiones tales que Catherine había terminado por convencerse de que deseaba que contrajese matrimonio con su hijo. Sí: hacía solo diez días que las atenciones del padre de Henry la habían alegrado, aunque también la habían llenado de confusión. Y ahora, ¿qué había hecho o qué había dejado de hacer para merecer semejante cambio?

La única ofensa contra él de la que podía acusarse a sí misma era de tal índole que resultaba imposible que el interesado se hubiese percatado. Tan solo Henry y su propia conciencia estaban al tanto de las sorprendentes sospechas que contra el general ella había abrigado tan ociosamente y ninguno de los dos podía haber revelado el secreto. Deliberadamente, al menos, Henry no podía haberla traicionado. Si, en efecto, por alguna extraña casualidad su padre se hubiese enterado de la verdad, si hubieran llegado a su conocimiento las fantasías sin causa y las injuriosas suposiciones que la muchacha había abrigado, no podría sorprenderse de su indignación. Era lógico y comprensible que se expulsara de la casa a quien había visto a su dueño como un asesino. Pero tal disculpa de la conducta del señor Tilney le resultaba tan torturante, que prefirió creer que el general lo ignoraba todo.

Por más ansiosas que resultaran sus conjeturas sobre ese asunto, no era, sin embargo, lo que más le preocupaba en ese momento. Había otro pensamiento, otro pesar más íntimo que la obsesionaba cada vez más. Cómo pensaría, sentiría y luciría Henry cuando regresara a Northanger al día siguiente y se enterara de que ella se había marchado. Esa pregunta se imponía a todas las demás, la perseguía sin descanso, calmándola e irritándola alternativamente, sugiriéndole unas veces temor de que el joven se resignara sin dificultad a lo sucedido y otras, dulce confianza en su arrepentimiento y resentimiento. Al general, por supuesto, no le hablaría de ello, pero a Eleanor, ¿qué no podría decirle Eleanor sobre ella?

En esa repetición incesante de dudas e interrogantes sobre un asunto del que su mente apenas lograba desprenderse por momentos, fueron pasando las horas. Su viaje avanzó mucho más rápido de lo que esperaba. La misma inquietud apremiante de sus pensamientos que le había impedido, una vez dejado atrás Woodston, fijarse en lo que la rodeaba, sirvió para evitar que se diera cuenta del progreso que hacían. También la preservó de aburrirse la preocupación que le inspiraba aquel regreso tan imprevisto; regresar de esa manera a Fullerton era casi como destruir el placer del reencuentro con los que más amaba, incluso después de una ausencia como la de ella que se prolongó por once semanas. Pero, ¿qué podría decir que no resultara humillante para ella y doloroso para su familia, que no aumentara su propia pena y no provocara el resentimiento de los suyos, involucrando en un mismo reproche a los inocentes con los culpables? Jamás podría ser en verdad justa con los méritos de Henry y de Eleonor. Sus sentimientos para con ambos eran demasiado profundos como para expresarlos con facilidad, y sería tan injusto como triste que su familia guardase rencor a los hermanos por algo de lo que solo su padre era responsable.

Tales sentimientos la impulsaban a temer, en vez de desear, la primera vista de esa aguja bien conocida de la iglesia que le indicaría que se encontraba a veinte millas de su casa. Sabía que Salisbury era su objetivo al dejar Northanger pero, como después de la primera etapa desconocía el trayecto, se vio obligada a preguntar a los postillones los nombres de cuantos lugares dejaban atrás. Por suerte, fue un viaje sin incidentes. Su juventud, sus modales y su generosidad en el pago le procuraron tantas atenciones como pudiera necesitar una viajera de su condición, y como no se detuvieron más que para cambiar de caballo, luego de once horas de viajar sin accidentes ni alarmas y entre las seis y las siete de la tarde, se encontró entrando en Fullerton.

Cuando una heroína, al final de su carrera, regresa a su pueblo natal rodeada de la aureola de una reputación recuperada y toda la dignidad de una condesa, seguida de un largo séquito de nobles parientes, cada uno en su respectivo carruaje, y acompañada de tres doncellas que la siguen en una calesa de viaje, bien puede la pluma del artífice detenerse con deleite en la descripción de tan grato acontecimiento. Un final tan esplendoroso confiere honor y mérito a todos los interesados, y la autora debe compartir la gloria que tan generosamente otorga. Pero mi asunto es bien diferente. Traigo de vuelta a mi heroína a su hogar en soledad y desgracia, por lo que no existe la dulce euforia que me impela a extenderme en una descripción detallada. No hay ilusión ni sentimiento que resistan la visión de una heroína dentro de una silla de posta de alquiler. Por lo que haré que Catherine entre en su pueblo a toda prisa, pase entre los grupos de curiosos domingueros y descienda del modesto vehículo que la conduce hasta su puerta.

Pero ni la angustia con que Catherine avanza hacia la casa parroquial ni la humillación de su biógrafa al relatarlo impiden que los seres queridos, a cuyos brazos se encaminaba aquella, sintieran verdadera alegría. Además, como la vista de una silla de posta era cosa poco corriente en Fullerton, toda la familia estuvo inmediatamente asomada a la ventana para presenciar el paso de la que Catherine ocupaba, iluminándose con alegría todos los rostros al ver que el vehículo se detenía ante la puerta. Aparte de los dos niños más pequeños de la familia Morland –un niño y una niña de seis y cuatro años respectivamente que creían encontrar un nuevo hermano o hermana en cuantos coches veían– todos experimentaron placer ante la inesperada detención del vehículo. Felices fueron los ojos que vieron a Catherine por primera vez. Feliz fue la voz que proclamó el descubrimiento. Pero si tal felicidad pertenecía a George o a Harriet, nunca se supo.

Su padre, su madre, Sarah, George y Harriet, todos reunidos en la puerta para recibirla con tan afectuosa ansiedad, constituían un espectáculo que despertó los más nobles sentimientos de Catherine y en el abrazo de cada uno de ellos experimentó más alivio del que hubiera imaginado. Se sentía rodeada, acariciada, casi feliz. Por otra parte, su familia, complacida de verla, no mostró en un principio excesiva curiosidad por conocer la causa de su inesperado regreso, hasta el punto de que se encontraban todos sentados alrededor de la mesa de té, dispuesta a toda prisa por la señora Morland para servir un refrigerio a la pobre viajera, cuya mirada pálida y hastiada había llamado su atención, antes de que Catherine se viera bombardeada por preguntas directas que exigían una respuesta clara.

A regañadientes y con mucha vacilación ofreció lo que por pura cortesía hacia sus oyentes podría darse en llamar una explicación, pero de la que, en realidad, no era posible desentrañar la causa o recopilar los detalles de su repentino regreso. La familia de

Catherine no padecía de esa forma exagerada de susceptibilidad que lleva a algunas personas a ofenderse por la más leve descortesía, olvido o reparo; sin embargo, cuando tras atar no muchos cabos quedó por completo claro el motivo del regreso de Catherine, todos convinieron en que se trataba de un insulto imposible de pasar por alto, al menos, en principio. El señor y la señora Morland no dejaban de comprender, sin detenerse a un minucioso examen de los peligros que rodeaban un viaje de tal índole, que las condiciones en que se había verificado el regreso de su hija habrían podido acarrear a esta serias molestias y que, al obligarla a salir de aquella manera de su casa, el general no había actuado ni con honor ni con sentimiento ni como caballero ni como padre. En cuanto a las causas que pudieron motivar tal falta de hospitalidad y convertir en mala voluntad la consideración que había demostrado hacia la joven, los padres de esta no acertaban a descifrarlas. Luego de reflexionar por unos instantes convinieron en que aquello resultaba muy extraño y que el general debía de ser un hombre muy extraño, dando así por terminados su asombro y su indignación. En cuanto a Sarah, continuó saboreando las mieles de aquel incomprensible misterio hasta que, harta de sus comentarios, le dijo su madre:

—Confía en lo que te digo. Es algo que no vale la pena tratar de entender.

—Yo entiendo que el general, cuando recordó el compromiso contraído, deseara que Catherine se marchara, pero ¿por qué no proceder con cortesía?

—Yo lo lamento por los jóvenes —dijo la señora Morland—. Para ellos sí ha debido ser un triste momento. En cuanto a lo demás, ya no importa. Con que Catherine esté a salvo en nuestra casa me doy por satisfecha. Afortunadamente, nuestro bienestar no depende del general Tilney.

Catherine suspiró y su filosófica madre continuó:

—Me alegro de no haber sabido de tu viaje en ese momento, pero, ya que este ha terminado felizmente, no creo que el daño que se nos ha hecho sea tan grande. Siempre es bueno que los jóvenes se vean obligados a esforzarse. Tú, mi querida Catherine, que siempre has sido una criatura triste y de poco cerebro, te habrás visto en figurillas para atender a todo lo que implica un periplo de esa naturaleza, con tanto cambio, y tanto ir y venir de unos y de otros. Espero que no te hayas dejado algo olvidado en algún bolsillo del carruaje.

Catherine también lo esperaba y trató de interesarse en su enmienda, pero estaba con el ánimo muy abatido y, como todo lo que quería era estar a solas, accedió con gusto al deseo manifestado por su madre de que se retirase a descansar lo antes posible. Sus padres, que no atribuían el mal aspecto y la agitación de su hija más que a la humillación sufrida, y al esfuerzo inusual y cansancio del viaje, se separaron de ella seguros de que el sueño sería el remedio. Y, aunque al día siguiente no daba muestras de hallarse mejor, continuaron sin sospechar la existencia de un mal más profundo. Nunca pensaron en su corazón, lo cual, tratándose de los padres de una joven de diecisiete años, recién llegada de su primera excursión fuera del hogar, no deja de ser bastante extraño.

Apenas terminó el desayuno, se dispuso a cumplir la promesa que había hecho a la señorita Tilney, cuya confianza en los efectos que el tiempo y la distancia habían de operar en el ánimo de su amiga estaba más que justificada. Efectivamente: Catherine ya estaba dispuesta, no solo a reprocharse la frialdad con que se había separado de Eleanor, sino a creer que no había apreciado lo suficiente los méritos y la amabilidad de esta, ni nunca la había compadecido lo suficiente por lo que a causa de ella había debido soportar. La fuerza de esos sentimientos, sin embargo, estaba lejos de ayudar. Jamás en su vida le había sido tan difícil escribir una carta. Por supuesto, no era nada fácil imaginar siquiera una misiva que hiciera justicia a sus sentimientos y su situación, que expresara gratitud, pero no arrepentimiento servil, que fuera prudente sin ser fría y honesta, sin resentimiento. Una carta, en fin, cuya lectura no afligiera a Eleanor y de la que no necesitara ruborizarse si, por casualidad, caía en manos de Henry. Luego de reflexionar largamente, decidió ser muy breve; era la única manera de evitar incurrir en falta alguna. Un sobre con el dinero que Eleanor le había facilitado acompañado de una concisa nota en la que expresaba todo su agradecimiento y le deseaba lo mejor desde un corazón afectuoso resultaron suficientes.

—Esta ha sido una extraña amistad —observó la señora Morland una vez que su hija hubo terminado la carta—. Apenas iniciada y ya interrumpida. Lamento que haya sido así, porque la señora Allen pensaba que era unos jóvenes muy amables. Tampoco has tenido suerte con tu amiga Isabella. ¡Pobre James! Pero, bueno: debemos vivir y aprender. Espero que valga la pena conservar los próximos nuevos amigos que hagas.

Catherine, ruborizada, contestó:

—Ningún amigo puede valer más la pena de ser conservado que Eleanor.

—En ese caso, hija mía, tarde o temprano volverán a encontrarse y, hasta que llegue ese momento, no te preocupes. Es casi seguro que en unos pocos años el azar unirá nuevamente los destinos de ustedes, y entonces, ¡qué placer será!

Los esfuerzos de la señora Morland para consolar a su hija no resultaron muy exitosos. La idea de no volver a ver a Eleanor y Henry Tilney hasta después de transcurridos unos años solo consiguió generar en la muchacha un temor todavía mayor. ¡Podían ocurrir tantas cosas en ese tiempo! Ella nunca podría olvidar a Henry ni podría dejar de quererlo con la misma ternura que entonces sentía; pero él tal vez la olvidaría y, en ese caso, encontrarse de nuevo... Se le llenaron los ojos de lágrimas al imaginarse una tan triste renovación de su amistad y su madre, al observar que sus buenos propósitos no generaban el efecto deseado, sugirió, como nuevo medio de restaurar su espíritu, recurrir a la señora Allen.

Ambas casas estaban separadas la una de la otra por solo un cuarto de milla y, mientras las recorrían, la señora Morland manifestó su opinión sobre el desengaño amoroso sufrido por su hijo James.

—Lo sentimos por él —dijo—, pero, por lo demás, no nos preocupa el que hayan finalizado esa relación. Al fin y al cabo, no podía satisfacernos ver a nuestro hijo comprometido con una chica por completo desconocida, sin fortuna alguna y sobre cuyo carácter, luego de lo que sucedió, no podemos emitir ninguna opinión positiva. En un principio, la ruptura será dolorosa para James, pero, con el tiempo, se le pasará y me atrevo a decir que la necedad de esta primera elección lo llevará a ser más prudente.

Esa era precisamente la versión resumida del asunto que Catherine podía escuchar, pues de tal forma se había apoderado de su mente el pensamiento acerca de los cambios en sus sentimientos y en su espíritu desde la última vez que había recorrido aquel camino, que una frase más de su madre habría resultado suficiente para turbar su aparente serenidad, impidiéndole contestar de modo racional a las observaciones. No habían transcurrido ni tres meses desde que la última vez, animada por las más alegres expectativas, había recorrido aquel camino. Su corazón se hallaba entonces ligero, dichoso e independiente, ansioso de saborear placeres todavía desconocidos, y tan libre de aprensión al mal como de conocimiento sobre este. Así era ella antes, pero ahora... estaba por completo cambiada.

Fue recibida por los Allen con la amabilidad que su inesperada aparición, unida al sincero afecto que le profesaban, podía desear. Grande fue la sorpresa de estos al verla y mayor aún su disgusto cuando supieron la manera en que había sido tratada. Y eso que la señora Morland no exageró los hechos ni trató, como hubieran procurado otros, de despertar la indignación del matrimonio contra la familia Tilney.

—Catherine nos tomó bastante por sorpresa ayer por la tarde —dijo—. Hizo todo el viaje sola y, además, hasta el sábado por la noche ignoraba que debía abandonar Northanger. El general Tilney, movido por no sabemos qué extraña fantasía, de repente se cansó de tenerla allí y prácticamente la echó de la casa. Muy antipático y bastante extraño. Por otra parte, celebramos tener a

Catherine una vez más entre nosotros y estamos satisfechos de ver que no es una pobre criatura indefensa, sino que sabe resolver las dificultades que se le presentan.

El señor Allen se expresó sobre el asunto con el razonable resentimiento de un amigo sensato y la señora Allen, que estuvo de acuerdo con ello, no dudó en utilizarlo por su cuenta. El asombro del marido, sus conjeturas y explicaciones eran repetidas por la mujer, quien se limitó a añadir una observación, "Realmente, no tengo paciencia con el general", con la que llenaba las pausas intermedias. Aun luego de que el señor Allen salió del cuarto, ella repitió dos veces la frase "No tengo paciencia con el general", sin que pareciese, por cierto, más indignada que antes. Aún pronunció la frase un par de veces, antes de decir repentinamente:

—Solo piensa, querida, que antes de salir de Bath he tenido un horrible desgarro en mi mejor Mechlin, pero el remiendo está hecho de forma tan primorosa que apenas si se nota. Uno de estos días te lo enseñaré. Después de todo, Bath es un sitio muy agradable. Te aseguro, Catherine, que sentí marcharme. La permanencia allí de la señora Thorpe fue un gran consuelo para todos. ¿Verdad? Recordarás que al principio tú y yo estábamos desoladas.

—Sí, pero eso no duró mucho —dijo Catherine, con los ojos brillantes por el recuerdo de lo que por vez primera le había infundido espíritu a su estadía.

—Muy cierto. Y a partir del momento en que encontramos a la señora Thorpe, puede decirse que no nos faltó nada. Querida, ¿no crees que estos guantes de seda quedan muy bien? Recordarás que me los puse por primera vez el día que fuimos a los Salones Inferiores y, desde entonces, casi no me los he sacado. ¿Te acuerdas de aquella noche?

—¡Oh, sí! Perfectamente.

—Fue muy agradable, ¿verdad? El señor Tilney tomó el té con nosotras y ya entonces comprendí que eso nos resultaría muy conveniente. ¡Era un hombre tan agradable! Tengo idea de que bailaste con él, pero no estoy del todo segura. Lo que sí recuerdo es que aquella noche yo llevaba mi vestido favorito.

Catherine se sintió incapaz de replicar y, luego de iniciarse otros temas, la señora Allen volvió a insistir:

—En verdad, no tengo paciencia con el general. Un hombre que parecía tan amable y digno. No creo, señora Morland, que haya visto un hombre más educado en toda mi vida. Las habitaciones que ocupaban fueron alquiladas al día siguiente de que se marchase con su familia. Claro, no podía ser de otra forma tratándose de Milsom Street.

Mientras caminaba de regreso a la casa, la señora Morland intentó otra vez animar a su hija diciéndole la bendición que suponía tener unos amigos tan constantes y fieles como los Allen, tras lo cual añadió que la negligencia y falta de amabilidad manifestadas por unos meros conocidos como los Tilney no deberían preocupar a alguien como ella, que conservaba la buena opinión y el afecto de amigos de tantos años. Tales consideraciones resultaban muy sensatas, pero hay momentos y situaciones en los que la sensatez tiene poco poder y los sentimientos de Catherine contradecían todas las consideraciones expuestas por su madre. Su felicidad dependía de la actitud que de allí en adelante adoptaran sus nuevas amistades y, mientras la señora Morland intentaba confirmar sus teorías con justas y bien fundadas razones, Catherine reflexionaba en silencio e imaginaba a Henry ya de regreso a Northanger, enterado de la ausencia de su amiga y, tal vez, viajando todos hacia Hereford.

Capítulo XXX

Si bien Catherine nunca había sido sedentaria ni tampoco muy hacendosa, su madre no podía dejar de reconocer que esos defectos se habían agravado de manera considerable. No podía estarse quieta un solo instante ni ocuparse de quehacer alguno por más de diez minutos. Recorría el jardín y la huerta una y otra vez, como si el movimiento fuese la única manifestación de voluntad, hasta el punto de preferir caminar por la casa a permanecer tranquila en la sala. Este cambio se hacía todavía más evidente en lo referido a su estado de ánimo. Su intranquilidad y su ociosidad podían interpretarse como una caricatura de sí misma, pero aquel silencio, aquella tristeza, eran el reverso de todo lo que había sido antes.

Durante dos días, la señora Morland no hizo comentario alguno sobre ello pero, al observar que tres noches sucesivas de descanso no habían logrado restaurar su alegría ni aumentar su actividad ni lograr mayor inclinación por la costura, se vio obligada a amonestarla levemente, diciendo:

—Mi querida Catherine, me temo que te estás convirtiendo en una dama bastante fina. No sé cuándo vería el pobre Richard terminadas sus corbatas si no contara con más amigas que tú. Piensas demasiado en Bath y debes tener en cuenta que hay un tiempo para cada cosa. Los bailes y los juegos tienen el suyo e igual sucede con el trabajo. Has disfrutado una buena temporada de lo primero y ahora debes tratar de ser útil.

Catherine retomó enseguida su labor, asegurando con voz abatida que no pensaba en Bath.

—Entonces, te preocupas por el general Tilney y haces mal, porque es muy posible que no lo vuelvas a ver nunca. Jamás debes preocuparte por pequeñeces. —Después, a continuación de un breve silencio, agregó—: Espero, mi querida Catherine, que tu hogar no te produzca malhumor porque carece de las grandezas de Northanger. Eso convertiría a tu visita en algo negativo. Todos debemos procurar estar satisfechos allí donde nos encontremos y todavía más en nuestro propio hogar, que es donde más tiempo estamos obligados a permanecer. No me gustó mucho oírte hablar tanto en el desayuno sobre el pan francés de Northanger.

—Pero ¡si para mí el pan no tiene importancia! Me da lo mismo comer una cosa que otra.

—En uno de los libros que tengo arriba hay un ensayo muy ingenioso sobre el tema. En él se habla justamente de chicas jóvenes que han sido echadas a perder para el hogar a causa de tener amistades más adineradas. Se titula *El espejo*, si mal no recuerdo. Lo buscaré para que lo leas. Estoy segura de que encontrarás en él consejos de provecho.

Catherine no dijo nada y, deseosa de enmendar su reciente conducta, se aplicó a la labor; pero, a los pocos minutos y sin darse cuenta, volvió a hundirse en el mismo estado de ánimo que deseaba combatir. Sentía languidez y apatía, y la irritación que su cansancio le producía la obligó a dar más vueltas en la silla que puntadas en su trabajo. La señora Morland lo notó y, convencida de que la ausencia de su hija y su mirada insatisfecha obedecían al estado de ánimo a que antes aludiera, salió de forma precipitada de la estancia en busca del libro en cuestión, ansiosa por no perder tiempo a la hora de atacar tan terrible enfermedad. Pasó algún tiempo antes de que lograra hallar lo que deseaba y, habiéndola detenido otros acontecimientos familiares, resultó que hasta transcurrido un buen cuarto de hora no le fue posible bajar de nuevo con el volumen del que tanto esperaba. Como sus tareas en el piso superior la habían privado de oír ruido alguno fuera de sus habitaciones, ignoraba que durante su ausencia había llegado un visitante y, al entrar en el salón, se encontró cara a cara con un joven por completo desconocido. El recién llegado se levantó de su asiento con una mirada de mucho respeto, mientras Catherine, turbada, le presentaba a su madre:

—El señor Henry Tilney...

Henry, con la vergüenza propia de un carácter sensible, empezó por disculpar su presencia allí y, reconociendo que luego de lo sucedido tenía poco derecho a esperar una bienvenida en Fullerton, excusó su intrusión en su impaciencia por asegurarse que la señorita Morland había llegado sana y salva a su casa. El joven no se dirigía, por fortuna, a un juez inflexible o a un corazón rencoroso. La señora Morland, lejos de culpar a Henry y a su hermana de la mala conducta del general, siempre había estado muy bien predispuesta hacia ellos y, atraída por el respetuoso proceder del muchacho, contestó a su saludo con natural y sincera benevolencia, agradeciéndole tantas atenciones para con su hija, asegurándole que su casa siempre estaba abierta para los amigos de sus hijos y rogándole que no dijera una palabra acerca del pasado.

Henry no estaba mal predispuesto a obedecer dicho ruego ya que, aunque su corazón estaba muy aliviado al recibir un trato tan gentil, por el momento no hallaba las palabras adecuadas con que expresarse. Silencioso, ocupó otra vez su asiento y se limitó a contestar con cortesía a los comentarios comunes de la señora Morland sobre el clima y el estado de las carreteras. Entre tanto, la ansiosa, agitada, feliz, febril Catherine, los contemplaba muda de satisfacción, revelando con la animación de su semblante que aquella visita bastaba por sí sola para devolverle su tranquilidad perdida. Contenta y satisfecha de aquel cambio, su madre dejó para otra ocasión el primer tomo de *El espejo*.

Deseosa de conseguir la ayuda del señor Morland, no solo para alentar, sino para dar conversación a su invitado, cuya vergüenza comprendía y lamentaba, la señora Morland envió a uno de los niños a buscarlo. Por desgracia, el señor Morland se hallaba fuera de casa y, después de un cuarto de hora, la señora se encontró con que no se le ocurría nada que decir al visitante. Tras unos minutos de silencio, Henry, dándose vuelta hacia Catherine por primera vez desde la entrada de su madre en el salón, preguntó con vivo interés si el señor y la señora Allen estaban de regreso en Fullerton y, tras lograr desentrañar de las frases entrecortadas de la muchacha la respuesta afirmativa, que unas simples sílabas hubieran bastado para expresar, inmediatamente dio a conocer su intención de presentar a ellos sus respetos. Después, cada vez más sonrojado, rogó a Catherine que le indicase el camino de la casa.

—Puede ver la casa desde esta ventana, señor —intervino Sarah, que no recibió más contestación que un ceremonioso saludo por parte del joven y un asentimiento silencioso por parte de su madre.

La señora Morland, creyendo probable que tras la intención de saludar a tan dignos vecinos se ocultara un deseo de explicarle a Catherine el comportamiento de su padre —explicación que Henry habría encontrado más fácil comunicar solo a Catherine—, trataba de arreglar las cosas de forma tal que su hija pudiera acompañarlo. Así fue, en efecto. Ni bien comenzaron a caminar, quedó demostrado que la señora Morland había acertado con los motivos de Henry para quedarse a solas con su amiga. No solo necesitaba disculpar la conducta de su padre, sino la suya propia. Hizo esto último tan acertadamente que, cuando llegaron a la propiedad de los Allen, Henry logró hacerla sentir segura de la sinceridad de su amor y solicitó la entrega del corazón que ya le pertenecía completamente; cosa que, por otra parte, no ignoraba el muchacho, hasta el punto de que, aun estando sinceramente apegado a ella, complaciéndole las excelencias de su carácter y deleitándole su compañía, es menester reconocer que su cariño hacia ella se originaba en un sentimiento de gratitud. En otras palabras: que la certeza de la parcialidad que ella mostraba por él fue lo primero que motivó el interés de Henry. Hay que confesar que es una circunstancia poco corriente y algo denigrante para la dignidad de una heroína y, si en la vida real puede considerarse como extraño tal procedimiento, estaré en condiciones de atribuirme los créditos de la invención.

Una muy breve visita a la señora Allen, en la que Henry habló al azar y se expresó con una absoluta falta de sentido o conexión, y Catherine, entregada a la consideración de su inefable dicha, casi ni despegó los labios, permitió a la joven pareja reanudar al poco tiempo el éxtasis de otro *téte–a–téte*. Y antes de que este finalizara, ella supo con certeza hasta qué punto estaba sancionada la declaración de Henry por la autoridad paterna. Él le explicó cómo a su regreso de Woodston, dos días antes, se había encontrado con su padre en un sitio próximo a la abadía y la forma en que este le había informado sobre la partida de la señorita Morland ordenándole, además, que no volviera a pensar en ella

Tal era el permiso con el que ahora solicitaba el honor de su mano. Catherine no pudo menos que alegrarse de que Henry, con su amable cautela, le hubiera evitado la necesidad de rechazar su amor al enterarse de la oposición del general. A medida que él procedía a dar detalles y explicaba las causas que habían motivado la conducta de su padre, los sentimientos de pesar de la muchacha se fueron transformando en un deleite triunfal. El general no encontraba nada de qué acusarla ni imputación que hacerle. Su ira se fundaba tan solo en haber sido ella objeto inconsciente de un engaño que su orgullo le impedía perdonar y que habría debido avergonzarse de sentir. Ella solo era culpable de ser menos rica de lo que él había supuesto. Impulsado por una equivocada apreciación de las posesiones y derechos de la muchacha, él había perseguido la amistad de esta en Bath, requerido su presencia en Northanger y decidido que, con el tiempo, llegara a ser su nuera. Al descubrir su error, echarla de su casa le pareció lo mejor, aunque eso constituyera una prueba de su resentimiento hacia ella y de desprecio por su familia.

John Thorpe había sido el primero en engañarlo. Al observar una noche en el teatro de Bath que su hijo dedicaba una atención preferente a la señorita Morland, le había preguntado a Thorpe si sabía más de ella que su nombre. Thorpe, más que encantado de hablar con un hombre tan importante, se había mostrado muy comunicativo y, como estaba esperando que Morland formalizara sus relaciones con Isabella y estaba, además, resuelto a casarse con Catherine, se dejó arrastrar por su propia vanidad y avaricia, y describió a la familia Morland de forma tan exagerada como falsa. Aseguró que los padres de la muchacha poseían una fortuna superior a la que su propia avaricia le impulsaba a creer y desear. La vanidad del joven era tal, que no se relacionaba con ninguna persona que no gozara de prestigio y categoría social, atribuyéndole ambas cosas cuando le resultaba conveniente a su interés y a su amistad. La posición de Morland, por ejemplo, exagerada en un principio por su amigo, iba creciendo gradualmente a medida que se afianzaba su situación como novio de Isabella. Con duplicar la fortuna que poseía el señor Morland, triplicar su fortuna privada, dejar entrever una herencia procedente de una tía rica y desterrar del mundo de la realidad a la mitad de los pequeños Morland, logró convencer al general de que la familia de John gozaba de una posición envidiable. Para Catherine —objeto de la curiosidad del señor Tilney y de sus propias especulaciones— hubo detalles adicionales: aseguró que a la dote de diez o quince mil libras que debía recibir de su padre podía añadirse la propiedad del señor Allen. El grado de amistad del matrimonio con la muchacha le había sugerido la idea de una probable herencia, lo cual fue suficiente para que hablara de Catherine como presunta heredera de la propiedad de Fullerton. El general, que no dudó de la veracidad de aquellos informes ni por un instante, había obrado de acuerdo a ellos. El interés que manifestaba Thorpe por la familia Morland, y que incrementaba el inminente casamiento de Isabella y sus propias intenciones respecto de Catherine —circunstancias acerca de las cuales se expresaba con igual seguridad y franqueza—, le parecieron al general garantía suficiente de las manifestaciones hechas por John, a las que pudo agregar otras pruebas convincentes, tales como que los Allen eran ricos, no tenían hijos y trataban a la señorita Morland con amabilidad paterna. Esto último pudo verlo por sí mismo una vez comenzada la amistad con los Allen y su resolución no se demoró. Tras adivinar en la expresión de su hijo su gusto por la señorita Morland y animado por los informes del señor Thorpe, decidió casi al instante no escatimar esfuerzos para desbaratar las jactanciosas pretensiones de John y arruinar sus más queridas esperanzas. Desde luego, la propia Catherine, al igual que sus propios hijos, eran por completo ignorantes de la trama que el general fraguaba. Henry y Eleanor, que no veían en la joven nada capaz de despertar el interés de su padre, se asombraron ante la repentina, continua y extensa atención que este le dirigía y, si bien ciertas indirectas con las que acompañó la orden dada a su hijo de asegurarse el cariño de la chica le hicieron entender a Henry que su padre estaba deseoso de que se realizara aquella boda, desconocía los motivos que lo habían impulsado a precipitar los acontecimientos hasta luego de su entrevista con su padre en Northanger. El señor Tilney se había enterado de la falsedad de sus suposiciones por la misma persona que le había proporcionado los primeros datos, John Thorpe, a quien encontró en la ciudad, y que, influido por sentimientos opuestos a los que le animaban en Bath, irritado por la negativa de Catherine y, más aún, por el fracaso de su reciente esfuerzo para reconciliar a Morland y a Isabella, convencido de que estarían separados para siempre y desdeñando una amistad que ya le resultaba a todas luces inútil, se apresuró a contradecir todo cuanto había dicho antes en beneficio de los Morland, reconociendo que se había equivocado en lo que a las circunstancias y carácter de esa familia se refería. Hizo creer al general que James lo había engañado haciéndole creer que su padre era un hombre de sustancia y crédito, cosas ambas que se demostraban falsas por unas transacciones llevadas a cabo en las últimas semanas. Solo de esa manera se explicaba que, luego de haberse mostrado dispuesto a propiciar un matrimonio entre ambas familias con los más generosos ofrecimientos, el señor Morland se hubiera visto obligado, ya formalizada la relación, a confesar que no le era posible ofrecer a los jóvenes novios el más modesto y decente apoyo. El astuto relator ornamentó su relato con nuevas revelaciones, asegurando que se trataba de una familia muy necesitada, cuyo número de hijos sobrepasaba lo común y corriente, que no disfrutaba del respeto de sus vecinos y, finalmente, que, como había podido comprobar en persona, apuntaba a un estilo de vida que no se condecía con los medios económicos con los que contaba, por lo que intentaba mejorar su situación relacionándose con personas de fortuna. En definitiva, le dijo que se trataba de gente irresponsable, fanfarrona e intrigante.

El general, aterrorizado, pronunció el nombre de Allen con mirada inquisitiva y, aquí también, Thorpe había descubierto su error. Los Allen, creía, conocían demasiado a los Morland por haber vivido cerca de ellos durante largo tiempo y él conocía al joven destinado a heredar la propiedad de Fullerton. El general no necesitaba más. Enfurecido con casi todo el mundo menos consigo mismo, partió al día siguiente a la abadía para poner en práctica el plan que ya conocemos.

Dejo a la sagacidad de mis lectores el adivinar cuánto de todo esto pudo referir Henry a Catherine, el determinar cuáles fueron los detalles que respecto a este asunto le fueron comunicados por su padre, cuáles los que dedujo por sus propias conjeturas y cuáles los que reveló James más tarde en una carta. Yo los he reunido en una sola narración con vistas a una mayor facilidad para ellos. Bástenos por el momento con saber que Catherine quedó convencida de que, al sospechar que el general Tilney era capaz de asesinar o secuestrar a su mujer, no había interpretado de forma errónea su carácter ni magnificado su crueldad.

Henry, al tener semejantes cosas que contar acerca de su padre, era casi tan digno de lástima como cuando se enteró de ellas. Se avergonzaba de tener que exponer tales ruindades. Además, la conversación entre ellos en Northanger había sido de lo más antipática. El papel que se le tenía reservado lo indignaba tanto o más que la descortesía de que Catherine había sido víctima y que las pretensiones interesadas de su padre. Henry no intentó disimular su disgusto y el general, acostumbrado en cada ocasión a imponer su ley a toda la familia, se molestó ante una oposición que, además, estaba sustentada en la razón y en la conciencia. En tales circunstancias, su ira disgustaba, pero no intimidaba a Henry, a quien un profundo sentido de la justicia mantuvo en su propósito. Se consideraba ligado, tanto en honor como en afecto, a la señorita Morland y, creyendo que era suyo el corazón que en un principio se le había ordenado conquistar, se mostró decidido a guardar fidelidad a Catherine y a cumplir con ella como debía, sin que lograra hacerle desistir de su proyecto ni influir en sus resoluciones la retractación indigna de un consentimiento tácito ni los decretos de una ira injustificable.

Se negó rotundamente a acompañar a su padre a Herefordshire, un compromiso tomado casi en el momento para promover la destitución de Catherine, y con la misma firmeza anunció su intención de pedir su mano. La actitud de su hijo había encolerizado todavía más al general y se separaron en medio de un terrible desacuerdo. Henry, preso de la agitación que es de suponer, había regresado casi instantáneamente a Woodston para desde allí emprender, a la tarde siguiente, viaje a Fullerton.

Capítulo XXXI

La sorpresa del señor y la señora Morland al ser solicitados por el señor Tilney para que autorizaran la boda con su hija fue, durante unos minutos, considerable. Nunca se les había ocurrido sospechar de un posible amor de ninguna de las dos partes. Pero como, al fin y al cabo, nada podía parecerles más natural que el hecho de que Catherine fuera amada, no tardaron en considerar el pedido con el orgullo y la satisfacción que merecía, y no pusieron la menor objeción. Los agradables modales del joven y su buen sentido eran recomendación suficiente para ellos y, como no tenían ninguna referencia mala de él, no se creían en la obligación de suponer que no fuera una buena persona. Por lo demás, opinaban que no era necesario verificar el carácter de quien suplía la falta de experiencia con su buena voluntad.

—Catherine será una joven ama de casa algo triste y descuidada —fue el premonitorio comentario de la señora Morland, consolándose después al recordar que no hay mejor maestro que la práctica.

En resumen: no existía más que un obstáculo sin cuya resolución no estaban dispuestos a autorizar el compromiso. Eran personas de temperamento apacible, pero de principios inalterables y, mientras el padre de Henry siguiera prohibiendo de forma terminante la relación, ellos no podían permitirse alentarla. No eran lo suficientemente refinados como para pretender que el general se adelantara a solicitar aquella alianza, ni siquiera que en verdad la desease, pero sí consideraban indispensable una autorización convencional que, una vez obtenida, como era de esperar, se vería instantáneamente apoyada por su sincera aprobación. Su consentimiento era todo lo que deseaban. En cuanto al dinero, ni lo exigían ni lo deseaban. La carta matrimonial de sus padres aseguraba, al fin y al cabo, el porvenir de Henry, y la considerable fortuna que por el momento disfrutaba bastaba para procurar a Catherine la independencia y la comodidad necesarias. No cabía duda alguna de que, desde todos los puntos de vista, era un partido que se encontraba más allá de todas las pretensiones de su hija.

Los jóvenes no podían sorprenderse de una decisión como esa. Lo lamentaban, pero no podían oponerse a ello, y se separaron con la esperanza de que, al cabo de no mucho tiempo, se operara en el general un cambio que les permitiera gozar de forma plena de su privilegiado amor. Henry regresó a lo que ahora ya era su único hogar, para cuidar de sus plantaciones jóvenes y extender las mejoras para su amada, mientras Catherine permaneció en Fullerton para llorar. Si los tormentos de la ausencia fueron mitigados por una correspondencia clandestina, no es cosa que nos corresponda averiguar. Tampoco pretendieron saberlo el señor y la señora Morland, a cuya amabilidad se debió que no les fuese exigida a los novios promesa alguna en ese sentido y cada vez que Catherine recibía una carta, como sucedía bastante a menudo por aquella época, siempre miraban para otro lado.

Tampoco es de suponer que la angustia, lógica dado tal estado de cosas, que sufrieron por entonces Henry, Catherine y todos cuantos los amaban, se haga extensiva a mis lectores; en todo caso, las pocas páginas que restan son prueba de que nos apresuramos todos juntos hacia una felicidad perfecta. La única duda pendiente es cómo se llegó a la celebración de la boda. ¿Cuáles fueron las circunstancias que finalmente influyeron sobre el ánimo del general? La primera de ellas fue el matrimonio de su hija con un hombre de fortuna y sólida posición, que tuvo lugar durante el verano. Ese ascenso de dignidad provocó en el general un estado permanente de buen humor que su hija aprovechó para obtener de él, no solo que perdonase a Henry, sino que lo autorizase a que, según palabras de su propio padre, "Se comportara como un tonto, si ese era su deseo".

El matrimonio de Eleonor Tilney y el verse apartada a causa de él de los males que implicaban su permanencia en Northanger es algo que satisfará a todos sus conocidos. Mi propia alegría a causa de ello es muy sincera. No conozco a nadie más merecedora de felicidad ni mejor preparada para ella debido a su largo sufrir que la señorita Tilney, cuya preferencia por su prometido no era algo reciente. La modesta posición de él los separó por largo tiempo pero, tras heredar título y fortuna, quedaron allanadas las dificultades que se oponían a la dicha de ambos. Y ni en todas sus horas de compañerismo, abnegación y paciencia por parte de su hija, quiso tanto a esta el general como en el momento en que por primera vez pudo saludarla con un "Your Ladyship!". Su marido era, desde todo punto de vista, digno del cariño de la joven pues, independientemente de su nobleza, su fortuna y su afecto, era el joven más encantador del mundo. Cualquier definición adicional de sus méritos resulta innecesaria: el "joven más encantador del mundo" se presenta de manera instantánea en la imaginación de todos nosotros. En lo que a este en particular se refiere, solo añadiré —y sé perfectamente que las reglas de la composición prohíben la introducción de un personaje que no tenga relación con la fábula— que el caballero en cuestión fue el mismo cuyo negligente sirviente dejó tras de sí una colección de facturas de lavado al cabo de una prolongada estadía en Northanger, y que fueron la causa de que mi heroína se viera envuelta en una de sus más serias aventuras.

Una nueva rectificación del estado económico del señor y la señora Morland sirvió de apoyo a la petición que a favor de su hermano hicieron los vizcondes al general. Esta sirvió para demostrar lo equivocado que había estado el señor Tilney al juzgar cuantiosa la fortuna de la familia de Catherine, así como también el creerla después por completo nula. A pesar de lo dicho por Thorpe, los Morland no eran necesitados ni pobres y les era posible dotar a su hija en tres mil libras. Tan material enmienda de sus recientes temores contribuyó en gran medida a dulcificar el cambio de opinión manifestado por el general, a quien, además, le produjo un efecto excelente la noticia de que la propiedad de Fullerton, estando enteramente en manos de su actual propietario, se hallaba abierta a todo tipo de avariciosa especulación.

Sobre la base de todo esto, el general, poco después de la boda de Eleanor, se decidió a recibir a su hijo otra vez en Northanger y a enviarle luego a casa de su prometida con un mensaje de consentimiento dirigido al señor Morland y muy cortésmente redactado en una página llena de frases vacías. El evento autorizado pronto se realizó. Henry y Catherine se unieron en matrimonio, sonaron las campanas y todos sonrieron. Si se considera que todo esto tuvo lugar antes de que se cumplieran los doce meses a partir del día en que se conocieron los cónyuges, hay que reconocer que, pese a los terribles retrasos que hubo de sufrir la boda debido a la cruel conducta del general, esta no perjudicó gravemente a los novios. Para comenzar con la felicidad perfecta, hacerlo a la edad de veintiséis y dieciocho años respectivamente es un muy buen punto de partida. Y, puesto que estoy convencida de que la injusta intromisión del general, lejos de ser perjudicial para aquella felicidad, fue tal vez conducente a ella, permitiendo que Henry y Catherine mejoraran su conocimiento mutuo y añadiendo fuerza a su unión, dejo al criterio de quien por ello se interese decidir si la tendencia de esta obra es recomendar la tiranía de los padres o recompensar la desobediencia filial.